5分で読める！ ひと駅ストーリー 旅の話

『このミステリーがすごい！』編集部 編

宝島社文庫

宝島社

『このミステリーがすごい!』大賞×日本ラブストーリー大賞×『このライトノベルがすごい!』大賞

5分で読める！ひと駅ストーリー　旅の話
目次

……『このミステリーがすごい！』大賞作家
……日本ラブストーリー大賞作家
……『このライトノベルがすごい！』大賞作家

盲目の旅芸人・チヨは、吹雪の峠道でひとりはぐれてしまう——
影にそう　柚月裕子　9

不倫旅行の最中、北陸線の車内で男を待ち受けていた悪夢
しらさぎ14号の悪夢　山本巧次　19

東京から函館までの車旅、亮平は父親の能天気な言葉に苛立つが……
ロストハイウェイ　梶永正史　29

ヌーディスト刑事が日頃の感謝をこめて部下に用意したサプライズとは？
全裸刑事チャーリー　旅の恥は脱ぎ捨て!?　事件　七尾与史　39

仲間の命を繋ぐため、生き残った私は九つの太陽と九つの月を越えて旅する——
命の旅　降田天　49

わらしべ長者の若者が手に入れた馬と、屋敷を交換してあげたわしの運命は？
わらしべ長者スピンオフ　木野裕喜　57

北風と太陽　森川楓子　67
高級品で身を固めた美人の旅人に、北風と太陽の悪コンビが目をつけたが……

ポストの神さま　田丸久深　77
お母さんに手紙を出すときは、ポストの神さまにお願いするのよ

めりーのだいぼうけん　おかもと（仮）　87
九歳のメス犬メリーは、飼い主の外出中、初めて外の世界に飛び出した！

星天井の下で　辻堂ゆめ　97
あの日の星空を忘れない。明美と僕の一番の思い出

修学旅行のしおり　——完全補完版——　加藤鉄児　107
「なあ……オマエ、誰が好きなんだ」修学旅行の夜に繰り広げられる攻防戦

百年後の旅行者　加藤雅利　117
西暦二一一六年。仮想空間を利用し、部屋にいながら世界中を旅することが出来た

ひとり旅　山下貴光　127
タクシーに乗ってきた初老の女性は、詐欺師に騙されている？

情けは人のためならず　奈良美那　137
病がコロリの売り文句で大成功した辰屋の滋養饅頭。秘伝の餡の秘密とは？

ホーリーグラウンド　英アタル　147
有休で旅行、連絡が取れなくなった有能な後輩社員。上司の私が捜索を指示された

赤光の照らす旅　桂修司　157
夜の声が聴こえる。悪夢は続く。彼を苛み、愚弄する……

開けてはならない。　逢上央士　167
閉ざされたカーテン。ご宿泊の間は決してお開けにならぬよう、お願いいたします

君が伝えたかったこと　影山匙　177
死んだ彼女に薦められた絵を見るべく北海道へ向かった賢治が得たものとは

ファインダウト　サブ　187
格子の付いた窓から見える長い道。この道の向こうには何があるんだろうか？

千三百年の往来　上村佑　197
突然の休暇。ふと目にしたテレビコマーシャル。そうだ京都に行こう

君といつまでも　水原秀策　207
鳴かず飛ばずだった後輩作家が突然売れたのは、『着想の精』に会ったから!?

船旅『二十年目の憂鬱』　はまだ語録　217
人の視線に長年晒され疲弊した私は、孤独を求めてヨットの一人旅に出た

南風と美女とモテ期　中村啓　227
バンコク旅行中に出会った彼女。うまくいっていたハズだったが…!?

乱倫巡業　飛山裕一　237
旅公演の宿泊先で、誰かが尋ねてきたら、絶対入れちゃいけないって……

脳を旅する男　柳原慧 —— 247
元死刑囚の天才画家が、冤罪を勝ち取り四十年目にして獄から解き放たれた

田舎旅行　遊馬足掻 —— 257
都会の生活に辟易している人は、癒しを求め自然豊かな田舎を旅先に選ぶ

カラフル　沢木まひろ —— 267
世界がモノクロに見える、治療法のないメイスフィールド病の僕に友だちは

終着駅のむこう側　法坂一広 —— 277
新大阪発の新幹線が博多を過ぎたところで起きた殺人事件

綾瀬美穂　谷春慶 —— 289
高校の修学旅行。クラスのマドンナ的存在の美少女をホテルの外に呼び出したのだが

旅立ちの日に　上原小夜 —— 299
ガンでもう長くない、外国航路の航海士だったおじいちゃんのお見舞いに行った僕は

愛国発、地獄行きの切符　八木圭一 —— 309
北海道に不倫旅行にやってきた未沙の目的は……

雪色の恋　有沢真由 —— 319
雑誌でこのスキー場の景色を目にした時、私は行かなくてはという衝動に駆られた

勇者は本当に旅立つべきなのか？　遠藤浅蜊 —— 329
魔王を倒し世界に平和をもたらすことができるのは、被告人の勇者のみ！

卒業旅行ジャック　篠原昌裕 339
ワンボックスカーで旅に出た女三人組に、突如イケメンが加わった！

空蟬のユーリャ　里田和登 349
地球人は死ぬとお墓の前で悲しむが、私の星では故人と遺族が会話しながら悲しむの

クリスマスプレゼント　武田綾乃 359
あかりは顔を炎に近づけながらうっとりと呟いた。「きれいだねえ、きれいだねえ」

マヨイガ　伽古屋圭市 369
「マヨイガ」から物を持ち帰ることができれば、大いなる富を授かるという——

かわいい子には旅をさせよ　深町秋生 379
旅行準備に苛立つ組長。外国戻りの若頭が見送りに行く

おかげ犬　乾緑郎 389
一切合財を失った仁吉は、伊勢神宮へ向かう途中の白犬に出会う

影にそう

柚月裕子

柚月裕子（ゆづき・ゆうこ）
1968年、岩手県生まれ。
第７回『このミステリーがすごい！』大賞・大賞を受賞、『臨床真理』にて2009年デビュー。『検事の本懐』にて2012年、第25回山本周五郎賞候補。2013年、第15回大藪春彦賞受賞。2015年、第６回山田風太郎賞候補。

著書
『臨床真理』（宝島社文庫）
『最後の証人』（宝島社文庫）
『検事の本懐』（宝島社文庫）
『検事の使命』（宝島社文庫）
『蟻の菜園　―アントガーデン―』（宝島社文庫）
『パレートの誤算』（祥伝社）
『朽ちないサクラ』（徳間書店）
『ウツボカズラの甘い息』（幻冬舎）
『孤狼の血』（角川書店）

共著
『「このミステリーがすごい！」大賞10周年記念　10分間ミステリー』（宝島社文庫）
『５分で読める！ひと駅ストーリー 降車編』（宝島社文庫）
『もっとすごい！　10分間ミステリー』（宝島社文庫）
『５分で読める！ひと駅ストーリー 夏の記憶 東口編』（宝島社文庫）
『ほっこりミステリー』（宝島社文庫）※単行本刊行時は『しあわせなミステリー』
『短篇ベストコレクション　現代の小説2014』（徳間文庫）
『５分で読める！ 怖いはなし』（宝島社文庫）
『５分で読める！ひと駅ストーリー 猫の物語』（宝島社文庫）

横なぐりの雪が顔にあたる。頬を拭《ぬぐ》うと、鼻水が凍っていた。

新潟の高田から新井《あらい》を抜け、岡澤《おかざわ》へ続く道をチヨは歩いていた。

親方のハツと手引きのコトエが、用を足してくるからここで待っているように、と言ってから一刻は経つ。右も左もわからない峠道に、ひとり置き去りにされたのだ。

「お母《か》っちゃ、姉さ」

声を限りに呼ぶが、風に飛ばされ消えていく。チヨには、物の輪郭がやっとわかる程度の視力しかない。微《かす》かに残る荒こぎ――雪を踏みしめたあと――に目を凝《こ》らし、跡を追った。

聞こえるのは、風の音と、風になぶられ泣き声をあげる木々の音だけだ。黙っていると余計に怖くなるから、唄うことで自分を奮《ふる》い立たせる。覚えたばかりの門付け唄だ。

二番を唄い終えたとき、雪に足をとられて転んだ。大人でも難儀《なんぎ》な雪道を、九つになったばかりのチヨが、それもほとんど目の見えないチヨが、楽に歩けるわけがない。しかも、この旅はチヨが瞽女《ごぜ》になってはじめての旅だった。

瞽女とは、盲目の旅芸人だ。三味線を弾いて唄をうたい、報酬の銭や米をもらって暮らしている。町のように芝居も寄席もない村では、瞽女の芸は数少ない娯楽だった。

瞽女は、三、四人で一組になって旅に出る。村々を回り家へ戻るのは、ひと月からふた月、長ければ三月後《みつき》だ。家といっても、生まれた実家ではない。瞽女を取りまとめている、親方の自宅へ帰るのだ。

チヨの目が見えなくなったのは、三歳のときだ。流行《はや》り病《やまい》にかかり高熱が続き、治ったときには、目が見えなくなっていた。

父と母は、チヨをいたく可愛がった。幼くして目が不自由になった我が子が不憫《ふびん》でならなかったのだろう。

親方のハツが家にやってきたのは、チヨが八つのときだった。ハツはチヨを養女にほしいと言った。父と母は、チヨを手放すことを嫌がったが、ハツは諦めなかった。お前さんたちの気持ちはわかる。だが、ふたりが死んだらこの子はどうなる。一人で生きていける道をつけてやるのが親じゃないかネ、と両親を諭《さと》した。

落ち着いてみると、ハツが言うことももっともだ、とふたりは考えたのだろう。ひと月後に両親は、泣く泣く、チヨを養女へ出した。

チヨは悔しくて、手で雪を強く握った。

——お母っちゃは、どうしておれだけをいじめるんだろう。

ハツはいつもチヨに辛くあたった。川風が吹きすさぶ冬の土手で、声が悪いと言っては喉から血が出るまで唄をうたわせた。飯もいつも麦飯で、腹いっぱい食わせてもらったことはない。裁縫もそうだ。針に糸が通せないと、目だけでなくて手も悪い子だ、と針で甲を刺された。

目がさほど悪くない目あきのコトエは、ハツに可愛がられている。稽古で失敗しても、チヨの半分しか叱られなかった。

えこひいきされても、チヨは泣いたことはない。弱音を吐けば、それだけで、根性無しといびられる。逃げだせば、養子縁切りの手間金を、両親が払わなければならない。親を困らせることだけは絶対にしたくなかった。だから、なにがあっても耐えた。一所懸命がんばれば、きっといつか可愛がってくれる――そう思ってチヨは堪《た》えた。

今日のこともそうだ。

昼時、瞽女宿で持たせてもらった握り飯を、神社の境内《けいだい》で食べた。そのとき、一緒に休ませてくれ、とひとりの男が近づいてきた。ハツは快く場所を譲ったが、それが仇《あだ》になった。男は盗人《ぬすっと》だった。隙を見て、ハツがそばに置いていた銭袋をかっぱらっていった。

途方に暮れるハツが気の毒になり、チヨは自分の銭を差し出した。養子に出る前、父親から授かったものだった。お父《と》っちゃはチヨの着物の帯に、なにかあったら使え、とわずかな銭を縫い付けてくれた。大事な銭だが、これを渡せばコトエと同じように可愛がってもらえるかもしれない、と思った。だがハツは、銭を受け取らず、それきり口を利かなくなった。気が付けば、峠道に置き去りにされていた。

チヨは、雪の上から起き上がろうとした。が、背負っている荷物が岩のように重く、身じろぎさえままならなかった。手足も悴《かじか》んで、氷のように冷たい。

激しい風の音がチヨを包む。チヨは怖さのあまり、雪に顔を埋めた。

目が見えないと、音に敏感になる。目あきの者の耳が一の音を聞きとるなら、盲目は十の音を聞きとる。音は命綱でもあるが、恐怖の対象でもある。

──みんな嘘つきだ。

チヨは心のなかで叫んだ。

今回、はじめて旅に出るチヨは、道中を歩きとおせるか不安だった。そんなチヨにハツは、なにも心配いらネ、瞽女は人さまの情けで食べさせてもらってる。頑張ってさえいれば、神様に見捨てられることはねえ、と勇気づけた。

チヨが養女に出る前の晩、父親はチヨを膝に抱きながら、ハツさんはいい人だから頑張って尽くせ、きっとよくしてくれる、と言いながら頭を撫でた。

でも、ぜんぜん違っていた。どんなに頑張ってもハツは自分を見捨てたし、父の言葉とは裏腹に、ハツは心が捻《ね》じくれたひねくれ者だった。

風の音が次第に遠ざかる。

──おれはこのまま死ぬんだろうか。

そう思うと、無性に悲しくなってきた。

「お父っちゃ、お母っちゃ」

吹雪《ふぶき》に向かって叫ぶ。答える者は誰もいない。やがて音が消え、意識が途切れた。

気がつくと、暖かい部屋のなかにいた。布団の上に寝かされている。

「気がついたんネ」

傍《そば》でコトエの声がした。

自分がどうなったのか、すぐにはわからなかった。ハツとコトエに置き去りにされ、吹雪のなかをさまよった出来事は夢だったのだろうか。

「大事なくてよかったナ。安心せ。ここは今夜、泊めてもらう瞽女宿だ」

チヨの身体を気遣《きづか》う言葉から、やはり夢ではなかったことに気づいた。

「おれ、死ぬとこだった」

チヨはぼんやりとした頭でつぶやいた。チヨの言葉に、コトエは落ち着いた声で答えた。

「おまんは死なネ」

「違う！」

チヨは叫んだ。運よく誰かに助けられたから命拾いしたが、あのまま倒れていたら凍え死んでいた。

「おれ、お母っちゃと姉さに、殺されるところだった」

こらえようと思っても、涙が溢れた。チヨの手を、コトエが優しく握る。

「おまんを助けたのは、お母っちゃとおれだ」

チヨはわけがわからなかった。

コトエが説明する。

峠道にチヨをひとりにしたあと、ふたりはつかず離れずの距離を保ち、チヨの前を歩いていた。チヨが歩きやすいように、草鞋《わらじ》で雪を踏みしめて道を作り、チヨがちゃんとついてきているか、何度も後ろを確認した。

「なかなかやってこないから戻ってみると、おまんが雪のなかに倒れてた。お母っちゃがおまんを背負って、ここまでやってきた」

チヨはコトエの手を振り払った。

「おれが憎いなら、見殺しにすればよかった」

「だれがおまんを憎いと思うとるんかネ」

コトエはチヨを優しく諭す。

「お母っちゃがおまんにきつくあたるのは、いずれおまんが、ひとりでなんでも出来るようにならなきゃなんねえからだ。おれのように目あきの者は、縁があれば嫁にいったり、瞽女をやめてもなにかしらで食っていける。けんど、目が見えないおまんは唄って生きていくしかない。ひとりで生きねばなんねえことがどれだけ大変か、お母っちゃが一番よく知っている。だからお母っちゃは、おまんに辛くあたるんだ」

チヨは納得がいかなかった。三味線や唄を間違えて叱られるのはわかる。だが、お母っちゃのためと思って出した銭を出したのに、なぜお母っちゃは、自分を雪の峠道に置き去りにしたのか。

「あれは、おまんが悪い」

コトエはチヨをたしなめた。

「おまんは、自分で生きていくために瞽女になったんだろう。おまんはこれからも、困ったことがあったら親に頼るのか。銭をせびるのか」

チヨははっとした。

「お母っちゃはよく言う。目が見えない者は、他人さまに頼らなければ生きていけない。だから、人さまに迷惑をかけてはいけない。それは親でも同じだ。おまんは辛いかもしれんが、お母っちゃはおまんがこれから瞽女として生きていくために、大切なことを身を以《も》って教えようとしてるんだ」

コトエは、チヨを握る手に力を込めた。

「あの銭はおまんの大切なお守りだ。お父っちゃの心だ。おまんは絶対、手放しちゃなんネ」

障子《しょうじ》の向こうから、三味線の音が聞こえた。

コトエがチヨの手を離した。

「座敷がはじまる。おれはいかねばなんネ。ひとりで寝てられるナ」

チヨは肯《うなず》いた。

コトエが座敷から出ていく。

しばらくすると三味線とお母っちゃの声が聞こえてきた。お母っちゃが唄いはじめたのは、葛《くず》の葉の子別れ、という謡曲だった。人として子を成した狐が、我が子を思う気持ちを唄ったものだ。

〜でんでん太鼓もねだるなよ　蝶々とんぼも殺すなよ
　何を言うても解りゃせん　道理ぞ狐の子じゃものと
　　人に笑われそしられて　母が名前を呼び出すな〜

チヨを養子に欲しいと言ったとき、ハツがお父っちゃを口説いた言葉を思い出した。

――一人で生きていける道をつけてやるのが親じゃないかネ。

お母っちゃの唄う声が、子守唄のように聞こえる。もっと聞いていたいが、まぶたが重い。ハツの唄を聞きながら、チヨは眠りについた。

〜母はそなたに別れても　母はそなたの影にそい　行末永《なご》う守るぞえ〜

しらさぎ14号の悪夢

山本巧次

山本巧次（やまもと・こうじ）
1960年、和歌山県生まれ。
第13回『このミステリーがすごい！』大賞・隠し玉として、『大江戸科学捜査　八丁堀のおゆう』にて2015年デビュー。

著書
『大江戸科学捜査　八丁堀のおゆう』（宝島社文庫）

金沢駅に来たのは何年ぶりだろう。前に来たのは結婚してから二、三年のうちだから、もう十三、四年前ということになる。その時のおぼろげな記憶では、この駅はいかにも地方都市を代表する駅、という感じで、古びたホームや陸橋にもそれなりの旅情が感じられたものだ。

ところが、いま目にしているこの駅はどうだ。新幹線ができたせいだろうが、東京の山手線のどこかの駅とほとんど変わらないじゃないか。駅を新しくするのもいいが、観光都市が自ら玄関口の旅情を潰してしまってどうするのだ。どんなものでも月日と共に変化はしていくが、変わり方にも少しは考える余地があるだろう。

そこまで考えて、僕は苦笑いした。変わり方を云々《うんぬん》するなら、僕たち夫婦こそ問題だ。前にこの地に来たころは、まだ夫婦仲もうまくいっていて、よく一緒に旅行に出た。旅行のプランをたてるのはいつも、旅好きで時刻表にも詳《くわ》しい妻、佳奈子《かなこ》の役割で、僕は妻のプランに従ってついて歩くだけでよかった。佳奈子のプランには粗漏《そろう》がなく、ただついて歩くだけでも充分楽しかった。数年の間は。

佳奈子がプランをたて、僕がつき従うのは旅行だけではなかった。佳奈子は何事につけても自分が主導権を握った。車を買うのも家を買うのも、保険に入るのも。もちろん、日々の買い物も。

やがて、気がついた。僕の生活は、いつの間にか佳奈子に支配されていた。僕の意見が反映されることは、ほとんどなかった。子供がいればまた違ったかも知れないが、夫婦二人の暮らしでは、次第にこの状態は圧迫感となって僕にのしかかるようになった。地獄とまでは言わない。しかし、どこかに逃げ場がほしい。そんな鬱々《うつうつ》とした毎日が、十年近く続いた。

そんな中で、麻美《あさみ》に出会った。去年の秋、僕の勤める建築設計事務所があるデザイン会社と共同プロジェクトを行ったとき、デザイン会社のスタッフの一人としてプロジェクトに加わったのが麻美だった。

一目《ひとめ》見たときから惹《ひ》かれた。バリバリ仕事をやる方ではなく、控え目なのも好印象だった。褒《ほ》められるより叱られる方が多そうな、不器用な女性と思えたが、佳奈子の対極に位置するタイプであること自体が僕には魅力的だった。

僕の方から声をかけ、一緒に食事するようになった。年は十七も離れていたが、麻美から見ればかえって頼りがいのある人物のように見えたのかも知れない。間もなく、仕事の悩みとか職場の人間関係などについて相談を受けるようになった。人生経験がいくらか長い分、そんな相談にも真摯《しんし》にこたえてやれた、と思う。僕の方も、自分の逃げ場が、癒しが見つかったような気がした。深い仲になるのに、それほど時間はかからなかった。

そしていま、金沢駅の通路を歩く僕の傍《かたわ》らには麻美がいる。佳奈子ではなく。土曜日なのに出張を装った僕はスーツ姿だが、麻美はブランドもののシャツにデニムパンツの軽装だ。そう、これは初めての不倫旅行なのだ。

今朝、僕は町田の家を十一時半過ぎに出た。佳奈子には大阪出張だと言ってある。大阪出張は月に一回程度あり、土日の出張もあるので、不審に思われることはない。佳奈子はリビングのソファでテレビを見ながら、振り向きもせずに気の抜けた声で、行ってらっしゃい、とだけ言った。無論、玄関で見送りなどしない。いつも通り無愛想なのは、何も疑っていない証拠と思えば喜ばしいことだ。

とはいえ、佳奈子は頭がいいだけに、用心を怠《おこた》ってはならなかった。スマホのパスワードは、だいぶ前に佳奈子に知られてしまっている。だが、急にパスワードを変えたりしたら疑いを招くのは必至だ。佳奈子が僕のスマホを覗き見しているかどうかはわからないが、それを前提にしておいた方がいい。麻美との通話やメールの記録をその都度忘れずに消しておけば、まず大丈夫だろう。

他にも注意しなくてはならないことはあった。例えば、今日の切符の置き場所だ。僕は出張の切符などを、忘れないよう寝室のサイドテーブルの上に置いておく癖がある。大阪出張と言っておきながら北陸新幹線の切符を投げ出しておいたら、非常に拙《まず》いことになる。今回、切符は財布の中にしまっておいた。

旅行プランをたてるのには、家のパソコンは危険なので職場のパソコンを使った。

出張の時は庶務担当がホテルをとってくれるので、自分でネットで温泉旅館を予約したのは、恥ずかしながら初めてだった。きちんと予約できたか多少不安だったが、三日前、旅館の方からスマホに予約確認の電話がかかってきた。幸い帰宅前だったので、佳奈子には聞かれずに済んだ。

電車の乗り継ぎは、以前は佳奈子の後をついて行くだけで事足りたのだが、自分だけだと慣れていないので、町田駅から金沢までの乗り継ぎ案内をスマホで二度、確認した。迷ってウロウロするような醜態を、麻美には見せられない。

こうして完璧に準備を整え、今日東京駅で麻美と待ち合わせ、十二時五十六分発の北陸新幹線はくたか563号で出発した。隣の席に座り、どこかはにかんだような表情を見せる麻美は、いつもより数段きれいに見え、僕の胸は年甲斐《としがい》もなく高鳴った。

昼食は車内で済ませ、金沢には定刻、十六時十三分に着いた。ここで在来線の特急しらさぎ14号に乗り継ぎ、下車駅の加賀温泉に向かう。目的地の山中温泉は、タクシーで二十分余りだ。目的地が近づいたことで興奮が高まってきた。麻美の頰も心なしか上気しているように見えた。

焦《じ》れるほど長い三十五分の乗り継ぎ時間が過ぎ、十六時四十八分、しらさぎ14号は金沢駅のホームを離れた。加賀温泉まではほんの二十五分、途中は小松に停まるだけだ。後は迷うような場所はない。僕はほっとして、座席をリクライニングさせて背を預けた。

小松を発車してすぐだった。ポケットのスマホからメッセージの着信音がした。やれやれ、出張中でも仕事は追いかけてくる。麻美に軽くぼやいてメッセージを見た。だが、仕事ではなかった。佳奈子だ。何の用だろう、と思ってメッセージを開き、文面を見た。

「いま、しらさぎ14号に乗ってるだろ」

愕然《がくぜん》とした。なぜわかった？　いや、とりあえず返信だ。

「何だ？　いまは大阪だぞ」

送信した途端にまた着信音。今度は通話だ。慌てて席を立ち、デッキに向かう。麻美が怪訝《けげん》な顔をしたが、今は構っていられない。

「はい、どうした」

可能な限り平然とした声を出した。佳奈子の方は、何か楽しそうな声だった。

「電車の音がしてるね。とぼけても無駄。しらさぎの車内でしょ」

「いったい何を言ってるんだ。おれは大阪……」

「あんた、出張の時はいつも新幹線の切符を寝室のサイドテーブルに放り出してあるじゃない。それが、今回に限って何も置いてない。で、ちょっと妙だと思って調べさせてもらったよ」

背中に汗が噴き出した。切符を見られないようにとの用心が裏目に出たらしい。だが、何をどうやって調べたというのだ。すると、見透かしたように佳奈子が言った。

「わかんないの？　スマホよ、あんたのスマホ」

「スマホ？　いったい何で……」

「私がパスワード知ってることぐらいは承知よね。お相手のお嬢サマとの連絡は全部こまめに消したみたいだけど、変な着信履歴が残ってたのよね」

意味がわからない。だが不用意に問い返すのもまずい。何と言おうかと思ったとき、佳奈子の馬鹿にしたような声が聞こえた。

「見たことない市外局番の番号。何だろうと思って調べたら、北陸じゃない。ピンときて、その番号にかけてみた。そしたら山中温泉の旅館だった。今、そこへ向かってるんでしょ」

吹き出す汗が二倍になった。確かに、旅館からかかってきた予約確認の着信履歴は消していなかった。

「それからあんたね、スマホの乗り継ぎ検索アプリで今日の行程を確認してたでしょ。これだって、検索履歴を見りゃすぐわかるのよ」

ああ、確かにそうだ。乗り継ぎ検索の履歴を消すなんて、最初から思いついてもいなかった。

「だいたいあんたは、いつもそう。詰めが甘いのよ。私がコントロールしないと、あんたって抜けてばっかり。支払いとか振込みとか人との約束とか、あんたの知らないうちに私がどれだけフォローしてると思ってるの。なのに私を出し抜けるなんて、よくも思えたもんだよ」

ぐうの音《ね》も出ない。言われてみれば、細かいところまで佳奈子にコントロールされながら、結局おんぶにだっこ状態で今日まで来ているのが僕なのだった。

落ち着け、と僕は自分を叱咤《しった》した。佳奈子は家にいる。実際に麻美といるところを目撃されたわけではない。今から行き先を変更すれば、追っては来られない。旅館の予約は偽名だ。旅館からの間違い電話を受けて、ふとそこへ行ってみたいなと思ってルートを検索してみただけ。そんな言い訳が通るかどうかわからないが、誤魔化せる可能性は残っている。だが麻美は？　そろそろ麻美も異変に感づいているかも知れない。状況をどう説明しよう。

「誤魔化せる、と思ってんじゃないでしょうね」

凄むように佳奈子が言った。まさに崖っぷちだ。

「誤魔化すなんて……何か誤解してるぞ。大阪から帰ったら、ちゃんと話をしよう」

スマホの向こうで、佳奈子が嗤《わら》った。

「大阪ねえ……往生際が悪いね」

「あのな……」

言いかけるのを遮《さえぎ》り、佳奈子が続けた。

「ねえ、いいこと教えてあげようか。昔は東京から北陸へ行くのは東海道新幹線で米《まい》原《ばら》まで行って北陸線に乗り換えるのが普通だったのよ。今ももちろんできる。あんたが出かけたあと、十二時前に家を出て横浜線で新横浜まで行って、十二時五十二分発のひかり号に乗って米原でしらさぎ9号に乗り換えたら、十六時三十分に小松に着けるんだよね」

何だ？ 何の話だ？ あれ、何だか声が二重に聞こえる気が……。だがその意味を咀嚼《そしゃく》する前に、僕の肩がぽん、と叩かれた。反射的に後ろを振り向く。片手にスマホを持ち、捕食者の笑みを浮かべた佳奈子がそこに立っていた。

「別に帰るまで待たなくても、ゆっくり話ができるよねえ」

僕の耳に、はるか天空からギロチンの刃が落下する音が聞こえてきた。

※二〇一五年九月のダイヤに拠る

ロストハイウェイ

梶永正史

梶永正史（かじなが・まさし）
1969年、山口県生まれ。
第12回『このミステリーがすごい！』大賞・大賞を受賞、『警視庁捜査二課・郷間彩香　特命指揮官』にて2014年デビュー。

著書
『警視庁捜査二課・郷間彩香　特命指揮官』（宝島社文庫）
『警視庁捜査二課・郷間彩香　ガバナンスの死角』（宝島社）

共著
『5分で読める！ひと駅ストーリー 猫の物語』（宝島社文庫）

エンジンは雑なクラッチ操作に抗議するように震えたあと、プスンと音を発して止まった。亮平《りょうへい》は小さく毒づきながらシフトレバーを左右に動かしてニュートラルを確認すると、キーをひねり、せかすようにアクセルを煽《あお》った。

製造から四十年を過ぎた〝いすゞ117クーペ〟は気怠《けだる》そうに前進した。整備されているとはいえ快適とは程遠い。クーラーはぬるい風を送るのが精一杯で、窓の開閉は手動。AMラジオとカセットデッキが唯一の娯楽だ。ふだん乗っているメルセデスとは比較することすらできない。

平日昼間の首都高速向島線。渋滞の中、朽ちかけた、カビ臭いこの車を進めることほどイラつくことはない。慣れないマニュアル車だから、それも倍増する。

「いやぁ、こうやってお前に話すのは、ずいぶん久しぶりだなぁ。もう十年経つか」

亮平の父だ。そのおっとりとした声に亮平の心はざわついた。

「この車はなぁ、おれがお母さんと東京に出てくるときに友人から譲ってもらったものなんだ。ほら、子供の頃に会ったこともあるだろ、函館で喫茶店をしてる奴さ」

亮平はその記憶を呼び出そうとすらせず、秋空にそびえるスカイツリーに目をやった。まったく、なんでこんなことをしなきゃならないんだ。はっきり言って迷惑だ。

「いやさ、おれの手術が終わってしばらくしたころ、そのマスターが見舞いに来てくれたんだ。その時、この車を持って帰ったらどうだと言ったんだが、『退院したらお前が返しにこい』だってよ。まぁエールを送ったつもりなんだろうけど、残念ながらおれにはもうそんな体力もないからさ、それでお前に頼んだという訳だ」

あんたじゃない。母さんの頼みだったから仕方なく、だ。

『口にはしなかったけど、あなたとこの車で旅をするのがお父さんの夢だったのよ』

そう言われて、断れなかったのだ。

渋滞は東北道に入るまでにおさまった。このまま青森まで行き、フェリーで対岸の函館に渡る計画だった。

「なぁ覚えているか。お前がまだ小さい頃、誰かがこの車を珍しそうに見ていると〝これ亮ちゃんの！〟って言って触らせなかった。可愛かったんだぞ」

今さら何の昔話だよ。過去を振り返ったって意味はない。大事なのは今だ。

外貨取引を生業としている自分にとって、利益に直結するのは過去ではない。今この瞬間の判断なのだ――くそっ！

ダッシュボードに置いたスマホを見て毒づいた。外貨取引を示すグラフを表示させているが、ここ数日の傾向を変えることなく降下を続けている。現在の損益はマイナス一千万円に届きそうだ。だが、ここでビビって決済してしまったら損失が確定されてしまう。

大丈夫だ、ロスカットされないよう証拠金を投入していればいい、それだけの体力はまだある。財産を使い切る前に、チャンスは必ず訪れる。

「なぁ、亮平。墓場で一番の金持ちになっても意味は無いよ。それよりも、夜、眠りにつくときに、自分は素晴らしいことをしたと思えるか。そばにいてくれる人がいるか。人生を見極めるというのは、そういうことなんじゃないだろうか。もちろん、お前の選んだ道を否定するわけじゃない。おれには想像できないようなことで成功している。それは誇らしく思っているんだよ。ただ、それと引き換えに何かを失っているんじゃないかって、老婆心ながら思ってしまうんだ」

「うるせぇなあ！　いつまでも親父気取りかよ！」ついに声が出てしまった。

別れた妻と娘の事か？　おれが家庭を顧《かえり》みずに四六時中パソコンにかじりついていたせいだと言いたいのか？　悪かったな。だがな、あれは単なる性格の不一致ってやつだ。どうこう言われる筋合いはない！

亮平はアクセルを踏み込み、バラバラになるのではないかと思えるほどに車体を震わせるクーペを、追い越し車線に乗せた。愛車のメルセデスならここが定位置だ。目障りな先行車に合わせてチンタラ走るなんてイライラする。自分のペースを乱されたくない。誰かに合わせて生きるなんてゴメンだ。

しかしこの車ときたらアクセルをベタ踏みしても加速は鈍く、伸びもなかった。そこへ別の車が後方から迫り、背後にピタリと貼り付いて無言の圧力をかけてくる。

ちっ、煽ってんじゃねぇよ！　いつもなら逆の立場なのに、くそっ！

亮平は屈辱感に見舞われながら走行車線に戻り、毒づいた。それからスマホのグラフを見ても毒づき、日が暮れて雨が降りはじめたことに対しても毒づき、そして仙台を過ぎた頃に現れはじめた渋滞の案内にもまた毒づいた。さっきは五キロと表示されていたのが、今は十キロにまで伸びていた。

ウソだろ、勘弁してくれよ。早く解消することを祈りながら進んだが、流れは完全に止まってしまった。延々と続くテールランプの筋。どの車線に移っても一番遅く感じられ、今まで必死に追い抜いた車にすら先を行かれている気がした。それは、今までの苦労を無駄にしてしまうようで焦燥感を募《つの》らせた。さらに、外貨取引の損失は増大の一途《いっと》だった。どこかで歯止めをかけたほうがいいのだが、そうすればこれまでの投資が無駄になってしまう。引けない、絶対に……。くそぉっ、イラつくなぁ！

そこにまた父親の能天気な声だ。

「時々思うんだぁ。人にはそれぞれ生きるスピードっていうのが決まっているんじゃないかって。鈍行列車が急行の真似《まね》をしたところで、人生のどこかで帳尻が合わされるような気がするんだ。おれもしゃかりきになって走ろうとしたこともあったけど、結局は自分のスピードに落ち着いちゃうんだ。でも一度それに気づくと心地いいんだよな。心が楽になって、いろいろ見えてくるというかさ」

亮平は答える代わりに、ハンドルを何度も殴りつけた。いちいちうるせぇんだよ！

結局、高速道路は通行止めになり、一関インターで下ろされることになった。大雨による土砂崩れがあったようだ。スマホのナビアプリで検索するが、勧められた国道はすでに車の列がつづら折りに続いていた。

「そう言えばな、ハイウェイっていう言葉には〝近道〟とか〝定石〟といった意味もあるらしいんだが、それって、効率を求めるお前の生き方を象徴しているようにも思えるよな。でもさ、そう急がなくてもいいんじゃないかな。回り道をした時にだけ見られる景色というものが、きっとあると思うんだ」

回り道してまで見たい景色なんてねぇよ！　そんなのなぁ、ハイウェイを走れるだけの力がない奴の言い訳だ。俺は一分一秒を無駄にしない！　なにしろ、一秒瞬《まばた》きする間に、億という額が動くときだってある。俺は時間を味方につけ、勝負に勝つんだ。いままでもそうだった。これからも――。

その時、メールの着信音が鳴った。件名を確認した亮平は渋滞の列を離れると、閉店したドライブインの駐車場に車を突っ込ませた。

自動決裁を通知するメールだった。結局、暴落したポジションを維持する事はできなかったのだ。財産のほとんどを証拠金として投入したが、支えきれなかった。今思えば、少しくらいの損失を出してでも精算しておけばよかったが、後の祭りだった。

意地や見栄《みえ》、そんなものにしがみついている間に一線を超えてしまっていた。

急に嫌気がさした。国道を外れ、別の山道をなんとなく北に向かって走りはじめた。あまりにも頼りないヘッドライトが、申し訳なさそうに闇をかき分けていく。

「迷ってないか、亮平。お前は頑固だから、引っ込みがつかなくて無理してはいないかと心配になるよ」

だが、ぼんやりその言葉を聞いて思った。走るべきルートを持たない今、迷うという概念は当てはまらないのではないか。それは不思議な感覚だった。

「……頑固だとしたら、遺伝だな」

亮平は力なくつぶやいた。お互いが頑固で意地っ張りだったから、今まで会話をするタイミングを逃していたのだろう。十年も……。

夜が明ける頃、雨あがりの湖畔に出た。駐車場の看板を見て、ここが十和田湖だと知る。亮平は車を降りると、背伸びをしながら深呼吸をしてみた。冷たい空気と濡れた森の匂いが肺を満たす。眼下には、湖を覆っていた朝霧がベールをはがすように流れ、その下から現れた鏡のような水面が朝空を映していた。言葉が出なかった。

「人生、なにがきっかけになるかはわからんが、今まで見えていなかったことが、突然、見えてくることがあるんだ」

亮平は車を振り返った。開け放ったドアから父の声が漏れてくる。

「耳をすませてごらん。北へ向かうたび、時が流れるたび、虫の音《ね》の主人公は木の上から草むらに移っていく。それに気付けたかい？　そして、その奥にある意味に」

意味、だって？

「毎日をかけがえのないものだと実感しながら、積み重ねていくということ。当たり前のことほど、愛《いと》おしく感じるよ。いま、生きているということが……」

亮平は黙って湖面に目を戻すと、しばらく思いを巡らせた。それから色あせた案内看板を見上げる。青森まで七十キロあまり。

あーあ！　と空に向かい、声を出してため息をつくと、再び車を走らせた。

国道へ抜ける山道の路肩からススキの穂が伸びていて、まるでハイタッチを求める手のひらのように見えた。ウインドウを開け、飛び込んでくる秋の風に逆らうように手を伸ばした。パンパパン！　と手のひらを心地良く叩かれる。嫌悪する無意味な行動なのに、大切ななにかを思い出させてくれるようだった。そうか、父と散歩しながら同じことをやっていた。あの頃は、些細《ささい》なことで毎日を楽しめた。

函館港に着いたのは十八時を少しばかり過ぎた頃だった。渡った海峡ひとつ分、確実に冷たくなった空気の中、エンジンを唸らせ、車体を小刻みに鋭く跳ね上げながら石畳の坂道を昇った。そして、函館港を見下ろす丘の上の小さな喫茶店に到着した。

「亮平君、よく来てくれましたね」

マスターは白髪と白ひげを乗せた柔和な表情を浮かべて迎えてくれた。それから腰をかがめたり時に背伸びをしたりしながらクーペを眺めはじめた。まるで懐かしい友に再会したかのように嬉しそうだった。

これで役目は終わった……。亮平はキーを差し出した。しかし、マスターはそれを受け取らなかった。亮平の目から、ポロポロと涙がこぼれはじめていたからだ。

「ごめんなさい、ごめんなさい……やっぱり、お渡しできません。この車、譲って……いただけないでしょうか……父の形見だから」

亮平は長旅を共にした、くたびれ果てたクーペに目をやった。カセットデッキから半分飛び出したテープ。それは、生前の父の言葉を収めたものだった。末期ガンだったなんて聞かされていなかった。時間はまだあると思い込んでいた。

マスターは亮平の手を上から包み、キーを握らせた。

「〝これ、亮ちゃんの！〟だからね」

亮平はマスターの笑みに安堵《あんど》して、もう一度深く頭を下げた。

「疲れたろ？　とりあえずコーヒーでも飲んで。それからゆっくり帰ればいいさ」

マスターが店のドアを開けてくれた。

溢れ出てきた暖かく香ばしい空気に包まれ、安らぎを感じながら亮平は言った。

「はい、ゆっくり帰ります――回り道をしながら」

全裸刑事チャーリー　旅の恥は脱ぎ捨て!?事件

七尾与史

七尾与史（ななお・よし）
1969年、静岡県生まれ。
第８回『このミステリーがすごい！』大賞・隠し玉として『死亡フラグが立ちました！』にて2010年デビュー。

著書
『死亡フラグが立ちました！』（宝島社文庫）
『失踪トロピカル』（徳間文庫）
『ドS刑事　風が吹けば桶屋が儲かる殺人事件』（幻冬舎文庫）
『ドS刑事　朱に交われば赤くなる殺人事件』（幻冬舎文庫）
『殺戮ガール』（宝島社文庫）※単行本刊行時は『殺しも芸の肥やし殺戮ガール』
『山手線探偵』（ポプラ文庫）
『山手線探偵２』（ポプラ文庫）
『沈没ホテルとカオスすぎる仲間たち』（廣済堂出版）
『死亡フラグが立ちました！　カレーde人類滅亡!?殺人事件』（宝島社文庫）
『ドS刑事　三つ子の魂百まで殺人事件』（幻冬舎文庫）
『死亡フラグが立つ前に』（宝島社文庫）
『バリ３探偵　圏内ちゃん』（新潮文庫）
『妄想刑事エニグマの執着』（徳間書店）
『山手線探偵３』（ポプラ文庫）
『ドS刑事　桃栗三年柿八年殺人事件』（幻冬舎）
『すずらん通り ベルサイユ書房』（光文社文庫）
『表参道・リドルデンタルクリニック』（実業之日本社）
『バリ３探偵　圏内ちゃん　忌女板小町殺人事件』（新潮文庫）
『僕はもう憑かれたよ』（宝島社）

共著
『「このミステリーがすごい！」大賞10周年記念　10分間ミステリー』（宝島社文庫）
『５分で読める！ひと駅ストーリー 降車編』（宝島社文庫）
『もっとすごい！　10分間ミステリー』（宝島社文庫）
『５分で読める！ひと駅ストーリー 夏の記憶 東口編』（宝島社文庫）
『５分で読める！ひと駅ストーリー 冬の記憶 西口編』（宝島社文庫）
『５分で読める！ひと駅ストーリー 本の物語』（宝島社文庫）

「『旅の恥は脱ぎ捨て』というだろ、七尾《ななお》」

僕と向かい合った客席に座っているチャーリーこと茶理《ちゃり》太《た》郎《ろう》が声をかけてきた。●●線に乗り込んでそろそろ二時間。車窓では田舎《いなか》の牧歌的な風景が流れていた。

「かき捨てでしょ。ていうか、わざと言ってますよね」

「お前はまだ服なんて着てるのか。何度も言ってるだろ。服なんて虚飾だ。そんなものを身につけているからお前はうだつがあがらないんだ」

「全裸になるくらいなら、うだつなんてどうだっていいですよ」

「そういうのを脱がず嫌いというんだ。虚飾から開放される歓びを知らないお前は世界一の不幸者だな。ご両親も泣いているぞ。この旅だって心から楽しめまい」

「文字通り『身軽すぎる旅』ですね。これ以上はないというほどに」

それにしてもチャーリーは財布をどこにしまっているのだろう。肌に物を一切身につけない主義の彼はバッグもポーチも持っていない。腕時計はもちろんコンタクトレンズすらしていないのだ。

もしかして……穴？

おぞましい想像を振り払うため全力で頭を左右に振りまくる。通りすがった車掌が訝《いぶか》しげに僕を見た。

いやいや、そんな視線を向けるならチャーリーだろ！

と思うのだが、車掌はチャーリーに普通に接している。ヌーディスト法案が施行されて数年が経ち、ヌーディストは世間に溶け込んできたようだ。車内を見渡すと少なからずの乗客が全裸である。斜め前のオッサンに至ってはビールを何本も空《あ》けて全身真っ赤である。それにしても股間も赤くなるなんて初めて知った。

もちろん目の前の上司チャーリーも全裸である。なるべく屹立《きつりつ》した股間を見ないようにしているのだが、彼はいきなり立ち上がったり、何気なく指で指し示したりして僕の視線を局部へ誘導しようとするからタチが悪い。ちゃんと服を着た人間を相棒にしてほしいと何百回も係長に訴えているのに、どういうわけか僕はずっとチャーリーとコンビを組まされている。

今はその相棒と二人旅の途中だ。貯《た》まった有給を消化するようにと係長から言われて「だったら旅をしよう」と思い立った。

「どうしてチャーリーさんがついてくるんですか」

彼は強引に同行してきたのだ。朝、プラットホームに彼の姿を見かけたときはのけぞった。

「一本の矢は簡単に折れるが、二本なら折れないだろ」

「さっぱり意味が分からないんですけど」

簡単に折れる矢だったら二本でも折れると思う。

「今日、俺が同行するのは実は訳がある」

「なんですか」

「普段、俺を上司として立ててくれるお前にちょっとした感謝の気持ちを伝えるためだ」

「ど、どういうことですか。なんだか怖いな」

「ふふふ。それはサプライズとしておこう。お前は今夜、本当の意味での神秘を目にすることだろう」

「し、神秘ですか？」

「そうだ。漢《おとこ》が心の奥底からする真の感謝とは、つまるところ神秘なのだ」

チャーリーの言っている意味がまるで分からない。しかし、僕に対して感謝と労《ねぎら》いの気持ちを持っていてくれることに少しの驚きと大きな喜びを感じた。なんだかんだ言いながら僕は上司である彼に少なからずの礼節を尽くしてきたつもりだ。公衆の面前でパンツをはぎ取られても、僕は健気《けなげ》に彼の部下として、そして刑事として凶悪犯罪に向き合ってきた。

「お前は俺の神秘とも言える感謝を受け止めるだけのことをしてきた。よく今まで俺についていてきてくれたな」

上司は身を乗り出すと僕の肩を摑んだ。両腕の筋肉が逞《たくま》しく盛り上がる。もちろん股間はそのままだ。思えば一瞬でも萎《な》えたところを見たことがない。なにか秘訣でもあるのだろうか。ちょっと羨《うらや》ましかったりする。

「今夜は楽しみにしててくれ。俺ができるまさに極限ともいえる感謝だ。そしてこれだけのことをするのはお前が最初で最後だろう。それはお前が最高で最愛の相棒だからこそだ」

彼は力強く言った。いつもはおぞましさしか覚えなかった彼の股間も今は愛《いと》おしく思える。しかし恥ずかしくてそれは口にできなかった（作者注・『口にできなかった』とは七尾がチャーリーの局部を口に含むという意味ではありません）。

「チャーリーさん……」

なんだろう……。

今までのことが頭の中を走馬燈のように駆けめぐる。全裸にされて全裸専用車両に閉じこめられたり、全裸にされて新調したばかりのスーツを焼き捨てられたり、全裸にされて股間でビシバシ往復ビンタされたり……全裸にされて以下略。

僕は瞼からあふれ出てくる熱いものを拭《ぬぐ》った。拭っても拭ってもこみ上げてくる。ヌーディスト法案が僕の人生を破局的に変えた。

これまでの辛苦は今夜報《むく》われるのだ。

「次は終点、強裸駅《ごうらえき》～、強裸駅～」

そうこうするうちに電車は目的駅に到着した。

名門宿が集まる強裸温泉で有名な地だ。駅前の繁華街は多くの観光客で賑わっている。僕は強裸名物「フリチン饅頭」を買った。饅頭を開発した製菓店の創業者が裸一貫で立ち上げたところからその名前がついたらしい。

裸一貫ってそんな意味だったっけ？

そんなことを考えながら十五分ほど歩いたところに今回宿泊する宿があった。

〈強裸花園〉

玄関の屋根に掲げられた重厚な一枚板に達筆な毛筆体で彫り込まれていた。一泊七万円と値が張るが、屈指の温泉と料理とサービスを楽しむことができる。

たまにはいいよな。今まで死ぬ思いで頑張ってきたんだから。

これは自分へのご褒美だ。

本当は交通課の川奈真理《かわなまり》を連れてきたかったのだが、チャーリーにパンツをはぎ取られて彼女に開チンして以来、目すら合わせてくれなくなった。今回の旅行は傷心のためでもあるのだ。

「ほぉ、さすがは老舗《しにせ》の名門だけあって立派な門構えだな」

チャーリーの言うとおり風格と豪奢《ごうしゃ》を兼ね備えた、思わず気後《きおく》れしてしまいそうな和風の宿だった。奥の方は錦鯉が遊泳する池と手入れの行き届いた庭園が広がっていて、そこを散歩するだけで半日かかってしまいそうだ。旅行雑誌の表紙でも目にしたことのある、風情と情緒に彩《いろど》られた風景である。

二人は宿に入るとフロントで記帳をした。

「それでは夜に会おう。それまでゆっくりと温泉にでも浸《つ》かればいい」

僕の部屋まで乗り込んでくるかと思ったが、チャーリーはバイバイと手を振りながら離れていった。そしてどういうわけか厨房の方に向かった。

「もしかして豪華な夕食でもご馳走してくれるのかな」

それで料理長に相談に行ったのだろうか。チャーリーは今となっては合法的なド変態だが、あれはあれで律儀《りちぎ》なところがある。サプライズというくらいだから、普段ではとても手が出せないような高価な珍味を堪能させてくれるつもりなのかもしれない。サプライズとか神秘というのだからすごい料理が出てくるのだろう。

それは楽しみだ！

僕は部屋に入ると浴衣《ゆかた》に着替えて温泉に向かった。さすがは名門と言われるだけあって泉質が体の芯まで沁み込んでくるようなお湯だった。檜《ひのき》の湯船から出ると体内に澱《おり》のように溜まっていた老廃物が霧散消失したように体が軽くなった気がした。

そしていよいよお楽しみの夕飯だ。

いったいどんな料理が出てくるのか。

僕ははやる気持ちを抑えて客室で待っていた。壁も柱も調度品も贅《ぜい》を尽くしたことが素人目《しろうとめ》にも分かる広々とした和室だった。新しい畳の匂いが鼻腔をくすぐる。フカフカの座布団の上に殿様のように座っているだけで幸せな気分になる。

これぞ非日常。東京の治安を守るため命を懸けている僕にはこの幸せを堪能する権利がある！

「お待たせいたしました」

突然、ふすまが開いて調理服姿の男性が入ってきた。年配であるが、見るからに一流の職人といった深みのある顔立ちをしている。彼は料理長の小澤《おざわ》と名乗った。以前、旅行番組でこの旅館が紹介されたとき、彼の仕事ぶりが画面に流れていたのでよく覚えている。庖丁の切れ目ひとつにもこだわる職人の仕事だった。そんな小澤の料理に舌鼓《したつづみ》を打てるのだ。もはやワクワクするなという方が無理な話である。

「今日は茶理様より七尾様への演出がございます。これは当旅館の裏メニューとも言える趣向でございまして、誰にでもお出しできるものではありません。私が依頼人の人となりを見て判断します。ここだけの話、実に三年ぶりであります」

チャーリーが小澤の目にかなったということらしい。

「そんなにすごいメニューなんですか」

「はい。当旅館が誇る究極のメニューでございます。今夜の料理はお客様の記憶に一生涯刻まれ消えることがないでありましょう。それではどうぞ！」

小澤が合図すると若い料理人が四人、威勢良く入ってきた。彼らは大きな一枚板の上に載せた「料理」を御輿《みこし》のように担いできた。そして僕の前にそれを降ろした。

それは超豪華な刺身の盛り合わせだった。すごい量だ。一人ではとても食べ切れそうもない。

しかし問題はそこではない。そこではない！

僕は箸をつけるのを心底ためらった。きっと今の僕は表情も体も氷のように固まっているだろう。

「こ、これが……究極のメニューですか」

「さようでございます」

板の上にはチャーリーが横たわっていた。屹立した股間の周りには、特に多くの刺身が盛りつけられて見えないように覆われている。

「これぞ強裸花園が誇る究極のメニュー！　刺身の裸体盛り……」

「見れば分かります」

チャーリーと相棒を組んで以来、舌を噛んで死のうと思ったのは今回で何度目だろう。

命の旅

降田天

降田天（ふるた・てん）
鮎川颯と萩野瑛の二人からなる作家ユニット。第13回『このミステリーがすごい！』大賞を受賞し、『女王はかえらない』にて2015年デビュー。

著書
『女王はかえらない』（宝島社）

どうして私なんだろう。

もう何回、同じことを考えたかわからない。

神様は間違えたんだ。みんなの命を私なんかに託すなんて。

生まれた時から、何をやっても周囲より劣っていた。取り柄《え》なんて一つもなかったし、自信なんて持てるはずがなかった。死にたいと思ったことはないけれど、生きていて楽しいと思ったこともない。

生きるか死ぬかの状況になったら、私は死ぬ側に入ると確信していた。それを悔しいとも感じなかった。もっと強い命が残るのが当然だし、そのほうが私たちみんなにとっていい。


空が透《す》き通るように晴れた朝、私たちは身一つで旅に出た。逃げ出したのだ。そこにいたら死ぬしかないから。

そうするしかなかった。私たちは大昔からそうやって生き延びてきた。

だけど、逃げたからって生き残れるとは限らない。

出発して三日目、長老が死んだ。なに、またいいところが見つかるさ。生きることに慣れた彼はそう言って、若者たちの不安を笑い飛ばしていたのに。

子どもが死に、その母親が死に、体の大きな男が死に、美しい女が死んだ。道程の過酷さに力尽きたのもいれば、殺されたのもいる。仲よしだった友達は、知らないうちに消えていた。やはり死んだか、攫《さら》われてどこかに売り飛ばされたか。どちらにせよ生きていないことに変わりはない。

出発した時は賑やかな集団だったのに、今は私しかいない。私だけになってどのくらい経《た》つのかも、もうわからない。

残ったのが、どうしてよりによって私なんだろう。

私は賢くない。強くも美しくもない。みんなにできなかったことが、私にできるはずがないのに。こうして旅を続けたって、孤独と苦痛の時間が長くなるだけなのに。

でも、やめるわけにはいかない。

私が生き延びて、同じように逃げてきた誰かと結ばれて、子どもを産む。それが仲間の命を繋《つな》ぐこと。死んでいったみんなの願い。

本当はそんなもの背負いたくなかった。重くて重くて潰されてしまいそう。私にはできないと放り出し、取るに足りない存在でいられた頃が恋しい。

だけど、みんなの思いに逆らって引き返す勇気もない。

進むしかないから進んでいくうちに、いつのまにかずいぶん高いところにいた。世界を南北に分かつようにそそり立つ山脈。吹き渡る風は身を切るように冷たく、木々はうっすらと雪をかぶっている。お日様も凍えたみたいに元気がない。

早くこの山を越えなくちゃ。池の水が凍りついてしまう前に。こんなところで冬に追いつかれたらひとたまりもない。

ああ、でも焦って用心を怠《おこた》ってもいけない。私たちはいつも狙われている。やつらに見つかったらおしまいだ。

夜が近づき、肉体的にも精神的にもくたくたになっていた私は、巨大な木の根元に座り込んだ。いい具合に枯れた草が繁っていて、私の褐色の体を敵から隠してくれる。とたんにすさまじい疲労が襲いかかってきた。

もういいんじゃないかな。諦めたって誰も怒らないんじゃないかな。しょせん私だもん。神様が間違えたのが悪いんだもん。でも、私にしてはよくやったよね。

低い声が聞こえたのはその時だ。

「褐色の娘よ」

私は一瞬で身構えていた。もういいと思っていたはずなのに、本能だろうか。それとも仲間が私を生かそうとしているのか。

声は深く澄んでいた。薄闇と雪でまだらに染まった森の中、はるか上空から降ってくるようでも、地の底から響いてくるようでもある。

「誰？　どこにいるの？」

答えは得られなかった。代わりに、奇妙な言葉が届いた。

「九つの太陽と九つの月を越えた時、おまえはおまえと同じ寂しい旅人に出会うだろう。それが運命の相手だ。命は繋がれる」

いつのまにか日は沈み、冴《さ》え冴《ざ》えとした月光が辺りを照らしているが、声の主は見つけられない。老いた梟《ふくろう》は知恵を越えた知恵を持つ、という話をふと思い出したが、そもそも私は梟がどういう姿をしているのか知らない。

私はなんとなく、旅に出て三日目に死んだ長老を思い描いた。彼は物知りで、予言めいた言葉はよく当たったものだ。なに、またいいところが見つかるさ。あれもきっと現実になる。

姿なき予言者の言葉を、私は信じた。


私は旅を続けた。

激しい風雨にさらされても、敵に追いかけられても、食べものにありつけなくても、九つの太陽と九つの月の間ならと耐えた。

そのうちに太陽の動きや空気の流れから位置を把握できるようになり、地形や風景も頭に刻み込まれた。身を守り、時には戦う術《すべ》を憶えた。

怯《おび》え、途方に暮れていた私は、もうどこにもいない。私にはできないとも、神様が間違えたのだとも思わない。

これは、私の旅だ。

私は確信を持って南へ進み、どんどん速度を増していった。山を越え、海を渡った。ぼろぼろになった強い体で風を切り、景色を置き去りにしていく。

ついに十個目のお日様が昇った日、急に頰に当たる風が暖かくなった。

いいところはきっとすぐそこだ。運命の相手も。

ああ、早く会いたいな。

ダァーンと遠くで音がした。

体が燃えるように熱くなり、何もわからなくなった。

よく見えないけれど、景色が逆さまになっている気がする。今まで耐えてきたどんな嵐よりも激しい風が、体を通り抜けていく。

落ちてる？　どうして？　わからない。羽ばたかなくちゃいけないのに、翼がちっとも動かない。

ああ、やっぱり私だった。賢くないし、強くもない。おまけに体がべっとり汚れて、ますます美しくない。

細長い筒を手にした人間の男の姿が見えた。筒からは白い煙が上がっていた。知っている。たくさんの仲間があれにやられた。下からあれにやられたら、私たちは飛べなくなって地に落ちてしまう。

獣、猛禽、それに人間。冬から逃げてきた渡り鳥を待ち構える敵たち。

「助かった。これであの娘のもとへ生きて帰れる」

感極まったような叫びがかすかに聞こえた。骨と皮ばかりの、一目《ひとめ》で飢えているとわかる男が、よろよろと駆け寄ってくる。

人間の言葉はわからないけれど、予言を受けた時の私と同じ喜びを感じた。

──九つの太陽と九つの月を越えた時、おまえはおまえと同じ寂しい旅人に出会うだろう。それが運命の相手だ。命は繋がれる。

彼は私を食べ、誰かのもとへ生きてたどり着くのだろう。そして結ばれ、子どもが生まれる。

ごめんね、みんな。私もここまでみたい。

だけどこの九日間、私は生きてるのが最高に楽しかったよ。

薄れゆく意識の中、大空を渡る褐色の翼を見た。

同種の誰かが旅をしている。彼女がきっと繋いでくれる。

みんなの願いを託し、私の旅は終わった。

わらしべ長者スピンオフ

木野裕喜

木野裕喜（きの・ゆうき）
1982年、奈良県生まれ。
第１回『このライトノベルがすごい！』大賞・優秀賞を受賞、『暴走少女と妄想少年』にて2010年デビュー。

著書
『暴走少女と妄想少年１～７』（このライトノベルがすごい！文庫）
『スクールライブ・オンライン１～６』（このライトノベルがすごい！文庫）
『電想神界ラグナロク１～２』（ＧＡ文庫）

共著
『５分で読める！ひと駅ストーリー 降車編』（宝島社文庫）
『５分で読める！ひと駅ストーリー 夏の記憶 西口編』（宝島社文庫）
『５分で読める！ひと駅ストーリー 冬の記憶 西口編』（宝島社文庫）
『５分で読める！ひと駅ストーリー 本の物語』（宝島社文庫）

馬を譲ってくれた若者が、面白いことを言っていた。

聞けばあの若者、最初はわらしべ一本しか持っていなかったのだという。

それが今では屋敷住まい。にわかに信じられない成り上がりだ。

なんでも、わらしべの先にアブをくくりつけていると、それに興味を示した子供が欲しいと言ったのでくれてやったところ、そのお礼として蜜柑《みかん》をもらったそうだ。

まあ、それくらいの交換ならアリだろう。

次に、若者は喉の渇《かわ》きに苦しんでいる商人と出会ったそうだ。商人は若者が持っていた蜜柑を欲しがった。結果、若者は上等な反物《たんもの》と蜜柑を交換した。

これもまあ、相手が死ぬほど喉の渇きを覚えていたのなら、若者は命の恩人と言えなくもないし、アリと言えばアリだ。

続けて若者は侍と出会う。その侍は、愛馬が急病で倒れてしまったが、急いでいるために馬を見捨てなければならない状況にあった。そこへ若者が、反物と馬の交換を申し出たという。

動物愛護の精神に、わしはいたく感心した。しかも若者が衰弱《すいじゃく》した馬に水を汲んで飲ませてやると、馬は元気を取り戻したという。その奇跡にわしは感動した。

でも、さすがに馬と屋敷の交換はやりすぎた。ちなみに、交換したのはわしだ。

何故《なぜ》そんなことをしてしまったのか。ちょうど婚活《こんかつ》の旅に出ようとしていたこともあるけど、何より、あの若者の運気にあやかりたかったのだ。そうすることで、あわよくば幸せな結婚ができるといいな……なんて思っちゃったりしたわけだ。

わかる。わかるぞ。言いたいことは、よーくわかる。

若者に交換してもらった馬が、諭《さと》すような、憐れむような声で鳴いている。

『なんてバカをしたんスか。自分が言うのもなんスけど、わりに合わないっスよ』

とでも言っているかのような。そのとおりすぎて、グウの音も出ない。

勢いって怖いな。実際、旅に馬は必需品だけど、屋敷と交換するくらいなら普通に買うわ。屋敷一つで馬が何頭買えることやら。今さら返せとは言えないし、いったいいくらの損失だろうかと頭を抱《かか》えていると、旅の友となった馬が『自分、精一杯働くんで、元気出してくださいな』と、慰めるような声で鳴いた。

「……過ぎたことを悔やんでも仕方ないか。よし、わしはもう後ろを振り返らんぞ。目指せ、若くて美人の嫁さん！　素敵な出会いを求めて旅を続けようじゃないか！」

『その意気っス！　御主人が望むなら、自分、シルクロードも横断する覚悟っス！』

鼻息を荒くした馬が、なんとなくそう返してくれている気がした。

そうそう、名前をつけてやらないとな。しばし考え、わしは馬に《サクラ》と名前をつけた。見たところ牝馬のようだし、可愛らしい名前だと思う。他意はない。

幸い乗り心地はいいし、あの若者のように、わしにとってもサクラが運気を上げてくれる存在になることを願う。

　などと期待に胸を膨らませていると、前方不注意でドボンと池にはまった。

「がぼぼ、ごぼぼぼぼぼぼ」

　深い。どんどん沈んでいく。ヤバい……これはシャレにならない。

　重石となっている、全財産が入った鞍袋《くらぶくろ》をサクラの背から外《はず》して助けようとするが
……息が続かない。死を予感したわしは、身を切る思いで水上へと掻《か》き泳いだ。

「──かはあっ！　……ぜはぁ……はぁ……」

　どうにか力尽きる前に岸へ這い上がることができた。しかし、その代償は大きい。

　サクラが…………沈んでしまった。

　がくりと膝をつき、呆気《あっけ》なく相棒と全財産を失った悲しみに打ち拉《ひし》がれていると、
湖の中からパアッと目が眩《くら》むような神々《こうごう》しい光が浮かび上がってきた。

　徐々に発光が収まっていくと、そこには湖面に立つ美しい女の姿があった。自らを
湖の女神《めがみ》と名乗り、全身がゴールデンカラーに輝く馬を見せて、こう言ってきた。

「お前が落としたのは、この馬か？」

「全然違う。わしが落としたのは、もっと普通の馬だ」

「では、この馬か？」今度は全身がメタリックシルバーな馬を見せてきた。

「いやだから、もっと普通の馬だってばよ」

「では、この馬か？」続けて湖の女神が見せたのは、まさしくサクラだった。

「サクラァァァァ！」

『御主《ごしゅ》じぃぃぃぃん！』

サクラとの再会を喜んでいると、湖の女神は微笑み、お前は正直者だなと言った。

嘘をつく要素が見当たらなかったのだけど、湖の女神は感心したとかなんとかで、
金銀の馬も褒美《ほうび》にやると言って、湖の中に帰っていこうとした。

「ちょっと待ってくれ！　こんなんもらっても困るんだけど!?　それよりも一緒に落とした風呂敷を――て、もういねえ、ぅおおおおい!!」

わしの呼びかけも空しく、湖の女神は消え、辺りは静けさを取り戻してしまった。

残されたのは、唖然《あぜん》とするわしとサクラ、そこへ新たに加わった金銀の珍馬《ちんば》。

注文した覚えもない商品を押しつけられ、有無を言わさず有り金を巻き上げられた気分だが、サクラの命を助けてもらったと思えば納得することもできなくはない。

『御主人、申し訳ないっス……。自分が不甲斐《ふがい》ないばかりにこんな……』

サクラが落ち込んだように弱々しく嘶《いなな》いたので、お互い無事で何よりだと言って、たてがみを梳《す》いてやった。金で命は買えないからな。

とはいえ、旅を続けるにも一文無しでは心許《こころもと》ない。わしは、この付近で一番大きな町まで行き、金銀の馬を買い取ってくれそうな商人を探すことにした。目立つ二頭は

町の外れに隠して繋いでおく。

町に入ってしばらく闊歩《かっぽ》していると、気になる御触《おふ》れが目についた。

【かぐや姫の望みを叶《かな》えた者に、貴賤《きせん》を問わず姫の夫となる権利を与える】

聞いたことがある。この世のものとは思えぬ美しさで、多くの男から毎日のように求婚《きゅうこん》を受けている娘がいると。興味はあるが、わしでは高嶺《たかね》の花もいいところだな。

「でもせっかくだ。相手にはされずとも、見に行くだけ行ってみようか」

『相手にされないなんて、そんなことないっスよ。自分がもし人間だったら……』

馬語《うまことば》はわからないが、サクラがわしを励ましてくれているのはわかった。

サクラに跨《また》がり風を切って道を行くと、しばらくして、かぐや姫の暮らす立派な御殿《ごてん》が見えてきた。門前《もんぜん》にできた人垣からも、噂どおりの人気が窺《うかが》える。

門の外で一刻《いっこく》ほど待つと、拝謁《はいえつ》の順番が回ってきて、かぐや姫の御前《おんまえ》に通された。

噂に違《たが》わぬ美貌《びぼう》を目にし、わしはごくりと息を呑んだ。

なるほど。これほどの美人なら、こぞって求婚する男たちの気持ちもわかる。

もっとも、わしはそこまで望まないので、一目御尊顔《ひとめごそんがん》を拝見できただけで満足だ。

待っている間に聞いたのだが、かぐや姫は求婚者たちに、えらく無茶な課題を要求しているそうだ。《蓬莱《ほうらい》の玉の枝》やら《火鼠《ひねずみ》の裘《かわごろも》》やら、実在するのかどうかさえも疑わしい物を手に入れてこいとか。初めから結婚する気がないとしか思えん。

まあ、わしも興味本位でここにいるくらいだし、人のことは言えないけれど。

「あなたには、《水神に仕える金の馬》を手に入れていただきます」

ほらきた。金の馬とか、そんな物、見たことも聞いたことも——……。

「どうなさいました？　やめるなら今のうちですよ？」

「……銀の馬もセットでいかがですか？」


——かぐや姫、ついに結婚する。


このセンセーショナルな話題が町中を駆け巡り、わしは一躍《いちやく》時の人となった。

一文無しになった時はどうなることかと思ったが、まさか、前以上に大きな屋敷に住め、こんなに若くて超美人な嫁さんをゲットできるとは夢にも思わなんだ。

「それもこれも、あの若者と物々交換をしたおかげかな」

……だけど、何故だろう。嫁さん探しという旅の目的を早々に遂《と》げることができ、満たされているはずなのに、何かが心を苛《さいな》んでいる。

それに、わしが身を固めて屋敷に留まるようになって以来、サクラも元気がない。

結婚して一週間が経《た》った頃、わしは思い切って、かぐや姫に新婚旅行を提案した。

すると、かぐや姫は空に浮かぶ月を眺めてこう言った。

「私は月の世界の者。次の十五夜《じゅうごや》に、月に帰らなければなりません」

電波な発言は遠回しな拒否かと思っていたら、数日後、本当に月から迎えがやってきた。どうやら、かぐや姫の正体は宇宙人だったらしい。

「あなたは良い夫でした。ただ男性としては退屈というか……とにかくさようなら」

結婚へのトラウマになりそうな一言《ひとこと》を残し、かぐや姫は月へと帰っていった。

すると、入れ替わるようにして、わしの手の中に見慣れぬ小箱が降ってきた。

もしや、これは悪名高い玉手箱では!?

咄嗟《とっさ》に投げ捨てそうになったが、わしは脱力して箱に目を落とし、溜息をついた。

「………これは、わしへの罰なのかもしれんな」

目先の欲にとらわれ、サクラをただのラッキーアイテム扱いしていたことへの。

サクラに元気がないのも、全てわしが原因だ。

あんなに気遣《きづか》ってくれていたのに。大切な相棒だったのに。すまない、サクラ。

わしは贖罪《しょくざい》のつもりで箱を開けた。

しかし箱の中には、掌《てのひら》に収まるくらいの金色の玉が一個入っていただけだった。

なんだろうと眉をひそめると、箱の中に説明書らしき物を見つけた。それによると、
これと同じような玉が全部で七つあり、世界中に散らばったそれらを全て集めると、
どんな願いでも一つだけ叶えられるという。

それを見て、わしの胸中に、ふつふつと熱い感情が湧き上がってくるのを感じた。

「サクラ！　サクラはいるか⁉」

『御主人、ここにいるっスよ！』

待っていましたとばかりに、駆け寄ってきたサクラが嬉しそうに嘶いた。

「サクラ、許してくれ。わしはお前のことを……」

『許すも何も、自分は感謝しているんス。自分みたいな普通の馬と御自宅を交換し、あまつさえ全財産を失い、それでも自分のことを心配してくれた御主人に……』

言葉は理解できないが、サクラの優しさは十分に伝わってきた。

『それでご主人、ドラゴ――もとい、その不思議な玉を探しに行くんスか？』

「……ああ。七つ集まったらサクラを人間にしてもらい、妻《めと》として娶るのもいいな」

『ご、御主人が望まれるのでしたら、自分は馬生《ばせい》くらい、いつでも捨てる所存っス』

「長い旅になるぞ。そう、人生という名の長い旅に」

「望むところっス！　どこまでも、どこまでも御供《おとも》させていただきます！」

揚々《ようよう》とサクラの背に跨り、わしはしみじみと思った。

近すぎると気づかないものだな。

素敵な出会いという願いは、一番初めに叶っていたのだ。

「さあ行こう。わしらの旅はまだ始まったばかりだ！」

北風と太陽

森川楓子

森川楓子（もりかわ・ふうこ）
1966年、東京都生まれ。
第６回『このミステリーがすごい！』大賞・隠し玉として『林檎と蛇のゲーム』にて2008年デビュー。別名義でも活躍中。

著書
『林檎と蛇のゲーム』（宝島社文庫）

共著
『「このミステリーがすごい！」大賞10周年記念　10分間ミステリー』（宝島社文庫）
『５分で読める！ひと駅ストーリー 降車編』（宝島社文庫）
『もっとすごい！　10分間ミステリー』（宝島社文庫）
『５分で読める！ひと駅ストーリー 夏の記憶 東口編』（宝島社文庫）
『５分で読める！ひと駅ストーリー 冬の記憶 東口編』（宝島社文庫）
『５分で読める！ひと駅ストーリー 本の物語』（宝島社文庫）

旅人は、一目《ひとめ》で高級と知れるカシミヤのコートに身を包み、駅への道を急いでいた。片手で引いているのは、これもまた高級ブランドのスーツケース。肩にかけた小ぶりのバッグも同じくだ。耳につけたピアスは大粒のダイヤモンド、首に光るネックレスも同デザイン。全身の総額で、新車が一台買えるだろう。

「いい女じゃねえか」

私が目をつけるより先に、相棒も気づいていたらしい。ヒュッと短く、気障《きざ》な口笛を吹いて、私に目配せをした。

「やるか」

「もちろん」

「俺が先に行くぜ」

そう言い捨てて、北風は私の返事を待たずに旅人に近づいていった。

やれやれ、だ。思い立ったら即行動の性格は、何度痛い目を見ても変わらない。ま、おかげで私の仕事がやりやすくなるのだが。

北風は旅人の背後から近づくと、追い抜きざま、肩のバッグをひったくった。

「きゃ……!?」

旅人が可憐な悲鳴を上げる。彼女が「泥棒！」と叫びだす前に、北風は足を止めてくるっと振り返り、ニヤリと笑った。

「油断しすぎだぜ、お嬢さん。この物騒な街でぼんやり歩いてたら、俺みたいなワルに目を付けられちまう」

北風は、ひったくったバッグを丁重に旅人に返した。旅人は、わけがわからないという顔をしている。

「悪い悪い。ちょいと冗談が過ぎたな。あんたみたいな美人がぼーっと歩いてるのが気になってな。警告のつもりだったんだ。驚かせて、悪かった」

「ま……まあ……そうでしたの」

旅人は目をぱちくりさせている。北風は、すばやく彼女の腕に手をかけた。

「あんたみたいな初心《うぶ》な美人を放っておけないぜ。俺が案内してやろうか？」

「い、いいえ、結構です」

「遠慮はいらねえ。ホテルはどこだい？」

「いえ、私、これから駅に向かうところなので……」

「駅か。よし、一緒に行こう。あんたみたいな美人には、屈強な用心棒が必要さ」

「い、いえ……結構です！」

旅人は怯《おび》えきっている。北風は、今にも彼女のスーツケースを奪い取って駅に駆け出しそうな勢いだが、この調子《こ》では、そのまま警察に突き出されるのがオチだ。

まったく、何度失敗しても懲りないやつめ。こんな強引な手口に引っかかる旅人など、いるわけがないのに。

私はゆったりした足取りで二人に歩み寄り、ふと気づいた風をよそおって言った。

「おや？　北風？　北風じゃないか」

「なんだ、太陽」

「何をしてる？　ははん、また、美しい女性をナンパしてたんだね」

「ナンパだとお？　人聞きの悪いことを言うな。俺はただ、人助けを……」

「申し訳ありません、美しいレディ。この男は私の友人でしてね、ごらんの通りの粗暴な男ですが、悪気はないのですよ。ご迷惑をかけたこと、私がお詫びします」

恭《うやうや》しく一礼すると、旅人の顔がほころんだ。

ほら見たことか。旅人の心をほぐすには、北風のやり方ではダメなのだ。

「まあ……ありがとうございます。ご親切に」

「私の名は太陽。この近くの銀行に勤めている者です」

私が偽造名刺を差し出すと、旅人の表情がますますやわらいだ。一流銀行の名は、太陽の光よりもあたたかく旅人の心を蕩《とろ》かす。

「ご迷惑をかけたお詫びに、お茶でもいかがです？　この近くに、雰囲気のいいカフェがあるんですよ。お急ぎでしたら、無理にお引き止めはしませんが……」

「いいえ、電車の時刻にはまだ間がありますわ」

私の笑顔と偽造名刺にすっかりだまされて、旅人は安心しきった様子だった。

カフェでお茶を飲んだ後、私と北風は当然のような顔で旅人にぴったり付き添い、駅まで同行した上に、一緒の列車に乗り込むことに成功した。

その頃にはもう、旅人は私たちに心を許しきっていた。

「私、一人旅は初めてで、不安に思っていましたの。お二人のような親切な方に力になっていただいて、本当に助かりましたわ」

「お役に立てているなら、何よりですよ。このご旅行は、観光で？」

「いえ、ビジネスですの」

「ビジネス？　それは意外ですね。どんなお仕事をなさってるのです？」

「それは……あ、いえ、なんでもありません」

旅人は首を振ってごまかした。

ビジネス、などと偉そうに口にしてみたが、使い走り程度の用件なので恥ずかしくなったのだろう。私はそう解釈し、話題を変えた。

「目的地はどちらです？」

「終点まで。私、海が見たいんですの」

海、ねえ。海を見るだけの簡単なお仕事なんて、世の中にあるものか。ビジネスなんて、やっぱり嘘だろう。

私と北風はそっと目配せをかわした。旅人が――それも女が海を見たがる理由なんて、十中八九、失恋に決まっている。

北風が言った。

「ところでお嬢さん、その重そうなコートを脱いじゃどうだい？」

「いえ、私、冷え性なので。それに、この車内はあまり暖房が効いていませんから、寒いのですわ」

旅人はコートの襟《えり》をしっかりかき合わせ、ため息をついた。

「暖房費も、馬鹿にならないのでしょうね……」

旅人はコートを脱がないばかりか、バッグを片時も離そうとせず、トイレに立つときにもスーツケースを引いていくほどの用心っぷりだった。

彼女が席を立った隙に、北風が愚痴った。

「見かけによらず、ガードの固い旅人だぜ」

「仕方ないさ。最近は、どこも治安が悪いからな。みんな手荷物には敏感なのさ」

「昔なら、おまえがポカポカ照りつけて油断させた隙に、身ぐるみはがして、有り金全部いただけたのにな。昔の旅人はシンプルで良かったぜ……」

「しっ。彼女が戻ってくるぞ」

私たちは終点の駅で降り、そこから徒歩三十分かけて海辺へ向かった。

歩きながら、旅人は言った。

「この先の海は、潮の満ち引きがとても強いことで知られていますの」

「ほう……？」

「そのため、自殺の名所としても有名なのですわ。この海で溺れたら、まず死体は上がらないと言われています」

私と北風は顔を見合わせてしまった。

まさかこの女、自殺目的で海を目指しているのか。女が死ぬのは一向に構わないが、面倒事に巻きこまれるのはごめんだ。

海は、私の想像以上に荒々しく波立っていた。尖った岩に波濤《はとう》が打ち寄せ、砕け、白い泡を噴き上げる。さすがの私も足がすくむ。

いや、足がすくむ理由はそれだけではないようだ。北風が怯えたように言った。

「なんだか寒気がしやがる……この海、ぞっとするような気配が漂ってるぜ……」

「当然ですわ。自殺の名所ですもの。無数の死者の怨念が渦巻いているのですわ」

旅人は北風の陰に隠れるようにしながら、こわごわ海をのぞいている。

「お、おい、洒落にならねえよ。波の間から黒い手みたいなものが出てきたぞ」

「死者の霊ですわ！　お気をつけて！」

「気をつけてって……言われても……うわあああ！」

一瞬の出来事だった。波間から伸びてきた無数の黒い手が北風に絡みつき、荒ぶる海へと引きずり込んだ。

「きゃあ！　北風さん！　北風さん！」

「北風ー！」

「もうダメですわ、太陽さん！　逃げましょう！」

「だ、だが北風が……！」

「彼は尊い犠牲になってくれたのですわ。彼の屈強な肉体を、死者たちが喰らい尽くすには時間がかかるはず。その隙に逃げますわよ！」

「きたかぜぇぇ――――！」


走りに走り、ようやく安全な場所まで来ると、旅人は息を切らせてコートを脱いだ。

「ああ、暑い……あやういところでしたわね、太陽さん」

そのとき私は、あることに気づいて後じさった。旅人は汗をぬぐっている。

「絶好のポイントでしたのに、あれほど死者の怨念が強いとは……まず念入りにお祓《はら》いをして死者の供養をしなければ、使い物になりませんわね。ふう……」

旅人は、じりじりと遠ざかる私に気づき、きょとんとした。

「どうなさいましたの、太陽さん？　次の視察に向かいますわよ。ここから五十キロ南に、やはり自殺の名所として有名な海岸が……」

私はものも言わずに向きを変え、一目散《いちもくさん》に逃げ出した。


数日後の夜、北風が戻ってきた。彼はおんおん泣きながら訴えた。

「いてぇ……よぉ……死者こえぇぇよぉ……片足食いちぎられちゃったよぉ……」

「養生すればまた生えてくるさ。命があっただけでも儲けものだ」

「なあ、太陽よぉ……いってぇ何者だったんだよ、あの旅人は……」

「聞け、北風よ。私は見てしまった。彼女がコートを脱いだとき、その下の襟元に光る社章を！」

「社章？　……あいつ、いったい……？」

「頭を働かせろ、相棒。あの女は風と太陽の力を利用し、それだけでは飽きたらずに潮力にまで食指を伸ばしやがったんだ……」

北風もようやく理解したようだ。私たちは抱き合ってうめいた。

「……電力会社めぇぇぇ」

ポストの神さま

田丸久深

田丸久深（たまる・くみ）
1988年、北海道生まれ。
第10回日本ラブストーリー＆エンターテインメント大賞・最優秀賞を受賞、『僕は奇跡しか起こせない』にて2015年デビュー。

著書
『僕は奇跡しか起こせない』（宝島社文庫）

——お母さんに手紙を出すときは、ポストの神さまにお願いするのよ。

母は旅に出る前に、わたしにひとつのおまじないを教えてくれた。

住所がわからなくても、宛名にお母さんの名前だけを書けばいいわ。ポストの神さまがお母さんのことを探して、あなたの手紙を届けてくれるから。手紙を投函《とうかん》したら手を合わせてこうお願いするのよ。

ポストの神さま、この手紙をどうぞお母さんに届けてください。

ちゃんとお願いしたら、ポストの神さまが手紙を届けてくれるから。お母さんが日本中の——ううん、世界中のどこにいても、必ず手紙を届けてくれるからね。お返事を書くことはできないけど、お母さんはずっとあなたのことを想っているからね。

母の言葉を信じて、わたしはポストの神さまにお願いをしている。

お母さん、お元気ですか。わたしは元気です。

いつも決まった書き出しの手紙を、わたしは母に出し続けていた。

母が旅に出てから十年の月日が過ぎた。ひとりぼっちになったわたしは遠縁にあたる親戚に引き取られ、小さな田舎《いなか》町で女子高生をしていた。

通学途中にある郵便ポストは、川にかかった橋のたもとにある。昔ながらの寸胴《ずんどう》体型のポストは、まるで朝ごはんを食べるように通勤通学前の人々の手紙を飲み込んでいく。人の切れ間を見計らって、わたしは手紙をポストに入れた。

そして、手を合わせる。道行く人々の視線を感じるけれど、気にしない。

ポストの神さま、この手紙をどうぞお母さんに届けてください。

顔をあげると、スーツ姿の男性が苛立《いらだ》ったように手紙をねじ込んできた。朝の忙しい時間に迷惑だと無言で叱られ、わたしは頭を下げ、逃げるように橋を渡った。通勤途中の車が歩道のすぐ横を走り、朝の澄んだ空気に排気ガスの汚れが混じる。

橋のなかほどで立ち止まり、欄干に身体を預けて深呼吸をした。川のせせらぎに耳を澄ませながら、胸に手をあて鼓動が落ち着いていくのを確かめる。

「――そんなところでなにやってるんだよ。遅刻するぞ」

ふいに声をかけられて、心臓が跳ね上がった。

「なんだ、お兄さんか」

「なんだとはなんだよ。もう時間だぞ」

みんなに『お兄さん』と呼ばれている彼が、わたしの背中をぽんと叩く。橋を渡ればわたしの通う学校があり、彼の働く職場もある。彼は仕事に行きたくない自分の気持ちを、わたしを学校に行かせねばという使命感でごまかしているのだ。

風が吹いて、わたしは乱れた髪を手で押さえた。前髪が目に入って、痛い。

「またポストの神さまに祈ってただろ。怪しいぞ、あれ」

どうやら見られていたらしい。ポストを拝んでいたことは指摘するけれど、髪で隠した火傷痕《やけどあと》には触れないでくれる。それが彼のやさしさだった。

「いいの。あれはわたしのおまじないなの」

母に宛てた手紙は、いつも絵はがきにしている。毎週金曜日、わたしの近況を書いた短い手紙をポストの神さまに託していた。

橋を渡れば朝日を浴びて輝く水面がまぶしいけれど、川岸にごみ袋やコンビニ弁当の容器が引っかかっているあたり、綺麗《きれい》だとは言いがたい。ぷかぷかと流されている空き缶を、わたしは自然と目で追っていた。

「あの空き缶はどこに行くんだろう」

「どこかで沈むか、ひっかかるかするんじゃないか?」

「海までは行けないの?」

「どうだろうな。この川も海につながってはいるけど。流れていくごみの行方なんて、気にしたこともないな」

職場が近づくにつれ、お兄さんの表情が険しくなっていく。毎日残業続きで忙しいらしい。目の下の色濃いクマが、彼の日々の疲れを物語っていた。

「俺、子どものころにやったことあるんだ。瓶のなかに手紙を入れて、川に流すっていうやつ。はじめは拾った誰かが手紙をくれるだろうって期待してたけど、いくら待っても手紙なんて来なかった。きっとどこかで瓶が割れるか水が入るかしてさ、川底でぐちゃぐちゃになって終わりなんだよ。映画のようにうまくなんていかないさ」

わたしがポストの神さまに手紙を託すように、幼い日の彼も見知らぬ誰かに宛てて手紙を旅に出したのだ。

「――じゃあ、お兄さん、今日もお仕事頑張ってね」

「お前も学校頑張れよ」

橋を渡り終え、わたしたちは手を振って別れた。


母への手紙を出すのは金曜日と決めている。

手紙を出していることは、親戚には内緒だった。この家で母のことを口にするのは禁忌《タブー》とされている。手紙のことを知られたら、家を追い出されるに違いない。

『あの人のことは忘れなさい』

病院で親戚にはじめて会ったとき、そう言われたのをよく覚えている。お化けのような醜い顔をしたわたしを、親戚はいやいやながらも引き取ってくれたのだった。

「こんにちは、郵便です」

声がして、わたしは廊下を走る。この町では家の鍵をかける習慣はなく、扉も開け放していることが多い。だから郵便はひと声かけて玄関先に置かれていく。

「いつもご苦労さまです」

勢いあまって転びそうになりながら、わたしは手紙を受け取る。公共料金の請求書やダイレクトメールばかりだ。そのなかに、絵葉書が一枚交ざっていた。

宛先のない手紙は、当然ながら戻ってくる。その手紙を親戚に見つかるわけにはいかない。だからわたしは必ず金曜日に手紙を出し、土曜日に家で待つことにしていた。

「……これ、ちゃんと住所を書いてくれよ」

そう、お兄さんが言う。彼は郵便配達の仕事をしているのだった。

宛先不明の紙が貼られた絵葉書を見るたび、わたしはこれを届けてくれた彼に申し訳なく感じていた。差出人のもとに手紙を返すなんて、仕事を増やすだけでしかない。

「住所がわかれば、ちゃんと届けてやるからさ」

「……ごめんなさい」

また、母への手紙が戻ってきた。落胆の表情を隠せないわたしに、彼は気まずそうにうつむいた。

「ポストの神さまなんていないんだよ。住所がわからない手紙は、どこにも行けずに帰ってくるんだから」

「……じゃあどうして、たまに手紙が戻ってこないことがあるの？」

「それは……」

言葉が見つからないようで、彼は沈黙でごまかそうとする。

「今日の手紙はだめだったけど、先月出した手紙はちゃんとお母さんに届いたんだよ」

振り絞るように、わたしは言った。

「ポストの神さまは絶対いるよね。わたしの手紙はちゃんとお母さんに届いてるよね」

「……とにかく、次からはちゃんと住所を書くように」

それだけを言い残して、お兄さんは去っていく。次の配達に向かうバイクの音が聞こえなくなるまで、わたしはずっと、玄関に立ち尽くしていた。

手紙を出すのは毎週金曜日。けれどたまに、創立記念日などの休みに合わせて書くこともある。毎日でも手紙を書きたいと思うほど、伝えたいことがたくさんあった。

お母さん、お元気ですか。わたしは元気です。いま、どこを旅していますか?

その手紙を、夜中にこっそり出しに行く。いつもの通学路が、夜だとまったく違う道を歩いているように思える。朝と違って誰もいない。念入りにポストにお願いをして、わたしは気まぐれに川をのぞいてみた。

月明りの下、川はいつもどおり穏やかに流れている。海に向かって長い旅をしている。それをぼんやりと眺めているうちに、ふと、橋の下に誰かいることに気づいた。

「……お兄さん？」

それは、お兄さんだった。わたしの声が聞こえたのか、彼は顔をあげた。

「なにをしてるの？」

彼は、川にごみを捨てていた。

立ち尽くしたままなにも答えない彼に、わたしは橋の下へとおりた。空き缶や空き瓶がたくさん捨てられていて、軽いペットボトルはあっという間に流されていく。

拾ったお弁当の容器を開けると、なかにはたくさんの手紙が詰められていた。

「……ポストの神さまなんていないんだよ」

観念したように、彼は言った。

「手紙が戻ってこなかったのは、俺が配達しきれない日があったからなんだ。一日中バイクで走り回ってそれでも間に合わなくて、家に帰ったら部屋はごみだらけで汚くてさ。むしゃくしゃして、たまに、川に捨ててたんだ」

流れていく手紙を眺めながら、お兄さんは言った。

「夢を奪って、ごめんな」

その日を境に、彼はこの町から姿を消した。

わたしは手紙のことを誰にも言わなかった。捨てられた手紙に誰も気づいていなかった。けれどお兄さんは、母のように旅立ってしまった。

長らく旅に出ていた母から返事が届くようになったのは、翌年のことだった。

ずっと行方知れずだった母が、ある日突然警察に出頭した。ＤＶに耐えかねて、母は父を殺したのだ。顔をガスコンロで焼かれ、泣き叫んでいたわたしを守るためだったとはいえ、母のしたことはまぎれもない犯罪だった。

母は逃亡先の海沿いの町で、浜辺に流れ着いていたペットボトルから一通の手紙を見つけた。水が染みて読めなくなったものも多いなか、唯一読めた手紙の宛先には母の名前が書かれていた。それはお兄さんが川に捨てた手紙であり、わたしがポストの神さまに託し続けた手紙のひとつだった。

その手紙を読んで、母は自首を決意したのだ。

母への手紙に、はっきりと宛先を書けるようになった。たまに会いに行けるようにもなった。いつか母と一緒に暮らせる日が来るとわたしは信じている。

母への手紙に、ポストの神さまはもう必要ない。

けれどわたしはいまも、ポストの前で祈っている。

この町を去った郵便配達のお兄さんに、ありがとうと伝えたくて。

ポストの神さま、どうぞこの手紙をお兄さんに届けてください。

めりーのだいぼうけん　おかもと（仮）

KL!

おかもと（仮）（おかもと・かっこかり）
1984年生まれ、北海道在住。
第１回『このライトノベルがすごい！』大賞・特別賞を受賞、『伝説兄妹！』にて2010年デビュー。

著書
『伝説兄妹！』（このライトノベルがすごい！文庫）
『伝説兄妹２！　小樽恋情編』（このライトノベルがすごい！文庫）
『伝説兄妹３！　妹湯けむり編』（このライトノベルがすごい！文庫）
『しずまれ！ 俺の左腕』（このライトノベルがすごい！文庫）
『しずまれ！ 俺の左腕２』（このライトノベルがすごい！文庫）
『空想少女は悶絶中』（宝島社文庫）

共著
『５分で読める！ひと駅ストーリー 乗車編』（宝島社文庫）
『５分で読める！ひと駅ストーリー 夏の記憶 西口編』（宝島社文庫）
『５分で読める！ひと駅ストーリー 冬の記憶 東口編』（宝島社文庫）
『５分で読める！ひと駅ストーリー 猫の物語』（宝島社文庫）

「これはチャンス！」

今年で九歳になるメス犬のメリーは開きっぱなしの部屋のドアを見て思いました。今日はお父さんとお母さんはお出かけです。いつもは絨毯《じゅうたん》におしっこなんてされたら大変だからと部屋から自由に外に出してもらえなかったメリー。でも今日はお父さんとお母さんが部屋のドアを閉め忘れてしまったせいで自由です。

メリーは階段を下りて一階へ行くと、家の中を駆け回りました。フリーダム！　メリーは吠えながら走りまわります。興奮しすぎてメリーはおしっこを漏らしてしまいました。お父さんとお母さんが怒る姿が思い浮かびましたが――久しぶりの自由にそれどころではありませんでした。

「メリーは室内犬だから幸せだね」とお父さんはよく言いました。メリーは外に出たことはありません。物心ついてからずっとこの家の中でくらしています。でも外の世界には庭で毎日暮らしているワイルドな犬たちがいることはお父さんから教えてもらったので知っていました。「雨が降ったらどうするのかしら。きっと大変に違いないわ」と思う一方、実は「でもとっても自由に暮らしているに違いないわね」と強いあこがれも抱いていたのです。外で暮らす犬をメリーが想像すると、ハンサムでマッチョな犬が「俺はだれにも頼らないいんだわん……」と渋い顔で自由を謳歌《おうか》する姿が目に浮かびます。

それはそれとして走り回ったせいで疲れてしまったメリーは自分の部屋に戻りました。メリーのベッドの横に置いてあるお茶碗の水をなめてから、リビングへ戻り、それからソファーにごろりと横になります。いつもは「メリーは犬だから駄目だよ」とソファーに乗せてもらえません。ですが今日のメリーはそれすらも自由。メリーは思うさまソファーでごろごろしました。自由が青天井です。自由のバーゲンセールです。ハッピー！

メリーは一時間ほどお昼寝をした後、今度は日向《ひなた》ぼっこがしたくなりました。普段は二階の自室の小さい窓のそばでしか日向ぼっこが許されませんでした。お母さんはちょっと厳しい人なのです。「メリー、言うことを聞かない子は三時のおやつ抜きだからね」というセリフにメリーはいつもびくびくしていました。でも今日はお父さんとお母さんが帰って来るまで――お母さんの部屋の大きな窓の前で日向ぼっこができる！

メリーが大急ぎでお母さんの部屋まで行き、鼻でドアを押し開けると、暖かな昼の日差しが待っていました。

「わーい！　ぽかぽかする！」

メリーはお日さまにお腹を向け、入念にあったためました。なんて良い日なのでしょう！　こんなに自由な気持ちで日向ぼっこができるなんて！

「だいたいお父さんとお母さんは厳しすぎるの」

メリーは日向の中で思います。

「わたしだってもう子供じゃないのに。そんなにおしっこも漏らさなくなったし、ボールだって取ってこれるようになった。もっと信用してくれてもいいんじゃない？」

その時です。メリーは気づきました。お母さんの部屋の窓が開いていることに。

外から風が吹き込んでカーテンがさわさわと揺れています。

メリーの中の悪魔がささやきました。

「ちょっと旅行しちゃいましょう！　いっつもヨイ子にしてるんだから、たまにはいいじゃない！」

でもメリーは窓の前で不安げにくるくる歩き回りました。果たして外に出てちゃんと帰ってこれるだろうか自信がなかったのです。メリーは外のことを何にも知りません。実はメリーは散歩にもめったに連れて行ってもらえないのです。お父さんもお母さんもいつもお仕事で忙しいせいです。だから二人はいつも「ごめんねメリー」と謝ります。でもメリーはとてもよくできた犬なので「いいの、気にしてないから！」と微笑みます。そうするとお父さんもお母さんも頭をなでてくれます。

でも今日のメリーは興奮しています。

メリーは意を決して外に飛び出しました。世界が広くなりました。天井もない、壁もない、そして空は青いのです。庭に生えた草は暖かく、いい匂いがしました。メリーが思っていたよりも外の世界は素敵なところだったのです。

メリーは心の中でささやく悪魔の誘惑に、完全に負けてしまいました。庭の背の高い垣根を鼻で押しのけて、ついに道路に出てしまいました。灰色のアスファルトがありました。背の高い電柱も見えます。蝶々が鼻先にとまりました。白いガードレールの向こうには小川が流れていました。

外の世界ってなんて素敵なところなんだろう。

メリーは感動しました。それからメリーはどんどん家を離れていきました。絨毯やフローリングの上しか歩いたことのない足は初めてのアスファルトに痛みました。でも初めての自由と、どこまでも続く道、澄み渡る空の前ではたいした問題ではなかったのです。

メリーは公園にたどり着きました。

疲れたので土の上に横になります。心地よい疲れでした。メリーは家に帰ったらお父さんとお母さんに散歩に連れて行ってほしいとお願いをしようと決めました。外の世界がこんなにもいいところだとは知らなかったのです。でも勝手に家の外に出てしまったメリーのお願いを二人は聞いてくれるでしょうか。

きっと叱られます。ばれたら散歩どころか三時のおやつもなしかもしれません。それどころか、もっとひどい叱られ方をするかも――。

家に帰らなくては。メリーは決心しました。

その時です。公園にサッカーボールを持った子供たちがやってきました。メリーは初めて見る人間の子供にびっくりしましたが、子供たちのほうがもっとびっくりしてしまったようです。彼らは口々に言います。

「鬼やべぇよ！」「どうするよ！」「警察じゃね？」「保健所だろ」「母ちゃんに言ったほうがいいかも」「ばっかじゃねぇのおめー。母ちゃんがいねぇと何にもできねぇのかよ」「警察よぼうぜ！」「保健所じゃねぇのかよ」「保健所は違うだろ」「保健所は違うな」「保健所なわけねぇだろ」「バカじゃないの？」「バカって言うなよ！」

子供たちの一人がゆっくり近寄ってきました。それから手を差し伸べて言いました。

「大丈夫だから。僕たちはひどいことしないよ」

ですがメリーはその子供の手を取ることができませんでした。

保健所。保健所は悪魔の住処《すみか》です。犬と見たら抹殺《まっさつ》することしか考えられない危険思想集団です。

逃げなくては。メリーは全力で走り出しました。無我夢中です。

家からだいぶ離れたところまで来てしまいました。そこは見たことのない河原です。

メリーは自分の失態に気づきました。帰り道が分からない。それに思いっきり走ったせいで足がとっても痛いのです。

メリーは河原の橋の下で小さくなってしまいました。

さっきから橋の上を何台ものパトカーがサイレンを鳴らして行ったり来たりしています。メリーはパトカーを「きっと保健所の手先に違いない」と思い込んでしまいました。メリーはぶるぶる震えます。そのうち、遠くで雷の音が聞こえてきました。それから空が泣き出したように大雨が降ってきました。

外になんか出なければよかった。

その時です。橋の下にレインコートを着た男の人が何人もやってきました。

「いたぞ！」と叫んでいます。

ついにメリーもこれまで！　レインコートの男の人たちはメリーが逃げられないよう、周りを囲みました。メリーはそれでも逃げようと立ち上がり――でも知らないうちに後ろまで迫っていた女の人に取り押さえられました。

「離して！　保健所はいや！」

メリーはじたばた暴れました。ですが女の人は離してくれません。その人はメリーをぎゅっと抱きしめて「大丈夫だから！　もう大丈夫だから！　保健所になんて行かないから！」と叫んでいます。

「大丈夫じゃない！　帰らないと！　帰らないと！」

「帰らなくていいの！　もうそんなことしなくていいの！」

「帰らないとお母さんにぶたれる！」

「もうそんな心配しなくてもいいの！」

「いい子にしてないとひどく叱られてしまうの！　お父さんも怒るの！」

　メリーの脳裏に鬼のような顔をしたお母さんの姿が浮かびます。お母さんは言うことを聞かないと硬い棒でたたくのです。お父さんはお風呂の中にメリーを沈めます。いい子にしていないといけないのです。時折二人は人が変わったように怒ります。いつもは優しい二人なのに。でもそれはきっとメリーが悪い犬だから。だからいい犬にしていなくてはいけません。逃げ出しても駄目です。メリーには自由などありません。

「帰らないとダメなの！　メリーはいい犬だから！」

　女の人は強くメリーを抱きしめました。男の人たちは悲しそうな顔です。どこかから無線の音が聞こえてきます。パトカーの赤い光がそこかしこでくるくるしています。女の人が男の人からバスタオルを受け取ると、メリーに巻き付けました。メリーは身動きが取れなくなりました。

　女の人がメリーの濡れた前髪を指で整えてくれました。ほっぺについた泥をタオルで優しくぬぐってくれました。それから静かな声で言いました。

「あなたは犬じゃない。人間なの」

メリーは頭がぐるぐるしてきました。

※

数日後、八年前に誘拐された少女が見つかったというニュースが報道された。少女は八年も部屋の中で監禁されていた。

彼女が監禁されていた家にはもう誰もおらず、近隣の住民はその家に住んでいた夫婦とほとんど会話をしたことがなかった。どこの誰が、どういう理由で彼女を監禁していたのか今のところわかっていない。二人は元から存在しなかったかのように社会から消え去った。

少女は病院で八年ぶりに本当の両親に会った。

「お父さんとお母さんはどこ?」

少女が二人に言うと、夫婦はとても悲しそうな顔で彼女を抱きしめた。少女は見ず知らずの相手に抱きしめられ、不思議そうな顔をした。誘拐当時一歳だった少女は両親の顔を知らなかったからだ。彼女にとっての父と母は彼女を誘拐した二人だけだった。

少女を監禁した二人は今頃新しい飼い犬を探しているかもしれない。

星天井の下で

辻堂ゆめ

辻堂ゆめ（つじどう・ゆめ）
1992年生まれ。神奈川県藤沢市辻堂出身。
第13回『このミステリーがすごい！』大賞・優秀賞を受賞し、『いなくなった私へ』にて2015年デビュー。

著書
『いなくなった私へ』（宝島社）

ああ、星がとても綺麗だ。

僕は寝転んで明美《あけみ》のことを考えていた。手が届きそうな星を見上げていると、どうしてもあの日のことを思い出してしまう。

あの日の星空も美しかった。それこそ、僕の網膜にいつまでも焼きついて離れないくらいに。

もう随分と前のことになったね。……僕らが一緒にいたのは。


久しぶりのドライブだった。一泊二日で浜辺のそばのペンションにでも遊びに行こう、なんて僕から言い出して、一時間半くらいかけて伊豆まで車を走らせた。確か僕の店の定休日だったから、月曜のことだ。

人前で肌を露出するのは嫌だ、なんて弱気なことを言っていた明美も、人がまばらな砂浜を見て安心したようだった。お洒落なホテルが集中している場所からはちょっと離れたところにあるペンションをわざわざ選んだのは、そんな明美のためだ。建物は古かったし、部屋も少しばかり黴《かび》臭かったけど、目の前にプライベートビーチと言ってもいいくらい静かで人のいない浜辺があるだけで十分だった。

それでも明美は、昼間の太陽に肌を晒《さら》すのを嫌がった。だから僕がようやく明美を海に連れ出せたのは、夕食を済ませた後、夜の九時近くになってからのことだった。

もう人は誰もいなかった。涼しい海風が吹いていていて、波も穏やかだった。満天の星空に、下弦の月がぽっかりと浮かんでいた。

夜の砂浜にそっと腰を下ろして、僕らは二人きりで語り合った。これまでのことを。これからのことを。

明美と出会って一年という時間が経っていたけど、楽しかったことも喧嘩したことも、全て僕にとっては大切な思い出だった。未来には希望しか見えなかった。この瞬間が永遠に続けばいいのに、と僕は明美に囁《ささや》いた。でもその言葉は、波の音に掻《か》き消されて、明美には届かなかったようだった。

そんな僕らの過去を確認しあうたび、気持ちが昂《たかぶ》り、心の奥底が熱を帯びた。夜の海岸という非日常的な空間が、いつも以上に僕を刺激してしまったのだろう。まず、僕は目を細めて明美の白いうなじをなぞった。それから彼女の肩に手をかけ、砂の上に押し倒した。

上を向いた明美の顔が半月に照らし出された。僕はその驚いた表情をも愛《いと》おしく思いながら、彼女の身体に覆いかぶさった。明美は嫌だと言って身体を後ろにずらしたけど、興奮していた僕はそんなことには構わず、ひたすら熱い衝動をぶつけた。最初は手加減しながら。だんだんと強くしていって、最後はありったけの力で。何度も、何度も。

明美は胸を押さえて、瞳を潤ませていた。呼吸も荒くなっていた。月明かりの下で見るその姿は、本当に艶《あで》やかだった。

最後は、紅《あか》く染まった頬にそっとキスをした。力が抜けて動けなくなっている明美を見て、思わず笑ってしまった。ごめんね、と僕は明美の耳元で呟いて、彼女の細い身体を抱き上げた。

明美の頬にはガーゼが貼ってあった。そっと剝《は》がすと、その下から彼女が痣《あざ》と呼んでいた赤い線が現れた。僕は背中を丸め、その線に唇を這わせた。明美は整形するんだとか人前に出られないとか言って気にしていたけど、そんな必要はない。僕にとっては、その痣の形でさえ、芸術なのだから。

僕は明美を抱き上げたまま、海へと入っていった。打ち寄せる波が、ひんやりと足を包み込んだ。しばらくそのまま佇《たたず》んで、無数の星が煌《きらめ》く夜空を眺めていた。

この世界には僕らしかいないんじゃないか。

そう錯覚させられるくらい、壮大な星空だった。涼しい空気の中で、明美の微《かす》かなぬくもりが心地良かった。

旅先の風景とは、いつまでも心に残るものだ。あの日のことは、明美と僕との一番の思い出として記憶の中に刻み込まれている。

今でも思う。どうして明美とあのまま一緒にいようとしなかったんだろう、と。あんなに愛していたし、明美も僕を愛してくれていたのに。

僕が別れを告げたとき、いったい明美はどんな気持ちでいたのだろう。そのことを思うと、胸が痛む。


明美は、僕のマンションに入り浸《びた》っていた。

僕の猛アタックに明美が根負けする形で付き合い始めたから、最初の頃は何をしていてもぎこちなくて、けっこう心配していた記憶がある。でも、だんだんと明美が僕との恋愛にのめりこむようになっていって、最後のほうはもはや彼女のほうが積極的なくらいだった。だって、ほとんどの時間を僕のマンションで過ごしてくれていたのだから。

料理も作ってくれるし、掃除もしてくれる。だから僕はせめてものお返しとして、たびたび明美に絵をプレゼントしていた。

何の取柄《とりえ》もない僕だけど、絵のセンスだけは自信があったし、明美もよく褒《ほ》めてくれていた。何度か実行したサプライズは、明美が寝ている間に彼女の顔や腕に絵を描いてしまうという遊びだ。例えば、頬には林檎《りんご》、腕には向日葵《ひまわり》。翌朝、起きて洗面所に行った明美は、鏡を見て目を丸くした。「何これ」と素《す》っ頓狂《とんきょう》な声を上げる明美に向かって、「僕だけの印《しるし》」なんて言葉をかけるのは楽しかった。そんな冗談を言うと、明美は決まって怒った。たまには恥ずかしがったり照れたりしてくれてもいいのに、と僕は毎回苦笑していた。

サプライズと言えば、明美が僕に誕生日ケーキを焼いてくれたこともあった。僕が仕事に出かけている間に、僕の部屋の台所を使って一日がかりで作ってくれたのだ。

帰宅後、明美がにっこり笑いながら冷蔵庫からイチゴのショートケーキを取り出したとき、僕は仕事の疲れも忘れて思わず彼女を抱きしめた。「喜んでもらえて良かった」と嬉しそうに微笑む彼女を前に、手作りのケーキをぱくついた。

作ってくれた明美には本当に申し訳ないのだけど、彼女はそんなにお菓子作りが上手《うま》くない。でも好意は無下《むげ》にできなくて、僕は小さなホールケーキを丸ごと食べた。そのあと気分が悪くなってトイレで半分くらい戻してしまったのは内緒だ。そんなことを知ったら、明美はショックを受けるだろうから。

それ以来、僕は彼女に甘えて何度もお菓子を焼いてもらった。殺風景な僕の部屋がオーブンから漂う香ばしい匂いで満たされているとき、僕はこの上なく幸せだった。相変わらず食べ過ぎて体調を崩すことはあったけど、明美には何も言わなかった。

僕の部屋は、明美との思い出でいっぱいだ。

ずっと、あのままだったら良かったのに。

＊

静岡県下田市の海岸に若い女性の変死体が打ち上げられていた事件で、静岡県警は三日、交際相手の男を逮捕した。

殺人と死体遺棄の疑いで逮捕されたのは、東京都新宿区に住む刺青師《いれずみし》・牛島琢磨《うしじまたくま》（32）容疑者。一緒に旅行に来ていた笹川《ささがわ》明美さん（25）を三日未明に海岸で刺殺し、海の中に遺棄した疑い。

事件後の三日午前六時頃、笹川さんの遺体が海岸に打ち上げられているのを地元住民が発見、通報した。県警はペンションの従業員の証言を元に、二日午後九時頃に笹川さんと連れ立って外出してから行方が分からなくなっていた牛島容疑者を逮捕した。逮捕時、牛島容疑者は、現場から約五キロ離れた海岸を凶器の包丁を持ったまま歩いていた。

笹川さんの遺体には、胸部から腹部、大腿部にかけて二十箇所以上もの刺し傷があった。首の後部にも浅い切り傷が確認された。県警によると、牛島容疑者は「断り続けていた別れ話をまた蒸し返された。頭に血が上り、ありったけの力で何度も何度も刺した」と供述。殺害後に遺体を海に運び込んだことまで含め、全面的に容疑を認めている。凶器を持ち歩いていたことについて「別れるくらいなら自分の手で殺したかった」とも供述していることから、県警は恋愛関係のもつれによる半計画的な殺人として捜査を進めている。

＊

静岡県下田市の海岸で三日、若い女性の変死体が打ち上げられた事件で、警視庁は六日、新宿区在住で刺青師の牛島琢磨容疑者（32）＝殺人と死体遺棄の容疑で逮捕＝を監禁と傷害の容疑で再逮捕した。

捜査関係者によると、殺害された笹川明美さん（25）の遺体には頬や腕に刺青を施した跡があった。牛島容疑者が「薬を嗅がせ、寝ている間に針を入れた。わざと目立つところに彫った」などと供述したことから、笹川さんの同意を得ずに刺青を入れた可能性があるとして、警視庁が捜査を進めていた。

笹川さんが牛島容疑者の自宅マンションに監禁されていたことも明らかになった。隣の部屋の住人は、「男性の一人暮らしと聞いていたのに、毎日のように女性の泣き声が聞こえてくることがあった」と証言。玄関のドアには、外側にチェーンが取り付けられていた痕跡があった。笹川さんの友人が「一年ほど前に『恋人ができた』と報告されたのを最後に連絡が途絶えていた」と話していることから、恋愛関係が次第にエスカレートしたものと見られている。

警視庁によると、牛島容疑者の自宅マンションの冷蔵庫には、殺虫剤や漂白剤の成分を含む菓子類が保管されていた。監禁状態にあった笹川さんが、牛島容疑者を殺害しようとして作ったものとみられる。このことについて牛島容疑者は、「せっかく彼女が心をこめて作ってくれたものだから、毎回食べては吐き出していた」と供述している。

＊

星が、とても綺麗だ。

僕は寝転んで天井を見上げながら、自分の作品に見惚《みと》れていた。

丸三年かけて、狭い独房の天井に刻んだ星々。針もないし、色も入れられないけど、スプーンやフォークの柄《え》を使えば似たようなことはできた。

天井を少しずつ削る感覚は気持ち良かった。——眠っている明美の頬に、こっそり針を入れているときみたいで。

僕を愛してくれた明美の命をこの手で奪ってから、彼女の死体を腕に見上げた星空。あれほど美しい夜空を、僕はほかに見たことがない。

そしてその星を今日も、僕は眺める。

やっぱり——旅先の風景というのは、心に残るね。

修学旅行のしおり

——完全補完版——

加藤鉄児

加藤鉄児（かとう・てつじ）
1971年、愛知県生まれ。
第13回『このミステリーがすごい！』大賞・隠し玉として、『殺し屋たちの町長選』にて2015年デビュー。

著書
『殺し屋たちの町長選』（宝島社文庫）

僕の手元には、先輩たちより代々受け継がれたノートがある。

修学旅行中に先生の目を盗んで行われる、非公式な伝統行事ばかりを集めて、その作法並びに傾向と対策をこと細かに指南する――。

いわば、修学旅行のしおり　補完版だ。


公式のしおりにはない伝統の枕投げが終わって、枕投げに加わった何人かがみっちり油を絞られて、形式上定時に消灯して、ちょっとばかり背伸びしたヤツらが女子を部屋に呼んで、彼らは押入れのなかで僕らには縁のないコミュニケーションをして、僕らはただそわそわして、引率の先生たちは伝統に則《のっと》り見て見ぬふりをして、そしてやっとみんなが眠りについたときのことだ。

「なあ……ユウキ。オマエ、誰が好きなんだ」

隣の布団で寝ていたはずの星野《ほしの》誠一郎《せいいちろう》が、声を潜めて尋ねた。ノートにある伝統の作法に、一言一句《いちごんいっく》違《たが》わぬ問いだった。

そのとき、僕はまだ眠っていなかったのだけれど、二条城やら金閣寺のせいでひどく疲れていた。眠ったフリを決め込む。

「おい、ユウキ、起きろよ。まだ眠っていないんだろ」誠一郎はしつこく僕の肩を揺すってくる。面倒臭いヤツだ。「なあ、誰が好きなんだよ。オレだけに教えてくれよ。

かわいい娘ならいっぱいいるだろ。三組のユキナとか、五組のアリスとか……」

中学生ともなれば、例外なく特定の異性に恋慕《れんぼ》の情を抱くもの——そう考えている時点で誠一郎は幼い。実際にまだ声変わりもしていないようで、甲高《かんだか》い声は少しばかり耳障《みみざわ》りだった。にもかかわらず誠一郎は自分のことを〝オレ〟と呼んで、立ち位置をかさ上げしようとする。かわいいものだ。

とはいえ、面倒臭いものは面倒臭い。僕はほかの同級生が救いの手を差し伸べてくれるのを待ってみた。ちょっとばかり背伸びしたヤツらが、「うるせえぞ」と言ってくれるだけでこと足りる。

けれど普段はアウトローを気取る彼らは、拍子抜けするほどに健全だった。一同は熟睡している。絶対、金閣寺やら二条城のせいだ。

仕方なく僕は体を起こした。オレンジ色の薄明かりはいかにも弱々しく、その下で誠一郎が華奢《きゃしゃ》な体を擦《す》り寄せてくる。

「星野……僕は眠たいんだ。もう寝ようよ……」

「そんな悲しいこと言うなよ。寝たら勿体《もったい》ないだろ。中学の修学旅行は一生に一度しかないんだぜ。知っているかい」

当然、知っている。知らなかったのは、誠一郎が伝統の継承にここまで熱い思いを持っていたことくらいだ。本人にまるで自覚はないようだが。

「六組のルナか？　それとも七組の……」

「あのな、人に訊《き》くんだったら、まずは自分から言えよ。星野は誰が好きなんだ」

僕は作法に倣《なら》い正論を言ってみた。先輩たちによれば、この方法で厄介者《やっかいもの》の約七割がしどろもどろになるか、自分の恋愛譚《たん》を披露《ひろう》するのに夢中になるという。

「ユウキが言ったら、オレも言う」

堂々巡りも辞さないとは、どうやら僕が誰かの名前を挙げなければ、このやり取りは終わらないらしい。

「わかったよ。じゃあ、ヒントを出すから、それで当ててみろ」

「そのヒントから誰が好きなのか、推理するんだな。いいぞ、なんだかわくわくするなあ」

体操着姿の誠一郎は掛け布団を跳ね上げて、勝手に盛り上がっていた。

「まずは、偶数の組じゃない」

「ええっ？　それじゃ六組のルナは違うんだな。ルナが本命だと思っていたのに。四組のヒロエも、二組のクルミも違うのか」

「ああ、違う」

「あっ、ならオレたちのクラスって可能性もあるわけだな」

学年に七組あるうちの、僕らは一組だ。「そうだね」と答える。

「偶数組じゃないってだけじゃ、半分にもならないぞ。もう少しヒントをくれよ」

想定内の要求だ。「じゃあ、次のヒント。名前に〝い〟がつく」

「おっ、いいね。これでずいぶん絞れるぞ」誠一郎は少し考えてから「一組はマイとイクミ。三組はいなくて、五組はマイカとユイカ、七組はアイにレイカにミライ。メイは四組だから違うか。よし、候補は七人になった」

「ちょっと待て」悪い予感がして、咄嗟《とっさ》に僕は口を挟んだ。眠気が急激に後退していく。「星野、本当に候補はその七人なのか」

「うん、間違いないね」

「オマエ……もしかして一組から七組の女子の名前、全部覚えているのか」

「えっ？　それって普通だろ」

唇を少し尖らせて、誠一郎が当然とばかりに言ってのけた。僕の学年には二百四十五人いて、その約半分が女子だ。先輩たちによれば、ちょっと難しいお題を出せば、相手は音《ね》を上げるという話だったのだ。

「さあ、次のヒントを出せよ。誰が好きなんだ？」

身を乗り出しながら、満面笑みの誠一郎は容赦がない。

少し困ったことになった。布団の中で僕はひそかに姿勢を正す。

「その子は僕と同じ小学校の出身じゃない」

第三のヒントを出した途端、誠一郎が眉をひそめた。

「なあ、ユウキ。それってヒントじゃないじゃん」

「……どういうこと？」僕はとぼけるしかない。

「だってさ。マイもイクミもマイカもユイカもアイもレイカもミライも、みんなユウキと違う小学校じゃん。それじゃ一人も絞れないよ」

いまの一瞬でそれがわかったのか。僕は正直、侮《あなど》っていた。記憶力だけじゃない。かわいい顔をしているが、誠一郎は頭の回転も滅法速い。

「さあ、今度はちゃんとしたヒントをくれよ」

僕はいよいよ追いつめられていた。周りを見渡し、背伸びしたヤツらが助けてくれたならと願ったが、彼らは中学生らしからぬ大いびきをかくばかりで、まるで役に立たない。こんなときのためのアウトローのはずなのに。

いや、まだ手はある。いまや頼れるのは、先輩たちからの助言だけだ。前もって準備しておいて本当に良かったと思う。

「その子は左利きだ」僕は慎重に切り出した。

「なあ……ユウキ」なぜか誠一郎が意味深な笑みを浮かべていた。「意地悪なヒントだな。誰が左利きだなんて、気にしているヤツはいないと思ったんだろ」

「えっ？」

「わかる人間にはわかるんだよ。いいか、左利きか左利きかもしれないのは、五組のユイカと七組のミライだけだ」

僕はすっかり言葉を失ってしまった。

信じたくはなかったが、それで正解だった。ユイカは勿論、可能性ありとされたミライも、実は左利きだ。誠一郎が得意げに続ける。

「まずはオレたちのクラス、一組に左利きは一人だけで、マイとイクミは違う。五組のマイカと七組のレイカとは以前同じクラスになったことがあるから、左利きじゃないことを知っていた。オレが知らないのは、七組のミライだけ。五組のユイカはテニス部で全国大会に出場している、有名なレフティーだからね」

「ちょっと待て、七組のアイが抜けている。どうしてアイが左利きじゃないと？」

「ああ、忘れてた。以前にキャッチボールをしようと誘われて、グローブを貸したことがあるんだ。使えないとすぐに突き返されたけどね」

「……そういうことか」

「左利きは同類が少ない分、ほかの左利きのことが気になるものさ。ま、そんなもの好きはオレだけかもしれないけどね」

先輩たちから受け継いだ秘策中の秘策を、誠一郎はいとも簡単に打ち破った。僕には、もう後がない。

「さあ、残るは二人。五組のユイカか、七組のミライか……オレが思うに、テニス部のユイカが左利きなのは有名過ぎる。頭のいいユウキのことだ。ユイカはミスディレクションで、本命はミライだ。オレは間違いなくミライが左利きだと思っている」

探偵気取りの誠一郎が、布団の上で背筋を伸ばした。あどけなさの残る笑顔が僕に肉薄する。はやる心が瞳を輝かせていた。

「さあ、ユウキ。ミライが好きだと白状して、さっさと楽になっちゃえよ」

大きく息を吸ってから、僕は宣言する。

「これが最後のヒントだ……」

同時に最後の手段でもある。僕にはもうそれしか残っていない。

「まだ悪あがきをするのか。仕方ないなあ」

「僕が好きなそいつは、苗字と名前をひらがな読みすると、九文字になる」

「九文字？」誠一郎は怪訝《けげん》な顔をした。「ああ、ひらがなで九文字だ」僕は至極真剣に答える。

「そりゃないよ。ユイカは杉浦《すぎうら》だし、ミライは中村《なかむら》で二人とも七文字だ。女で九文字なんて、竜造寺《りゅうぞうじ》だとか長曾我部《ちょうそかべ》みたいな特別な苗字でなければ……」

オマエ、武将マニアかよ。なんて一言《ひとこと》突っ込んでやりたかったが、僕にはすでにセリフが用意されていた。先輩たちが代々受け継いできた、伝統のセリフが。

「星野……誰が女だと言ったんだ」

その瞬間に誠一郎の笑顔が停止した。やがてそれがみるみる強張《こわば》り血の気を失っていくのが、暗がりであってもわかった。それでも誠一郎はあらんかぎりに頭を働かせているようで、僕の顔を見詰めたまま、早口で呟き始める。

「……偶数クラスじゃない……名前に〝い〟がつく……ユウキと違う小学校出身……左利き……苗字と名前でひらがな九文字……まさか……」

あとは僕が笑みを浮かべれば、それで終わるはずだった。

「そういうことだよ。ほ・し・の・せ・い・い・ち・ろ・う・クン」


さて、以上が修学旅行の夜、面倒な同級生にからまれた場合の伝統の応対法、そしてその実用例である。

先輩たちから受け継いだノートには、この方法でほぼ追求から逃れることができると記されていた。けれどそのほぼが百パーセントを否定する表現であっても、ごくまれに発生するイレギュラーなケースについては、何も伝えられていない。

誠一郎の吐息が近づいてくる。

僕たちはいま、新しい伝統を築こうとしている。

百年後の旅行者

加藤雅利

加藤雅利（かとう・まさとし）
1985年、宮城県生まれ。
第５回『このライトノベルがすごい！』大賞・栗山千明賞を受賞、
『【急募】賢者一名（勤務時間は応相談）』にて2014年デビュー。

著書
『【急募】賢者一名（勤務時間は応相談）』（このライトノベルがすごい！
文庫）

西暦二一一六年、東京。

ネットワーク上の仮想オフィスでの仕事を終えた俺は、社用回線をオフラインにして退社した。自室から勤務先に繋いでいるだけなので、通勤時間はゼロだ。

ここ数ヶ月の間、俺は部屋から出ていない。現代社会の生活は、自室から一歩も出なくても、なんら問題がないからだ。

コンピュータ技術者として働いている俺は、客先へ赴《おもむ》く必要がない仕事を担当しているので、会社との関わりはネットワーク上の仮想オフィスを使うだけで十分だった。

食事は部屋にある調理マシンが、ハンバーガーやビーフステーキなど何でも作ってしまう。配給管から出てくる原料から、味や食感、栄養素など全て完璧なものを合成することができる。ニュースなどの情報は、ネットワーク経由でいくらでも手に入る。

そして旅行についても、部屋にいながらにして世界中を巡ることができるのだ。


会社から一週間の休暇が得られたので、俺はいつものように『旅に出る』ことにした。机の脇に立ち、壁の音声認識パネルに向かって、

「旅行代理店に接続したい」

と話しかけてから、通信端末機能の付いたリクライニングチェアに腰かけた。椅子の背もたれを深く倒すと、枕の部分からケーブルが伸びて、先端が俺の首筋に触れる。

途端に視界が真っ暗になる。次の瞬間に俺は、これまで何度も利用したことのある、旅行代理店のオフィスにいた。ここはコンピュータ上に作られた、仮想空間なのだ。

カウンターの向こう側に立つ、マキさんという女性スタッフが挨拶をしてくる。

「こんにちは、ワールドバーチャルトラベル社でございます」

俺が旅行をするときは、いつもこの社員に手配してもらっている。美しいというよりは、背が低めで身振り手振りの多い話し方をするので、可愛いといった印象がある。この部屋はコンピュータ上に作られているが、彼女は営業アンドロイドや人工知能付きの映像ではなく、ちゃんとネットワーク回線の向こう側に実在する、本物の人間だ。

実のところ、俺はこのマキさんに恋をしている。

一目惚《ひとめぼ》れだった。もともと旅が好きだったこともあって、俺は休みのたびに、こうして旅行代理店にアクセスしている。

「マキさん、また一週間ほどの旅行をしようと思うのだけれど」

「いつもご利用ありがとうございます。では、パンフレットからサンプルをお見せしていきますね。さっそくですが、このような場所はいかがでしょうか」

マキさんの言葉が終わった瞬間、俺たちはヨーロッパの川にかかる石造りの橋に立っていた。

この場所もまた仮想空間で、これこそが現代の旅行代理店が提供する旅先なのだ。

山や森、町並みから空気の流れなど全てをコンピュータ上で完全に再現し、データを脳に送りつけることで、実際の旅行と全く変わらない体験をすることができる。

この旅には移動のための手間がなく、本来ならば駅から車で数時間かかる秘境へも一瞬で行くことができる。日帰りで地球の裏側へと旅行をすることも可能だ。

もちろん、それでは味気《あじけ》がないと感じる人のために、わざわざ空港で飛行機に乗るところから旅を始めるような設定にもできる。

マキさんが旅行先の説明を始めた。

「ここは、フランスのプロヴァンスに広がる田園地帯です。セザンヌも愛したセント・ヴィクトワールの山々を見れば、気分も爽《さわ》やかになることでしょう」

「マキさん、今回の、そのプランのことなんだが」

俺とマキさんとは、旅行代理店のスタッフと客という関係にすぎないけれど、知り合ってからそろそろ一年が経《た》とうとしている。

俺は今日、とうとう告白するつもりだった。

――君と二人で旅がしたいんだ――

などとでも言って。

「あっ、失礼いたしました。お客様はついこの間、イギリスの田園地帯にも行ったばかりでしたね。ではこちらの、別なプランではいかがでしょうか」

「えっ」

マキさんは俺の言葉を、旅行プランの却下《きゃっか》だと勘違いしたようだ。周囲の光景が一瞬で切り替わった。水の流れる轟音がして、視界に大瀑布が広がる。

「アイスランドの黄金の滝です。この豪快な滝は何時間見ていても飽きることがないでしょう。世界各地の滝を巡るプランがありますよ」

「いや、こういう旅行プランのことじゃなくて」

「ええと……ああ、そうでした、お客様はエンゼルフォールへもビクトリアにも那智の滝にも、つい最近、行っていましたね。ではこのような場所はいかがでしょうか」

辺りが急激に暗くなった。仏像が壁に彫られた、インドの石窟寺院の中にいた。

「待ってくれ、こういう遺跡はもう沢山見たから、いまさらな気分になる。俺はもう世界中を旅してしまって、そろそろ普通の旅には飽きてしまったんだ。世界遺産も有名どころは片端《かたつぱし》から見たし、美術館も国立と名のつくものくらいは制覇した。自然公園の類《たぐい》は、大自然特集スペシャルパックのプランで十分堪能したよ。俺は最高峰の頂上にも登ったし、南極でオーロラも見たじゃないか」

マキさんが代わりの旅行プランを提案してくるのをとめるために、行く気がない場所や、これまでの旅の経験を並べ立てた。

「そうでした。色々な場所に行くだけの旅には、飽きてしまったということですね」

「まあ、そういうことになるだろうな。それで旅の話なんだけど、今回は……」

「まさか、旅を取りやめるのですか？　待ってください、普通の旅では物足りないというお客様のために、当社ではこのようなオプションも用意されていますよ」

「いや、待ってほしいのは俺の方なんだけど」

　仕事熱心なマキさんは俺の声に気づかず、空中に半透明のキーボードを出現させ、旅行システムをオペレートした。

　立っている場所が、最初に移動したプロヴァンスの草原に変わった。直後、派手な爆発音と光が発生して、すぐ近くに巨大なドラゴンが出現した。

「このような竜を、剣と盾を使って倒す内容を盛りこんだツアーです」

「それはネットワークゲームをプレイするのと変わらないじゃないか。架空の生き物やゲーム要素なんかはいらないよ。そうじゃなくて……」

「では三億年前の実際の地球を再現したジュラシック・ワールド・トラベルモードで恐竜を見るというのは、いかがでしょうか。博物学的にもおもしろいと思いますよ」

「既に滅びてしまった生物は、学者の想像を元にコンピュータで作った再現だから、架空の世界みたいなものだ。実際の、現代の地球とは違うじゃないか」

「つまり、お客様は現在の地球を旅したいのですね。……ああ、よく分かりました」

　マキさんが何かを理解したような表情になった。と同時に、立っている場所が切り替わる。見渡す限り、地肌が剥《む》き出しの岩山が延々と続く殺風景な場所で、空は赤黒く不吉な色合いをしている。禍々《まがまが》しい紫色の雲など、見ていて気分が重くなる。

この不毛の大地は、まさに現在の地球だった。

かつての観光地や旅行名所など、地球上にあったものは全て、先の大戦争によって破壊され、永久に失われてしまった。そして人類は荒れ果てて住めなくなった地表を捨て、地下深くにシェルターの町を作って暮らしているのだ。

延々と灰の山が続くだけの大地をわざわざ見たいと思う人間は、まずいない。しかし、使われてない工場や誰もいない町を訪れ、諸行無常の想いに耽《ふけ》ることが好きな『廃墟マニア』と呼ばれるような者が、少なからずいるのだ。

「まさか、お客様が『滅亡後の地上マニア』でしたとは」

「俺はそのマニアじゃないよ。こんなところは、すぐに飽きてしまいそうだ。それに現代の地球であっても、コンピュータで作った仮想空間には変わりがないだろう」

「では、いっそのこと現実世界で隣の都市シェルターまで旅に出てしまうというのはどうでしょうか？　当社では地表を旅するためのナビシステムも提供していますよ」

「完全防護服を着て数百キロメートルの荒地を歩くなんて大冒険をしたら、旅から帰ってくる前に休暇が終わって、俺は会社をクビになってしまう」

「うーん、困りました。お客様のご要望を満たすプランが、もうありません」

マキさんは、しばらく無言でいた。やがて思い出したかのように、小さく呟いた。

「そういえば、お客様の普段の旅には、欠けているものがありました」

きた！　と俺は息を吸いこんだ。

「お客様に足りないものは、『食』ですね。旅先で食事するときには、一度オフラインにする必要がありました。ハイグレードシステムを利用すれば、満腹中枢や味覚野へと情報を送るため、仮想空間に入ったままで各国の料理を楽しむことができますよ」

「違うよマキさん……」

ずっこけそうになるのを堪《こら》えて、俺は首を横に振った。

「ええっ、食ではないのですか……。あっ、もう一つ思い当たりました。そう言えば、お客様は、いつも一人旅でしたね」

「そう、それなんだ。何度も旅に出るうちに、何かが物足りないと感じるようになってきたんだ。俺は旅の同行者がほしい。と、いうよりも、君と一緒に旅がしたいんだ」

やっと言えた。勢いに任せて、なんとかマキさんを旅に誘うことができた。

「あっ……そういうことだったのですね。分かりました。実は丁度、私も明日から旅行をする予定だったんですよ。ご一緒に旅ができるように、手配いたしますね」

マキさんは一瞬だけ戸惑いを見せたが、すぐ笑顔を作り、俺の言葉に応えてくれた。

意外なほどあっさりと、一緒に旅をすることが決まった。告白は成功した、のか？

次の日。俺はマキさんの手配した旅行プランに従い、観光バスに乗っていた。

俺は放心状態で、窓の外を眺め続けていた。目の前を流れてゆく高速道路の向こうには、二〇一六年の緑豊かな日本の山を再現した風景が見える。

『平成日本ツアーに、ゴ参加の皆様、右手に見えマスのが、蔵王連峰で、ゴザイマス』

独特なイントネーションを持つ古臭い合成音声が、バスの中に流れた。

バスに乗っている旅行客は、俺以外みんな髪の白い爺さん婆さんばかりだ。仮想空間を使った団体ツアー旅行は、遠く離れたシェルターに住む旧友たちと再会することができる場として、老人たちに根強い人気があるのだった。

確かにこのような旅行に参加することで、俺はいままでのように一人ではなく、他人と一緒に旅をしている。だがバスの中に、あの可愛らしいマキさんの姿はない。

「あのきれいなお山、泉ケ岳《いずみがたけ》っていうのよ。あらあ、雪が積もって真っ白だこと」

隣の席の老婆が話しかけてきた。そうだね、と俺はプライベートな姿のマキさんに生返事を返す。旅行代理店に入社した当時の、六十年前の彼女の姿を重ねながら。

この旅行から帰ったら、またすぐ一人旅に出よう。マキさんに何と言って注文するかは、もう決めている。

「実は最近、失恋してしまったんだ。傷心旅行に丁度いい場所を手配してほしい」

ひとり旅

山下貴光

山下貴光（やました・たかみつ）
1975年、香川県生まれ。
第７回『このミステリーがすごい！』大賞・大賞を受賞、『屋上ミサイル』にて2009年デビュー。

著書
『屋上ミサイル』（宝島社文庫）
『鉄人探偵団』（宝島社文庫）※単行本刊行時は『少年鉄人』
『HEROごっこ』（文芸社文庫）
『有言実行くらぶ』（文芸社文庫）
『屋上ミサイル　謎のメッセージ』（宝島社文庫）
『ガレキノシタ』（実業之日本社文庫）
『丸亀ナイト』（文芸社文庫）
『シャンプーが目に沁みる』（講談社）
『イン・ザ・レイン』（中央公論新社）
『うどんの時間』（文芸社）
『となりの女神』（中央公論新社）

共著
『「このミステリーがすごい！」大賞10周年記念　10分間ミステリー』（宝島社文庫）
『５分で読める！ひと駅ストーリー 乗車編』（宝島社文庫）
『もっとすごい！　10分間ミステリー』（宝島社文庫）
『５分で読める！ひと駅ストーリー 夏の記憶 東口編』（宝島社文庫）
『５分で読める！ひと駅ストーリー 冬の記憶 東口編』（宝島社文庫）
『５分で読める！ひと駅ストーリー 猫の物語』（宝島社文庫）

「ご旅行ですか」

タクシー運転手の浜内《はまうち》は高松空港から初老の女性を乗せた。目的地はＪＲ高松駅。

「ええ、まあ……」

上品な容貌の女性客は浮かない表情で頷いた。

「この町ははじめてですか」

女性客は上の空で、「はい」と頷いた。

「だんなさんは留守番ですか。ひとり旅は気楽ですもんね。やっぱり目的はうどんですか」

「すみません、電話が」と女性客が上着のポケットから携帯電話を取り出した。

「どうぞ、どうぞ」

浜内は運転に集中するが、女性客の声が聞こえてくる。

「はい、到着しました。今、タクシーで向かっています」「えっと、そちらは?」「わかりました。駅に到着しましたらこの番号に連絡をすればいいんですね」

女性客の電話が終わったところを見計らい、浜内は口を開いた。

「どなたかと待ち合わせですか。敬語を使っていた、ということは不倫相手ではなさそうですね」がはは、と豪快に笑う。「あ、どうもすみません」

女性客は力なく笑った。「高松駅までどのくらいかかりますか」

「三十分くらいですかね。お急ぎですか」

「ええ、なるべく早くお願いします」

五分後、唐突に女性客の声が聞こえた。バックミラーで確認すると、携帯電話を耳に当てている。

場所を変更ですか、と女性客は驚いた声を発した。「あの、運転手さん、行き先を琴電瓦町《ことでんかわらまち》駅にお願いします」

「はい、わかりました」

順路は同じようなものだ。

女性客は再び電話に集中する。

「息子は大丈夫なのでしょうか。近くにいるのなら、かわってもらえませんか」「そうですか、ではこちらに電話をかけるように伝えてください」「え、あと八十万円ですか。今からではちょっと……はい、何とかします」

「待ち合わせは息子さんですか」浜内は話しかけた。「何か問題のようですが……」

「ええ」女性客は俯《うつむ》く。「少し」

「あの、失礼ですが、お金が必要になった、とかそういうことですか」

女性客が素早く顔を上げる。バックミラーを通して目が合った。

「いえね、奥さんのようなお客さんを、以前に同僚が乗せたんですよ。大きな鞄を抱《かか》えるようにして、何度も電話をしてた、って。彼女も息子さんの心配をしていましてね、その時はおかしいなと思いながらも、同僚は運転に集中した。あとで話を聞くと、彼女は特殊詐欺に騙《だま》されていたようでして、百万円も盗《と》られたそうです」

「……わたしは、そのかたとは違います」

詐欺に引っかかる人間はみんなそう言う。

「そうですか。息子さんとは話せていないようですが、おそらく話したのは最初の電話だけじゃないですか。奥さんにかかってくるのは、息子さんの携帯電話ですか？」

「息子の、といいますか、会社の携帯電話だ、と。かけ直しても忙しいのか、それとも移動中なのか繋がりません……あ、もちろん個人用の携帯電話にもかけましたが、そちらも同じ状態で……」

「では、最初の電話を思い出してください。本当に息子さんの声でしたか」

「間違いありません」

「風邪をひいた、という話は？」

「それはありませんが、涙声ではありました」

「ほうほう」

浜内は頷く。間違いない、この女性は詐欺師に騙されている。

「おそらく、また電話がかかってきます。そして、受け渡し場所の変更を伝えられる。

あとそうだなー、さっきとは違う人物が電話の応対をするかな」

　直後、女性客の携帯電話が震えた。

「あの、そちらは息子とどういう関係で？」「そうですか。え、また変更ですか」「八十万円はどうなりました？」「わかりました、こちらでも考えてみます」

「言った通りでしょう」

「……はい。行き先をＪＲ鬼無《きなし》駅に変更してください。電話の相手もはじめてのかたでした。あの、どうしてわかったんですか」

「詐欺師の狙いは奥さんを混乱させることです。不慣れな土地に呼び出して、不安と緊張を高める。受け渡し場所を変えることによって、今自分がどこにいるかわからなくするんです。電話の相手が変わるのは特徴を覚えられないように、とね」

「よく御存じですね」

「特殊詐欺の被害防止と犯人検挙のために、タクシー業界と警察が連携してるんですよ。テレビでも大々的に取り上げられました。お客さんへの声かけと不審人物の通報を積極的に、と。その際、講習を受けましてね、ここまで条件がそろうと詐欺だと思うんですがねえ。今から行き先を警察署に変更しますか？」

「……いえ、それは」女性客が迷う。「もしも詐欺じゃなかった場合、警察はまずいんです。息子が会社のお金を使い込んでしまったようで、監査でばれるとクビに……

それどころか警察に捕まる恐れがある、と」

「息子さんは高松に？」

「いえ、会社の支社がありまして、理由はわかりませんが息子は今向かっている途中のようです」

　数分後、再び女性客は携帯電話を取り出した。すぐに会話は終わる。

「運転手さん、また行き先の変更です。今度は、ＪＲ鴨川《かもがわ》駅にお願いします」

「高松市から出るのか……さらに混乱するな」

「あの、私はどうすれば……」

「警察に行ったほうがいい。どうして息子さんが会社のお金を使い込んだのか知りませんが、詐欺なら御《おん》の字《じ》だし、事実でも息子さんは反省するべきだ」

「そう言われましても……」

　女性客は正論を前にして迷う。息子が不幸になる確率が一パーセントでもあるのなら、親心としてその選択肢は避けたいのだろう。

「目的地まではあと十五分ほどありますんで、しっかり考えてください」

　時間はあっという間に過ぎる。決断しましたか、と浜内が目的地付近で声をかけるまで、女性客は一言《ひとこと》も喋らなかった。

「このお金を、息子に」

浜内はバックミラーで、女性客の膝の上にある茶色い鞄を見た。視線を戻した前方の景色の中に、妻と娘の顔がちらつく。

「ちなみに、息子さんはいくら必要だと?」

「五百万円ですが……」女性客が生唾《なまつば》を飲み込んだのが確認できた。「決めました。駅にお金を取りにくるのが息子でなければ、警察に行きます」

「賢明な判断です」

小さな駅舎が見えた。浜内は駅舎の近くにタクシーを停車する。

「あの、駅にお金を受け取りにくるのが息子だった場合、この金額では足りないそうなんです。何とかお貸しできないでしょうか」女性客は言ったあとにはっとした。「はじめてお会いした運転手さんなのにすみません。もう突然のことで気が動転してしまって……」

浜内は運賃精算作業の手を止めた。自分にも借金がある。生活は困窮し、家族も疲弊している。無理だ。しかし、浜内は振り向き、大きな笑みを浮かべた。

「私も男だ。息子さんの電話を疑うように言い出したのは、こっち。その時は銀行に寄ってきっちり下ろしてきましょう」

「本当ですか、ありがとうございます」

「それはそうと、その鞄を持って行くつもりですか」

「はい、そのつもりですが」

「それは危険だな。以前に乗せたお客さんは、鞄を強引に奪われたそうです。どうでしょう、私がここで預かっておきますよ」

「……でも」

「そうですよね、大金を他人に預けるのは不安だ。よし、こうしましょう。私の財布を奥さんに預けます」浜内は財布を取り出し、一万円札を見せた。「中には一緒に運転免許証が入ってる。奥さんにこれを渡せばどこにも行けやしません」

「……お願いできますか」

財布を受け取り、女性客は外に出た。タクシーに寄りかかるように立ち、駅舎の中を窺いながら電話をする。十分が過ぎた頃、駅に電車が到着した。ぞろぞろと乗客が降りてくる。その中のひとりが「母ちゃん」という大きな声を発した。

「息子さんですか」

浜内は助手席の窓を開けて訊ねた。

「ええ」女性客は振り返らず、足を前に運んだ。「やっぱり詐欺じゃなかったんだわ」

「ようやくタクシーから離れたか」浜内はつぶやいた。「すまない、奥さん、騙すつもりはなかった。だが、奥さんを乗せたのは神様の思《おぼ》し召し。今週中に借金を返さなきゃ家族で首を吊らなきゃならないんだ。金を返したあとは警察に自首するから許してくれ」

浜内はハンドルを切り、女性客の鞄とともに車を急発進させた。

「母ちゃん、ごめん。金は？」

縋《すが》りつく息子をよそに、女は遠ざかるタクシーをぼうっと見つめた。ゆっくりと口を動かす。

「芝居はもういいわ」

「ど、どういうことだよ」

「騙し損ねた」女は舌打ちする。「運転手のほうから他人事に立ち入らせて、借金の申し出を断りにくい状況を作ったまではよかったんだけど、当の運転手が大金に目がくらむとはね」

「マジかよ」

「財布の中身は一万四千円と、小銭。運転免許証は……ある。自首するというのは本心かもね。まあ、鞄の中には紙切れの束が入っているだけだし、成果はあった」

次はもっとうまくやるわ。女は不敵に微笑んだ。

情けは人のためならず

奈良美那

Japan LOVE Story Award

奈良美那（なら・みな）
1965年、静岡県生まれ。
第３回日本ラブストーリー大賞・大賞を受賞、『埋もれる』にて2008年デビュー。

著書
『埋もれる』（宝島社文庫）
『ラベンダーの誘惑』（宝島社文庫）
『リケジョ中辻涼の幽霊物件調査ファイル』（宝島社文庫）

共著
『５分で読める！ひと駅ストーリー 乗車編』（宝島社文庫）
『５分で読める！ひと駅ストーリー 夏の記憶 西口編』（宝島社文庫）
『５分で読める！ひと駅ストーリー 冬の記憶 西口編』（宝島社文庫）
『５分で読める！ひと駅ストーリー 本の物語』（宝島社文庫）

街道を走る乗合馬車に、初冬の浜風が吹き込んでくる。馬の蹄《ひづめ》が道を打つ規則正しい音を聞きながら、お忠《ただ》は肩掛けを首の上に引き上げた。頬の色を薄《う》っすら青黒く染めている痣《あざ》が恥ずかしいのだ。

向かいに腰掛けた三十絡みの男は彫りの深い役者のような顔立ちをしていたが、ひどく痩せこけている。紺絣《こんがすり》の着物に縞《しま》の青い褞袍《どてら》を羽織って、袂《たもと》に両手を突っ込み、うなだれたまま馬車の揺れに身を任せている。眉間と口もとに、人生の労苦に斬りつけられたような皺《しわ》が刻まれていた。

その皺を見て、お忠は亭主の平吉《へいきち》を思い出した。明治になってから十数年ものあいだ、世の激変で平吉が営む饅頭屋《まんじゅうや》の辰屋《たつや》は苦戦を強《し》いられてきた。平吉は京都の饅頭屋で修行し、暖簾《のれん》分けを許されて、江戸で店《たな》を開いた。江戸では希少な京菓子は人気を呼び、商いは順調だった。ところが、明治になり天皇と公家と武士が東京に移り住んでからというもの、上流の客を相手にしていた京都の菓子屋がこぞって東京入りしたため、辰屋は本場の京菓子に太刀《たち》打《う》ちできなくなった。売れ行きは落ちるばかり、奉公人は次々に逃げ出し、お忠は三十を過ぎたいままで、子も持てないでいる。

初めの数年は必死に不振と闘っていた平吉も、次第に酒に溺れ、ときにはお忠に手を上げるようになった。お忠はゆうべ、頭の芯がしびれるほど頬を平手で叩《たた》かれて、とうとう辛抱の糸も切れ、故郷の村に帰るところである。ひと思いに離縁してしまおうか……。迷いながらも心を決めかねている。平吉はお忠しか頼れる女はいないといつも言う。甘えられることが苦痛でないうちは、まだ決心する段階ではないと思うのだ。

ふいに居眠りをしていた男が激しく咳《せ》き込み出した。口にあてた手ぬぐい越しにくぐもった咳が止めどなくあふれている。顔から見る間に血の気が失われていく。

この人、胸が悪いのかしら。

そう思ったお忠は、肩掛けでさりげなく口もとを覆った。

大磯《おおいそ》で馬車を降りた男は、道端《みちばた》に停《と》められていた大八車《だいはちぐるま》に片手を置いて、また咳き込み出した。肩をぜいぜいと震わせ、その場に倒れてしまいそうに見える。

お忠は見過ごしにできず、「大丈夫ですか」と声をかけた。咳き込むのに精いっぱいで前も見えないでいる様子の男に声をかけ励ましながら、松の大木の下で団子や茶を出している茶店《ちゃみせ》に落ち着いた。お忠も喉が渇いていたところだった。

茶を飲んで、男もようやく息をついたようだ。

「どうもお見苦しいざまを見せちまって。……胸をやられちまいましてね」

お忠は黙り込んだ。肺病は不治の病《やまい》である。伝染《うつ》されれば死を待つしかない。けれど、旅は道連れ世は情けと言う。無下《むげ》に関わらないようにするのも人情のないことで、そそくさと逃げ出すようなまねはしたくなかった。

「昨日、ついに血を吐いちまってね。女房、子どもにいつ伝染《うつ》るかと気が気じゃねえ。伝染すくれえなら故郷へ帰ろうと、日本橋の家を出てきたってわけです」

男は苦し気に笑いながら、家が皇城のお堀から見てどのあたりにあるかと世間話をする合間に、さっきとは別の手ぬぐいをふところから出して、額の汗を拭いた。

「まあ、この寒いのに、大変な汗ですねえ」

「熱のせいですよ。いまじゃ、神さまだけが頼りです……。病に気づいたばかりのころ、なんとかよくならねえかと神や仏にすがろうとしていた矢先に、女房が耶蘇教《やそきょう》の教会に通い出しましてね。俺も洗礼を受けました」

そう言われてお忠は気がついたのだが、男の首に銀の鎖が下がっていた。

「……板前の修業を始めて二十年、ようやく板長になれるかってときに、病のせいで店を辞めさせられて家にこもり切りだ。女房には苦労のかけどおしでね。俺がいなくなって、少しは楽になってくれと願うばかりです」

男の話に耳を傾けていたお忠の脳裏に、血走った目をむいて暴れたゆうべの平吉の顔がよみがえってきた。

俺がどれだけ苦しい修行をして暖簾分けを許されたと思ってやがる、腕が落ちたわけでもねえのに売れねえってのはどういうことだ……。

お忠にも平吉の口惜《くや》しさはよくわかる。けれど、八つ当たりでこっちの体まで痛めつけられれば、堪《こら》えようなどあるはずがない。つらい病を抱えながらも家族を思いやっているこの男を見ていると、亭主もこうであればと、歯がゆくてならなかった。

「……お薬を飲み続ければよくなるんじゃないんですか」

なんとか励ましたいとの思いで気休めを言うお忠に、男は唇をゆがめて笑い返した。

「ありとあらゆる薬を試しましたがだめでした。冬虫夏草に高麗人参、鯉《こい》の生き血にイモリの黒焼き……。もっと言いにくいような薬も口にしましたがねえ」

男の目に、ぞっとするような暗い光が浮かぶ。

「故郷に帰ったところで、年をとった親のお荷物になるばかりだ。耶蘇教になんぞ頼らねえで、その前に死ぬんだった。いや、こんなつまらねえ話をどうして姉さんに聞かせたんでしょう。旅に出ると、知らねえ人につい身の上話をしたくなっちまって」

男は苦し気に笑うと、団子をくわえて串から抜いた。お忠の顔の痣に気づいているはずなのに、ひと言も触れない。お忠は触れられたくなかったから、ありがたかった。

平吉が無駄に神経をとがらせなければ、商売敵《しょうばいがたき》がいくらいようとも生き残る知恵を考え新たな道を探ればいいだろうに。この男のように淡々としてくれていれば、逃げ出したりはしなかったのにと、胸の内で苦々しく、亭主に吐き出した。

「さて、団子も食ったことだし、俺は故郷に向かいますぜ。姉さんはどちらへ？」

互いの行き先を話してみると、男の故郷はお忠の故郷より少し先にある隣村だった。

大磯から先は馬を雇い、とぼとぼと山道を登っていく。

男の馬はお忠の馬の前を歩いている。日が西の山に傾きかけて北風が吹きすさび出したころ、男がまた咳き込み出したらしい。お忠の乗る馬を引いていた馬方《うまかた》が言った。

「あの旦那は胸を病《や》んでるな」

お忠の馬方がそう言ったとたん、前の馬が歩くのをやめた。

「降りてくださえ。病を伝染《うつ》されちゃかなわねえから。こっちは女房と子どもとおっかあを食わせてるんだ。悪く思わねえでくだせえよ、旦那」

前の馬方に言われるがまま、男は馬を降りたらしい。お忠も自分の馬方に、馬を止めるように言った。日暮れの北風のなかにとり残される男の身を案じてのことだ。もと来た道を下って行く馬とは反対に、お忠と男は故郷へ急ぐ。道中のほとんどは馬で来たので、急ぎ足で歩けば日がとっぷりと暮れるまでには村に着けそうだ。

お忠の村に入る手前に、普段は人けのない神社があった。秋祭ともなればお囃子《はやし》が流れてにぎやかな社《やしろ》も、いまはひっそりとしている。

「ちょいと休んで行きましょう。あとひと息で着きますよ」

お忠は社の裏に小川が流れているのを思い出した。男が持っていた竹の水筒を借りると、残っていた古い水を捨て、小川の水をすくった。自分の水筒にも新鮮な水を満たした。

男は冷たい山の水を、喉を鳴らしてうまそうに飲んだ。きりりと冷えた山の水は、お忠の体の内側まで洗い流すかのようだった。

「姉さんにはいろいろご親切にしていただいて、なんとお礼を申し上げればいいのか」

「お礼なんて、やめてくださいよ。旅は道連れ世は情けですよ」

お忠はうふふと笑った。おや、あたしったら、若い娘のようなしなを作ってるじゃないの。そう気づいたお忠は後ろめたさから、肩掛けに深く顎を沈めた。


実家で三日休んだお忠は、気持ちを新たにして東京に戻った。平吉は、お忠の出奔がよほどこたえたのか、

「もう決して酒は飲まねえから勘弁してくれ」

と言って畳に額をすりつけた。これまでに何度も何度も、亭主を信じては裏切られてきた。お忠はもう一度だけ、信じてみようと心に決めた。けれど、これが最後だ。

お忠と平吉は、心機一転した記念に売り出した饅頭を、店の真ん中に並べた。

冬季のみ製造。病がコロリ。辰屋の滋養饅頭。

暖簾に大きくそう書き、木版刷の宣伝文も店頭で小僧に配らせた。人は限られた期間にしか買えないものは、期間のうちになんとしても買おうと思う。このからくりが、家出して戻ってきたお忠の頭に突然ひらめいたのだった。

ほかの店にはない秘伝の餡《あん》を作り出せたことも、好転のきっかけとなった。滋養饅頭の餡は甘いだけではなく、少し塩気が効いており、嚙《か》めば濃厚な旨みがにじみ出る。いかにも滋養がつきそうな味わいができたとき、お忠はこれだと思った。

普段ないもの、よそにないもの。商売繁盛の秘訣は、「ない」ことだ。お忠はこつをつかんだおかげで、一線を越えた。

東京中の療養所をこまめにまわり、見本の小さな饅頭も配り歩いた。味を確かめてもらえば、客が増えると踏んだのだ。読みは当たって、新規の客が遠方からも来るようになった。つぶれかけていた辰屋は、一気に息を吹き返した。

ある日、お忠は日本橋の、あの男の家を訪ねた。障子窓のすき間から家のなかをのぞくと、男の女房だったらしい女が山のように積まれた着物をせっせと繕《つくろ》っている姿が見えた。人の仕立て仕事を請け負い、暮らしの足しにしているのだろう。横に七歳ばかりの女の子がいて、母親の手伝いをしている。

お忠は窓に手を差し入れ、紙の小さな袋を投げ入れた。「誰だい」と叫ぶ声がしたのと同時に、お忠は一心に駆け出した。

袋には十字架と、母と子が一年以上は食べていけるだけの百円が入っている。

どうか幸せになってほしいと、お忠は胸の内で両手を合わせた。

あの日、男はお忠の前にひざまずくと、地面にひれ伏し、こう言った。

「ご親切な姉さんを見込んで頼みます。この十字架を茹《ゆ》でて、ばい菌のないようにしてから、形見に女房へ届けてください」

　男は鎖と、家への行き方を書いた紙切れをお忠に受けとらせてから、さらに言った。

「このまま故郷に帰って、年とった親に病を伝染すかと思うと、やり切れねえんです。だが、耶蘇教の信者が自分で死ぬのは神さまに罰当たりなんで、俺にはできません。どうか、姉さん。これも、旅で出会った縁だと思って」

　男は着物の兵児帯《へこおび》を解いて自分の首に巻きつけ、かしこまった。まるで、切腹する前の侍のように落ち着いていた。

　お忠はやはり、逃げ出せなかった。そんなこと言われたってあたしは知らないよ、と言い捨てるのはたやすかったが、そうしたくはなかったのである。正気に返ってから重なり合った落葉の上に倒れた男を見たとき、茶店で聞いた彼の言葉を思い出した。

「……胸の病にいいと聞いて、墓地で腐りかけの仏さんを掘り出したこともありますぜ。人は人を食うのがいちばん体にいいって言うじゃねえですか」

　その噂《うわさ》はお忠も聞いたことがあった。滋養饅頭は、ありとあらゆる薬を試しても治らない病の最後の薬としても効くかもしれない。お忠は、村でさばいた牛の肉ということにして、藁《わら》で包んだ塊を東京に持ち帰った。肉が腐りにくい冬季のあいだは、墓地で新たな材料を調達するつもりでいる。

ホーリーグラウンド　英アタル

英アタル（はなぶさ・あたる）
北海道生まれ。
第3回『このライトノベルがすごい！』大賞・隠し玉として、『ドラゴンチーズ・グラタン』（このライトノベルがすごい！文庫）にて2012年デビュー。

著書
『ドラゴンチーズ・グラタン　竜のレシピと風環の王』（宝島社・このライトノベルがすごい！文庫）
『ドラゴンチーズ・グラタン　幻のレシピと救済の女王』（宝島社・このライトノベルがすごい！文庫）

共著
『5分で読める！ひと駅ストーリー 冬の記憶 西口編』（宝島社文庫）
『5分で読める！ひと駅ストーリー 猫の物語』（宝島社文庫）

タクシーから降りた私は、潮風の冷たさにコートの襟《えり》を立てた。

それからタバコに火をつける。深く煙を吸い込んで、快晴の空へと吐き出した。

うむ……空気の美味《おい》しい場所で吸うタバコは、なぜか格段に美味《うま》い。

だが都心から長時間かけてここまでタバコを吸いにきたわけではない。

私は、後輩社員を探し出して連れ帰らなければいけない。

彼は大きな仕事が片づいたのを機に、有給を取って隣の県に旅行へ出かけた。

ところが昨日、仕事がらみで彼に緊急の確認事項が発生した。

だが彼は携帯に出ず、今朝になってもその状況が続いていた。

本人から、この海岸に面した街へゆく、と聞いていた同僚がいたのでそれをヒントに、たまたま休みだった上司たるこの私が捜索を指示された、という次第だ。

人の休日を蔑《ないがし》ろにする会社の判断には憤《いきどお》り甚《はなは》だしいのだが、彼は優秀な社員だし仕事で何度となく助けられている。個人的な感情などもあって指示を承伏したのだった。

私は吸い終えたタバコを携帯灰皿へ詰め込んで、海岸沿いの綺麗な道を歩き出す。

とりあえずスマホで地図を確認した私は街中を目指し――やがて商店街へと出た。

建物自体は年月を感じさせるものの、景気は悪くないのか人が多く、活気もある。

大きな提灯《ちょうちん》を取り付けたり、垂れ幕の準備をしたりと、お祭りの用意でもしているようだ。どうやら近々、なにか催し物が行われるらしい。

もしかしたら、彼はそれを見にきたのかもしれない。

商店街の人々に、彼らしき人物を見なかったか聞き込みを行った。すると何人かから、それらしい背格好の男を見たという証言が得られた。

どうやらその男はここのところ毎日、海岸沿いの道から海を眺めているという話だ。男の表情はどこか思い詰めているようだった、とも商店街の人々は語った。

嫌な予感……私は駆け出した。そして目撃談のあった海岸沿いの道にジーンズ姿の若い男を発見する。ガードレールに両手をつき、少し海側へ身を乗り出している。

「やめるんだっ！」

私は駆け出していた。

彼の胴体目がけて飛びつく。

そしてアスファルトの上に倒した後輩を抱《かか》え起こす。

「早まるんじゃない！」

彼は白目を剝《む》いてぐったりしていた。

「……おい！　大丈夫か！」

「自殺ですか？　オレが？　冗談きついですよ」

そう言って、旅館の浴衣《ゆかた》姿で後輩は笑った。

「君になにかあると私は……困ってしまうのでな。冷静さを欠いていた。すまない」

宿を決めていなかった私は彼の好意で、同じ部屋に泊めてもらうことになった。いまは二人で夕飯を食べている。会社への連絡は先ほど彼が滞りなく終えてきたようだ。

「それにしても君は……なぜこの街に？　観光か？」

なにげなく尋ねると、なぜか彼は自嘲気味に小さく笑った。

「観光……とは少し違いますね。聞きますか――」

彼は沈鬱に呟くとグラスに残っていたビールを飲み干し、言葉を継いだ。

「男の失恋話を」

彼の思いがけない言葉に驚き、少しの間、絶句したあと大きくうなずいた。

彼はまた自嘲してから口を開く。

「片想いでした……あの子はオレの好意など知る由《よし》もなかった。オレもそれでいいと思ってました……オレはただあの子の幸せを願っていた」

仕事では良く私を補佐してくれる彼だが、そのプライベートについて私はなにも知らなかった。いつもしっかり仕事をこなす頼れる後輩にも……悩みはあったのだ。

「それで先月のことです……幸せになったんですよ、あの子は」

「結婚――か？」

彼は悲しげで、だがどこか嬉しそうなため息を吐き出す。

「ええ。相手の男も良いヤツです、これでいいと何度も思いました。ですが……頭ではわかっていても気持ちの整理がつかなくて……あの子との思い出があるこの土地へやってきました。二十五にもなって傷心旅行ってわけです……笑ってください」

彼が会社からの電話に気付かなかったのは……そういう辛いことがあって気が回らなかったためだろう。私は答える代わりに、彼のグラスにビールを注ぐ。

そして自分のグラスを掲げた。

「今日は飲もうじゃないか」

「――お手柔らかにお願いします」

グラスが触れ合う、小さくて澄んだ音が和室に響いた。


翌日。朝食を摂《と》ったあと、後輩の彼について街へと出た。

商店街では、今日も人々がせわしなく飾り付けを行っている。

商店街を抜けた私たちは昨日、彼が海を眺めていた場所へとやってきた。

今日も天気が良く潮風が心地いい。彼は昨日と同じようにガードレールに両手をつき、地平線へと目をやった。

「芯が強くて優しくて、良い子でした。でも料理が大の苦手で……どんな魔法を使ったのかカボチャを爆発させて部屋をメチャメチャにしたときは大笑いしましたよ」

そのときを思い出してか、彼は懐かしそうに笑う。それから悲しげに目を細めた。

「生い立ちがやや不幸で……幸せになって欲しいと思ってました」

彼は砂浜へと降りてゆく。私もそれを追った。

彼はしばしば砂浜を歩き回った。ときには写真家がそうするように、両手の親指と人差し指で作ったファインダーを覗いたりしていた。

「ちょうど、ここです――ここであの子はプロポーズを受けました」

やがて、ある場所に立ってそう言った。

「不幸だったあの子がとうとう報《むく》われた……あのときの感動は忘れられません。でも同時にショックでもありました。大事なことが一つ終わった……その事実をオレは未だに受け止め切れていないのかもしれない……」

彼は目を閉じた。

目尻からは涙が溢れ、頬を一筋、伝い落ちる。

まぶたの裏には、笑顔と共に旅立った女性を映しているのだろうか？

「簡単には割り切れません。それでも……いつも前向きだったあの子のように――オレは強がろうと思います」

そう言った彼の瞳には、だが強い輝きがあった。

「そうか。では……帰るか」

「はい！」

「ん……あれはなんだ？」

商店街まで戻ってきた私の目に不思議なものが飛び込んできた。

「え？　どれですか？」

商店街の飾り付けがおおむね終わったようだが……

のぼりや垂れ幕には少女の絵が――アニメのキャラが描かれている。

「ああ、アニメによる街興《まちおこ》しですよ、知りませんか？」

「街興し……アニメで？」

彼は小さくうなずいた。

「最近のアニメは実在の土地や風景、建物を題材にしたりすることが多いんです。題材となった土地ではそのアニメと提携してファンを呼んで、街興しするんですよ」

「ほぉ～、上手《うま》いこと考えるものだなぁ」

心底、感心して唸る。頭の切れる人物というのはどこにでもいるものだ。

「にしても……へぇ……今期の新作アニメだったか……」

彼は手近な場所にあったアニメののぼりに歩み寄り、腕を組んだ。

そのまましばらく考え込んでいたが、

「先輩！　オレはいま新たな恋人を発見しました！　再び恋に生きます！」

突如として、そう叫んだ。

「なっ……えっ？　恋人？」

私は彼とその視線が向く先を二度、三度、見比べる。

その熱い視線は確かにのぼりへ――アニメのキャラへと注がれている。

「新たな恋人って、アニメキャラだぞ！　大丈夫か!?」

「大丈夫です！　それにオレの恋人はアニメキャラです、いままでもこれからも！」

いままでも……？　んん？　それはつまり……まさか……

「よもや……とは思うが『あの子』とはアニメのキャラのことだったのか？」

「そうですけど……まさか先輩、オレの話を三次元の女性の話と勘違いしてましたか？　どうやったら他人のプロポーズの現場を詳細に語れるんですか？」

私は手の平で顔を覆った。悲嘆に暮れる彼とその雰囲気に流されて気にとめなかったが、確かにおかしい話だった。

「それに『どんな魔法を使ったのかカボチャを爆発させて――』って言いましたけど、あれはハチャメチャな料理の腕前を揶揄《やゆ》して『魔法』と言ったんじゃなく、料理に魔法を用いようとして爆発させたんです。常識的に考えてカボチャは爆発しません」

確かに……カボチャは爆発しないが……その冷静なツッコミが妙に腹立たしいな。

「だがアニメの話だったとするなら、なぜここが思い出の場所だったんだ？」

「アニメの題材になった土地のことをファンは聖地と呼び、実際その土地へ旅することを聖地巡礼などと称するんですよ」

「つまりキミも聖地巡礼に訪れていた、と」

「そうです。先月、感動の最終回を迎えたアニメの聖地を訪れて、気持ちの整理をつけようと考えていたんですが、これもあの子の導きか――」

彼は再びアニメののぼりへ目を向け、深々と一つうなずいた。

「まずこの街でしか買えないグッズを探しに行きます。先輩は戻っててていいですよ！」

そう告げた彼は……あぁ……行ってしまった……

一人取り残された私はアニメののぼりに歩み寄った。ツインテール……と、呼ぶんだったか髪の毛を頭の両側でくくった少女が、晴れやかな笑顔を浮かべている。

『オレの恋人はアニメキャラです、いままでもこれからも！』

彼の言葉を思い出した私は……うしろに束ねていた長い髪をほどいた。

それから少女と同じように結び、近くにあったカーブミラーを見上げた。

わぁ……二十七になる『女』がやっていい髪型ではないようだ……

髪型を戻した私は、もう見えなくなった後輩を追って走り出した。

私の恋路は果てしない旅のように長いらしい。

赤光の照らす旅

桂修司

桂修司（かつら・しゅうじ）
1975年生まれ。
第６回『このミステリーがすごい！』大賞・優秀賞を受賞、『呪眼連鎖』にて2008年デビュー。

著書
『パンデミック・アイ　呪眼連鎖』（宝島社文庫）※単行本刊行時は『呪眼連鎖』
『七年待てない　完全犯罪の女』（宝島社文庫）※単行本刊行時は『死者の裏切り』
『ドクター・ステルベンの病室』（宝島社文庫）

共著
『「このミステリーがすごい！」大賞10周年記念　10分間ミステリー』（宝島社文庫）
『５分で読める！ひと駅ストーリー 降車編』（宝島社文庫）
『もっとすごい！　10分間ミステリー』（宝島社文庫）
『５分で読める！ひと駅ストーリー 夏の記憶 東口編』（宝島社文庫）
『５分で読める！ひと駅ストーリー 冬の記憶 西口編』（宝島社文庫）
『５分で読める！ひと駅ストーリー 猫の物語』（宝島社文庫）

　全身がひりひりと痛む。渇きで胸が焼けるようだ。誰かの声が聞こえ、ロバートが重いまぶたを開けると、コンクリートの天井に白色蛍光灯がぶうんと鳴っていた。起き上がろうとして、ベッドに縛り付けられていることに気づく。

「やっと目を覚ましたね。ロバートさん。火傷《やけど》は喉が渇くだろう」

　マスクに白衣、ゴム手袋をした男が眼鏡の奥で笑う。どうやら主治医らしい。

「申し訳ないけど、拘束させてもらっているよ。植皮が終わるまでは、ここにいる事になる。油性ウレタンをかぶって焼身自殺を試みるなんて、穏やかではないね」

　辛うじて動く範囲で周囲を見回すと、どうやらここは病室のようだ。傍《かたわ》らには紺色の服を着た見張りがふたり、しかめ面《つら》で座っている。医師はノギスを持ってきて、ロバートの上半身をのぞき込んでは、痛む皮膚にあてがった。

「お気の毒だけど熱傷の範囲が広い。今日、明日中にも追加の植皮が必要だ」

「いくらかけた」ロバートはうんざりした。「俺はどうせ死ぬのに、無駄なことだ」

「二十万ドル」医師は肩をすくめた。「たとえ百万ドルかかっても死なせはしないよ」

「連邦の税金だろう？　狂っているな」ロバートは嘲笑した。「その金を、本当に必要とする貧しい人々に与えた方が良いのに。たとえば七歳の男の子とかどうだい？」

　皮肉が通じたのか、医師は凍り付いたような笑みをうかべていたが、やがて、

「そんなことより、なぜ自殺を？」と問うた。

ロバートは少しためらってから、「夜の重さに耐えられない。神父はいるかい」と聞いた。医師はうなずくと、残りの火傷の処置を済ませて病室を出て行った。

「私に用が？　ロバートさん」

立襟《たてえり》の黒い祭服を着た神父が現れ、十字を切る。

話は要領を得なかった。夜になると闇が濃くなり、質量を持ってロバートを押しつぶす。ロバートを責めるささやき声がどこからともなく聞こえて眠れず、このままではおかしくなってしまいそうだ。

神父は静かに傾聴していたが、やがて同情をたたえた顔で告げた。

「ロバートさん、あなたの旅路は暗い。光あるうちに、光の中を歩かねばなりません」

神父は重ねて言った。

「夜も祈りを欠かさないこと。いいですか？　滅びにいたる道は広く、誰もが通りたがる。命に至る道は狭く、その道は険しいのです」

「ふたりとも、俺にはたしかに狭かったな」

ロバートの下卑《げび》た笑いにも、神父は眉ひとつ動かさない。

「もう一度言いますが、光の中を歩きなさい。今がその時ですよ」

神父は最後にそう念押しし、また十字を切って去って行った。

窓の外では陽《ひ》が落ち始めた。また沈鬱な夜が降りてくる。

そこのあなた。そう、あなたです、あなた。よかった。夜の声が聞こえるのですね。あなたに見つけて欲しいものがあるのです。あいつにむちゃくちゃにされてしまったからね。蛇口が開いたままの水道。ポプラウッドでできた小さなブランコがある、郊外の大きな家。そして赤光《しゃっこう》。

――来た。衣擦《きぬず》れのようなささやきが聞こえる。ロバートはベッドの中で丸くなって震える。歯がかみ合わぬほど震えながら、神父の言葉を必死で思い出す。『光あるうちに、光の中を歩け』。神父はたしかにそう言った。プラスチックの十字架を握りしめ、自分のために祈った。だが、宵闇は恨めしげな呼びかけを止めてくれない。祈りは効果がなかった。ロバートは神父を恨んだ。神父は嘘《うそ》をついたのか。そもそも、このような闇の中で、どこに光があるというのか。何を目印に歩けというのか。くたばりぞこないめ。

歯の隙間から漏れるような不快なささやきは、ときにロバート自身の声にかわる。そのたびにロバートはびくりと身体をこわばらせる。

あの事件の夜も、こんな夜だったな。俺が車から降りると、蒼《あお》い月に心かき乱されたのか、野犬どもが丘の上からこちらを狙っていた。一陣の風が雑木林を揺らし、フクロウが一声鳴いて羽ばたいたのを合図に、俺は駆けだした。

ロバートはとうとう、しくしくと泣き出した。見張りが気づいて舌打ちし、ベッドサイドを乱暴に蹴飛ばしたが、それでも泣くのを止《や》めなかった。いったいぜんたい、人生で自分の思うようになったことなど一つもない。神の言葉など無力だ。

永遠に等しい苦悶の時が過ぎ、ようやく朝日が病室を照らしたとき、ロバートは疲労の極致にいた。すぐに医師を呼び、嘆願した。

ロバートは医師に語った。夜の苦しさを語った。神父の無力さを責めた。彼を責め立てる幻覚、声なき声を責め、罵《ののし》った。あの声が聞こえる限り、自分に安息《あんそく》はない、と涙ながらに訴えた。医師は根気よくうなずき、話を聞いた。

「あなたの健康を守り、あなたの苦痛を和《やわ》らげるために私は雇われているが」

すべての話が終わったとき、医師は戸惑っていた。

「奇妙な声を消して欲しい、とあなたは言うが、それがあなたの存在理由だろうに」

「それは役人が望む事であって、俺にそんな義務はない」ロバートは叫んだ。「俺には平穏な夜を過ごす権利がある。すぐ対処しなければ、前と同じことをくり返す」

私を脅すのか、と医師は呟き、ロバートはそうだ、と応えた。医師は深いため息をひとつ吐《つ》くと、心底さげすむような目でロバートを見おろし、こう言った。

「いいでしょう。あなたが逮捕前に飲んでいた抗うつ薬を取り寄せましょう」

そこのあなた。そう、私を左右に開いて、のぞき込んでいるあなたです。私に気づいてくれているあなた、私もあなたに気づいています。本当に良かった。あいつのせいで、私はもう目が見えないから、なくしものは見つけられない。だから、あなたも一緒に探して欲しい。まずは蛇口を閉めてください。シンクから水があふれているから。それから、あたらしいオースティンの皿をワンセット所望。妻が壊してしまったから、新しいほうきもあればよい。まくらも必要です。羽毛がこぼれてしまったから。新しいカーテンも欲しい。空色が良いが夕焼けはダメ。だって赤光みたいだから。

苦痛は耐え難かった。夜ごと悪夢は増強し、安息は無く、時の感覚が失われた。奇妙な声はますます増長し、ロバートを責め、愚弄《ぐろう》してくる。

夜ごと打ちのめされながらも、ロバートは反撃のチャンスを待っていた。彼には勝算があった。数日たって、ようやくロバートの元にその薬が届けられた。慣れ親しんだ旧《ふる》き友。ロバートは興奮を隠しながら、その二錠を受け取った。遅効性になるようにコーティングされた薬剤なので、そのまま水で飲みこむようにと医師は注意したが、ロバートはそうすると見せかけて奥歯でかみ砕き、口の中でペースト状に延ばして、その独特の臭気を鼻から吹き出して楽しみ、それからやっと飲み下した。そうすることで薬効が増強することを知っていた。効果はてきめんだった。

ロバートが吠えると、野犬どもはひるみ、我先にと逃げた。無理もない、その夜の俺は怪物だった。足が四本になったり、二本になったり、三本になったりした。今度は腕が四本だ。私は男で女だ。あるいは、男で男だ。車に戻るたびに変わるのだ。私の心臓は、赤光のオイルでまわる。私は合わせて八十歳であり、四十二歳でもある。私が隠したものがあることを、運ばれたお前と、ここを見ているお前は知っている。ハリー・ハリー・ハリー。水のみち。早く締めないと、しっかり根元から締めないと、大事な中身がこぼれちまう。砕けた食器。割れた鏡。郊外の一軒家。ブランコが風に揺れている。

悪夢はまだ続いた。だが、薬によってその性質が異なってきた。ロバートを責める声はしなくなった。真っ暗闇と思えた夜が、薄くて赤い光に包まれているのに気がついた。薬剤でまぶたの裏の血管が拡張し、そのように見えるのだとロバートは考えていた。神父の言っていた光とは、ひょっとしてこのことだったかと思う。

ヒドロキシクロルバンドロリウム。くそ医者め。邪魔立てするな。及ばない、及ばない。私の力はこの奔流には及ばない。なんということだろう。私から、この男を奪っていった。復讐の機会が奪われた。男はもうここにいない。怨敵は逃げ出した。濁流だ、化学物質の濁流に流そうとしている。赤い濁流だ。いや、赤光だ。やはり赤光なのだ。こいつの旅路を照らすのは、月夜に光るあいつの目、赤光なのだ。猛獣の黄色い目とは似て非なるもの。焼けて真っ赤な鉄塊をハンマーで打てば、かっかっと火花が散り、薄闇に工夫の頬を浮かび上がらせるけど、そこには何の表情も浮かんでいない。あの男が赤光なのだ。あの男の目が赤光なのだ。忘れようとしている。当事者なのに忘れようとしている。ひどすぎる、お前が忘れたら、誰が私たちのことをおぼえていてくれるのだ。お願いだから、もう一度私たちを見つけておくれ。あの日、お前は私たちを見いだし、特別な意味を与えたではないか。ほら、玄関から水が流れ出していた。リビングでお前と目があった。妻と娘は床と階段。ドール・アイ。赤い赤い、あいつの目は赤光。私はすぐさま運命を悟った。赤光の照らす運命を。私の旅の終わりを。そう、あなた。私を見ているあなた、一緒に探してくれないか。この男がしたように、私を開いて、その旅の意味を探してくれないか。私に気づいているのは、もうあなただけ。あなただけが頼りだ。

翌朝、医師が回診に訪れると、ロバートの様子は一変していた。

「昨日は悪い夢も見ずによく眠れた。助かったよ、これで穏やかな最期を迎えられる」

さわやかな声が病室に響いた。あまりの変化に、見張りの男も眼を丸くする。

医師はどういたしまして、と言いながら、改めてその姿を観察した。ヒドロキシクロルバンドロリウムは特別な薬ではない。どこの病院でも処方されるような、ただの抗うつ剤に過ぎない。全国で数百万人が飲んでいるはずだ。だがロバートの表情は明るく快活で、肌にも潤いが戻っている。

ただ、よく眠れたというわりに、その眼が充血しているのだけが気になった。

ヒドロキシクロルバンドロリウム。その奔流。私からこの男を奪ってしまった。この男が懺悔する機会を、永遠に奪ってしまった。この男を光から遠ざけ、代わりに赤光を与えた。ああ、ああ、息子はまだ小学生なのに、これからひとりで生きるのか。どこにやった、どこにやったのだ。私の腕を。足を。妻と娘をどうしたのだ。私の人生をどこにやった。私を返せ、赤光よ。私の人生を、瞬時にして照らした赤光よ。私を返せ。お前の暗い旅は、お前のための電気椅子で終わるだろう。だが赤光よ、その前に私を返せないなら、せめて私を忘れるな。

「先生、ありがとう」

開けてはならない。

逢上央士

逢上央士（あいうえ・おうじ）
1979年東京都生まれ、神奈川県在住。
第３回『このライトノベルがすごい！』大賞・優秀賞を受賞、『オレを二つ名（そのな）で呼ばないで！』にて2012年デビュー。

著書
『オレを二つ名（そのな）で呼ばないで！』（このライトノベルがすごい！文庫）
『オレを二つ名（そのな）で呼ばないで！２』（このライトノベルがすごい！文庫）
『オレを二つ名（そのな）で呼ばないで！３』（このライトノベルがすごい！文庫）
『オレを二つ名（そのな）で呼ばないで！４』（このライトノベルがすごい！文庫）
『オレを二つ名（そのな）で呼ばないで！５』（このライトノベルがすごい！文庫）
『なぜ異世界ダンジョンでスマホがつながるのか　竜胆遥人の迷宮攻略』（このライトノベルがすごい！文庫）
『建築士・音無薫子の設計ノート　謎《ワケ》あり物件、リノベーションします。』（宝島社文庫）

共著
『５分で読める！ひと駅ストーリー 夏の記憶 東口編』（宝島社文庫）
『５分で読める！ひと駅ストーリー 冬の記憶 西口編』（宝島社文庫）
『５分で読める！ひと駅ストーリー 本の物語』（宝島社文庫）

電車を乗り継ぎやってきた山間《やまあい》の僻地《へきち》。長い坂道の先に、その旅館はあった。

「へぇ……」

俺はしばし立ち止まり、見事な建築に見とれる。

会社の友人が、ネットで見つけたというこの旅館。前日になって体調を崩してしまった彼に代わり、俺が出かけることになったのだ。

わざわざ有給を取ってまで、急な代行を引き受けた理由。それは――

「――ワケあり旅館、か」

詳《くわ》しい情報はあえて聞かなかったが、これから泊まるのは、なにやら曰《いわ》くがある部屋とのこと。俺はそういったオカルトめいた話が大好物だった。

「……さて、なにが待っているやら」

あらためて大きな建物を見上げると、意を決し、入口へ足を向けた。

チェックインを済ませ、仲居《なかい》の案内で部屋へと向かう途中、何とはなしに探りを入れてみる。

「立派な建物ですね」

「建物自体は昭和初期に建てられたものですが、今年、全面改築いたしましまして」

真新しい絨毯《じゅうたん》の感触を味わいながら、なるほど、と納得する。

「本日ご案内いたしますお部屋も、その際に増築した新館の一つになります」

本館の裏手から一旦《いったん》外に出、急拵《きゅうごしら》えといった感じの細い階段を上がっていく。

「こちらです」

そこにあったのは、こぢんまりとしたコンクリート製の建物だった。

「……ふぅん」

本館とは意匠が異なる、モダンテイストな建築。いかにも旅館らしい和風なつくりを想像していたので、少々拍子抜けする。

「さあさあ、どうぞ」

そんな俺の心を知ってか知らずか、仲居は笑みを浮かべた。


「――これは、見事な……」

部屋に通された俺は、室内を見回し、ほぅ、と息を吐《つ》く。

無骨な印象の外観とは異なり、内装は和と洋が見事に調和した素晴らしい意匠だった。大きめのベッドが二つ並んだ洋間と、八畳ほどの和室。和紙を使った間接照明が複雑な陰影を生み出し、調度品や飾りの類《たぐい》を巧みに照らしている。

「ユニットバスは付いておりますが、本館の露天風呂もお使いいただけますので、ぜひご利用下さい」

新館はコテージ風の離れになっているようで、長期滞在客用なのか簡単なキッチンまで用意されていた。

「……この部屋に一人で？　間違いじゃないですよね？」

友人から聞いた宿泊料金を思い浮かべ、思わず仲居に尋ねる。

「ええ、間違いございません」

ただし、と仲居は続ける。

不自然なまでに安い宿泊料金は、やはり理由《ワケ》があったのだ。

「あちら、ですが」

仲居の差し出した手が、閉ざされた大きな厚手のカーテンを指し示す。

「——ご宿泊の間は、決してお開けにならぬよう、お願いいたします」

＊

麓《ふもと》の街で簡単な観光を済ませ、本館の食事処で夕食を終えた俺は、旅館内をうろうろと彷徨《さまよ》っていた。

「部屋にいると、どうしてもあの窓が気になるからな……」

決して開けてはならぬカーテン。その向こうには、一体何が見えるのか——

「とりあえず、いまはまだ我慢だ」

誘惑に負け、すぐに開けてしまっては興ざめもいいところだ。

――試すなら、草木も眠る頃合いがいい。

そんなことを考えながら歩いていると、廊下の途中に小さな部屋を発見する。

「……資料コーナー？」

どうやら、この旅館に関する資料を集めた展示スペースのようだ。ちょうど良い暇つぶしだと、中に入ってみる。

「この旅館の歴史、か」

年表の一覧と、写真パネルが数枚。改装前の建物を収めた写真もいくつかある。

その中に、気になる記述を見つけた。

「――火事？」

三年前、本館の庭園にあった離れが焼失する火災があったらしい。

建物の全面改装は、その補修も兼ねたもののようで、焼失した離れの代わりに、あのコンクリート製のモダンなコテージが建てられた、とある。

「もしかして……」

これだけの火災だ。宿泊客か従業員が亡くなっている可能性も……。

「……ワケあり旅館、ね」

背中に冷たいモノが走り、身震いする。オカルト好きといっても、恐怖心は人並みにあるのだ。

「…………風呂にでも、行くか」

俺は、足早に資料コーナーを去った。

＊

「――ふぅ」

雲一つない夜空に、煌《きら》めく星々。視線を少し落とせば、一面の闇に包まれた大パノラマが広がる。宿自慢の露天風呂は、朝・夜で違った絶景が楽しめるらしい。

しかし、俺は、せっかくの星空を満喫する余裕すらなかった。

「あそこが、今日泊まる部屋か……」

視界の端、暗闇の中に、ぽつんと小さな光を放つ外灯が見える。

「開けてはいけない、か」

ここから見る限りでは、なんの変哲もない外観の部屋だが……。

「――兄ちゃん、もしかしてあの部屋に泊まってるのか？」

ぼんやり外を眺める俺に、宿泊客らしき老人が突然話しかけてきた。

「え、ええ」

自身も泊まった経験があるのだろうか、老人は「そりゃあ災難だ」とつぶやく。

「……見て気分が良いモンじゃあないからなぁ」

ぽつりと、そんな言葉が老人の口から漏れ出る。

「え？　どういう意味で……」

「まあ、酒でも飲んで、さっさと寝ちまうのが一番だ」

気になる言葉だけ残し、老人は風呂から出てしまう。

「……本気で、怖くなってきたな」

火照《ほて》った身体が、再びぶるりと震える。

「…………酒、買ってくるか」

もはや素面《しらふ》では、禁断の扉を開けられそうにない。

暗闇の中、小さく外灯が光る部屋を、俺はもう一度見上げたのだった。

＊

「――ん」

まどろむ意識が、わずかに目覚める。

「ここは……」

いがらっぽい喉から、うめき声のようなつぶやきが漏れた。薄く目を開くと、周囲に転がるビールの空き缶が見えた。

「――っ」

唐突に、意識が覚醒する。

「しまった……っ」

どうやら深酒が過ぎ、眠ってしまったらしい。俺は慌てて窓のほうを見やる。

「！」

カーテンのすき間から、かすかな光が漏れ出ている。まもなく空も白《しら》んでくるだろう。

「まだ、間に合うか……っ！」

急いで窓際へと駆け寄る。昨晩の恐怖心は、すっかり頭から抜け落ちていた。

「――よし」

カーテンに手をかけた俺は、目をカッと見開き、勢いよく幕を開く。

「!?」


――そこから見えたのは、肌色の風景だった。

「………え」

予想外の出来事に、思考が追いつかない。

俺はカーテンを握ったまま、朝日が徐々に照らし出す光景を前に、立ち尽くす。

「――開けてしまわれましたか」

いつの間にやって来たのか、傍《かたわ》らには仲居の姿があった。

「お部屋の位置関係で、この窓からだけ露天風呂が覗けてしまうのです」

俺の視界にあるのは、朝風呂を満喫する入浴客。朝靄《あさもや》の中、美しい紅葉を背景にキラキラと輝くその様《さま》は、まるで一枚の絵画のよう――そんな錯覚すら覚えた。

「それで、まだご覧になりますか？」

混乱の極致にある思考で、呆然《ぼうぜん》と眼前の光景を見つめ続ける俺に対し、仲居の咎《とが》める言葉は、とても弱い。

「そ、そちらの扉は、開、開けぬほうが、よ、よろしいかと、」

……それは、そうだろう。

――男湯、なのだから。

君が伝えたかったこと

影山匙

影山匙（かげやま・さじ）
1988年、東京都生まれ。
第12回『このミステリーがすごい！』大賞・隠し玉として、『泥棒だって謎を解く』にて2014年デビュー。

著書
『泥棒だって謎を解く』（宝島社文庫）
『５分で読める！ひと駅ストーリー 本の物語』（宝島社文庫）

自らの意志で旅に出たのは生まれて初めてだった。航空券の購入、旅館の予約、旅の計画立て、すべてが初体験でかなり苦戦した。自分の無能さを再認識してしまい嫌な気分だ。麻衣がいた頃は旅行の事前予約を麻衣に任せっきりだった。

戸田賢治《とだけんじ》は一枚の絵画を見るために静岡から北海道まで電車と飛行機を乗り継ぎ、空港からはレンタカーを運転して目的地を目指した。澄み切った青空と鮮やかな緑に染まった大地が車の窓に映る。戸田は見向きもせず運転を続けた。ため息が零《こぼ》れる。

旅立つ一か月も前から旅行雑誌を読み、グルメ情報や観光スポットを予習していた。だが、北海道に辿《たど》り着いても、ふせんが飛び出した旅行雑誌はかばんの奥底に沈んだままだった。喪失感と後悔のせいでどこにも行く気が起きなかった。

綺麗な景色だって隣に麻衣《まい》がいなければすべて灰色だ。おいしい料理も糖質と脂肪の塊でしかない。二十八歳、男の一人旅は退屈で味気なかった。

戸田が三年間付き合った麻衣は明るくて前向きで、頭がよく大らかな女性だった。戸田のように不器用で何をやってもうまくいかないダメ男とどうして一緒にいたのか、最後まで理解できなかった。不釣り合いなカップルだったと思う。麻衣に相応《ふさわ》しい男になるための努力はいつも空回りした。

あなたに完璧さなんて求めていないから無理しなくていいのに、と麻衣はいつも優しく笑った。それでも麻衣の人生を邪魔している気がして、罪悪感でいっぱいだった。

麻衣に癌が見つかったのは一年前だ。手遅れだとわかってからは早かった。

麻衣を失ったあとには喪失感と共に溢れんばかりの後悔が残った。自分はけっしていい彼氏ではなかった。麻衣は何も言わなかったが、不満を溜め込んでいたに違いない。麻衣は自分と一緒にいて幸せだったのだろうか。今となってはもうわからない。

計画をすっ飛ばしたせいで、夕暮れ時には旅館に到着した。宿泊先探しが面倒だったため、戸田は以前、麻衣と北海道へ旅行した時に泊まった旅館を再度予約していた。そのせいで楽しかった頃の思い出に一晩中打ちのめされた。胸にあいた大きな穴を埋めるため敢行した一人旅は、今のところ逆効果だ。

戸田を旅にいざなった麻衣の言葉が頭をよぎる。

「いいことを教えてあげる。もしもこの先賢治が思い悩んで辛くなったら、有給をとって旅しなよ。行きたい場所がないなら私の地元の近くにある美術館へ行くといい。私の大好きな絵があるの。見たら悩みなんて吹き飛ぶから。本当だよ。だから新しい彼女とでも行っておいで」

麻衣が亡くなってから三か月後、後悔に押し潰されそうになった戸田は麻衣の言葉を信じて旅立った。見たこともない絵に救いを求め、遥々《はるばる》北海道まで来るなんて馬鹿げているだろうか。自分の弱さに嫌気がさす。

翌日、戸田は目星をつけた海鮮料理屋やスープカレー屋に寄らず、目的地へ車を飛ばした。上質な栄養源を期待していた空腹の胃による主張も無視だ。

昼過ぎには旅の終着点である小さな美術館に到着する。閑散とした館内を歩き、目的の絵画を探す。目的の絵画は常設展示室の片隅にあった。

思わず言葉を失う。落書きにしか見えなかった。キャンバスに墨をぶちまけたような絵だった。戸田の第一印象は正しく、説明によると、キャンバスに絵の具を垂らして描くドリッピングという技法で描かれた抽象絵画だそうだ。

展示室中央の丸椅子に座る女性の隣に腰をおろす。戸田は途方に暮れ、呆然《ぼうぜん》と落書きのようなものを眺めた。静かな時間が無駄に過ぎていく。

どれだけ見たって同じだ。落書きを見て悩みが解決する訳がない。麻衣の言葉の意図が読み取れなかった。旅に出て美術館にたどり着けば、けじめが付くと思っていた。このままでは過去を断ち切るための旅が終われない。飛行機の時間が近づいていた。

「この絵が好きなんですか」隣に座っていた女性から声をかけられた。茶髪のショートボブ、薄い化粧と日焼けした肌。年齢は恐らく二十代後半。女性が言葉を継ぐ。

「さっきからずーっとこの絵を見てるじゃないですか。別に名画でもないのに」

「不思議な絵だなと思って。正直、僕には落書きにしか見えない」

女性の笑い声が展示室に反響する。戸田も頬が緩《ゆる》んだ。旅立ってから初めて笑えた。

戸田は女性と自己紹介を交わした。女性の名前は谷岡咲《たにおかさき》といい、近くの農協に勤めているそうだ。休日は美術館の図書コーナーで資格の勉強をしているらしい。

「悩みが吹き飛ぶ絵ですか。面白いことを言う彼女さんですね」

「意味がわからないよね。彼女にからかわれただけなのかも。結局、無駄足だった」

「いや、決めつけるのは早いです。彼女さんには伝えたかったことがあるはずですよ。それに、私もこの絵のことが好きです」

「咲さんはこの絵のどんなところが好きなの」

「理由は考えたことがないです。ただ、なんとなく好き。見ていると落ち着きます」

「作者はどんな気持ちでこの絵を描いたんだろう。何かメッセージがあるのかな」

「きっと作者は言葉にできない想いを何も飾らず、そのままの形で伝えたかったんだと思います。人の想いってなかなか正確に伝わらないものでしょ。だから絵の意味を理解しようとしても無駄。それぞれが自由に感じとるしかないんじゃないですかね」

「そうかもね。だから彼女はこの絵が好きな理由を言わなかったんだ。どうせ伝わらないから。つまり彼女が考えていたことは一生わからない」

長旅の末、何も得られないままか。長くジメジメとしたトンネルの出口はまだ見えない。ため息が零れた。

「じゃあ、戸田さんはこの絵を見てどう感じたんですか」

「何も感じないよ。ただ、未完成な落書きみたいだと思った。どうしてこんな絵が美術館に存在するのか不思議だ」

「なんだ。私も同じようなことを思いましたよ。変ですよね。その他の絵や彫刻は芸術性があって私みたいな素人から見ても素敵だと思えるのに、この絵だけが不完全な気がして。そっか、だから好きなのかもしれない」

咲は腕を組んでしばらく考えてから改めて口を開く。

「この絵を見ていると私も不完全でいいんだって思えて安心できます。人はみんな完璧じゃないって教えてくれているみたい。普段、自分の不器用さに嫌気が差すこともあるけど、この絵と同じように人も不完全な生き物だから、自分をそこまで卑下《ひげ》しなくていいのかも。彼女さんはそう伝えたかったのかもしれませんよ」

ああ、それだ。すとんと納得できた。まるで麻衣の口から直接解答を聞いているようだった。

――あなたに完璧さなんて求めていないから無理しなくていいのに。

麻衣の柔和な笑みを思い出す。麻衣が長旅をさせてまで伝えたかったのは、かつて二人の日常に存在していた言葉だ。ただ、戸田は聞く耳を持たなかった。無能な自分は麻衣に相応しくない男だと頑《かたく》なに思い込んでいた。

大きな間違いだった。人は不完全でもいい。

胸に停滞していた後悔が晴れた。今なら自信を持って言える。君も幸せだった。

戸田は呟くように言った。

「彼女の考えがわかったよ。僕もこの絵が少し好きになった。ありがとう」

「そうですか。あまり思いつめないようにしてくださいね。悩んだらこの絵のことを思い出してください」

そう言って咲はニッコリと笑った。咲とは簡単な会話を交わしてから別れた。

飛行機の時間が迫っていた。急いで車に乗り込む。何だよ、食べたいものや行きたい場所が山ほどあったのに。寄り道する時間はなさそうだ。

また旅に出ればいいさ。窓の外を流れる澄み切った青空と鮮やかな緑に染まった大地に、戸田は何度も目を奪われた。

＊＊＊

「それで、戸田さんがわざわざ長旅してまで絵を見に来る確証はどこにあるのよ」

咲が聞くと、麻衣は病室の窓から差し込む日差しに目を細めて微笑んだ。

「確証なんてないけどわかるよ。あいつは自分のことをダメ人間だと思い込んでいて、いつも失敗して勝手に落ち込むの。今までは私が励ましていたけど、私がいなくなったら賢治はひたすらウジウジ悩むに決まってる。辛くなったら旅に出て絵を見に行くように言ってあるの。不器用だけど馬鹿真面目だから、私の助言を必ず聞くはず」

混乱する頭を未だに整理できていなかった。高校時代の友人から連絡があったと思えば、癌に冒《おか》されていて先が短く、さらに頼みがあるのだという。麻衣が亡くなった後に戸田さんを励ます計画は、麻衣の頭の中で完成されているようだ。

「戸田さんはいつ北海道に来るのよ」

「わからない。辛くなったら旅して絵を見に来て、とだけ言ってあるから」

「それじゃ、私はいつ美術館に行けばいいかわからない」

「大丈夫。賢治が住む静岡から美術館の距離を考えると、日帰りはまず無理。必ず一泊するはず。そして、賢治が北海道で泊まる可能性のある宿泊先は一つだけ。あたしと泊まった旅館よ。賢治は冒険心がなくて面倒くさがりだからね。旅館には賢治が宿泊の予約を入れたら咲へ連絡するように頼んである。ね、用意周到でしょ」

麻衣は笑みを浮かべて言った。麻衣が病魔に冒されているなんて信じられなかった。

「そこまでして見せたい絵って、どんな絵なの」

「芸術性もないサイテーな絵だよ。絵画としての出来はどうでもいいのよ。大切なのは、私の言葉と絵画にどんな意味があるか考えさせること。きっと自分の悩みと重ね合わせて、勝手にメッセージを読み取ってくれる。咲には賢治の悩みが晴れるように背中を押してあげてほしいの。咲がいつもしていることでしょ」

「それが私の仕事だからね。それならカウンセリングセンターに行かせればいい」

「あいつ、人見知りだからカウンセリングには行かないよ。それに賢治は頑固で人の言うことを聞かないの。あたしの励ましですら真《ま》に受けないんだから。私は本当に幸せだったのにね。私が言っていたことの意味を自分で気づかせてあげないと駄目なの。手紙やビデオメッセージは照れくさいし、私の気持ちは伝わらないと思う」

「せめてもっと近場にすればいいのに」

「こんなことお願いできるのは咲だけだし、咲は北海道に住んでるから。それに、近くだったら絵の意味を考えず、すぐに諦めて帰っちゃうでしょ。長旅の末に意味のわからない絵画を見せたほうが真剣に考える。何も得ずに帰る訳にはいかないから。ね、世話が焼けるでしょ。一人でもちゃんと生きていける男なら心配はいらないのに。私が支えないと駄目な奴だったからさ。一生面倒を見てやろうって決めていたのにね。申し訳ないことしちゃった」麻衣が優しい笑みを浮かべた。咲は微笑み返し、麻衣の手を取った。麻衣の手は痩せていて冷たかった。

「わかった。麻衣の指示通りにやってみる。だから、安心して私に任せて」

「うん。本当にありがとう。唯一の心残りだったから」麻衣の涙が白い頬を伝った。

まったく、女性をここまで心配させるなんて。不器用でまっすぐな男に正しい道を指し示してやる日が、咲は待ち遠しかった。

ファインダウト　サブ

サブ
1987年生まれ、山口県在住。
第4回『このライトノベルがすごい！』大賞・優秀賞として、『ヒャクヤッコの百夜行』にて2013年デビュー。

著書
『ヒャクヤッコの百夜行』（このライトノベルがすごい！文庫）

共著
『5分で読める！ひと駅ストーリー 本の物語』（宝島社文庫）

私はゆっくりと瞼を開いた。気《け》だるく重たい体をベッドから起こし、辺りを見回した。格子《こうし》の付いた窓から、縞《しま》の影が床に落ちていた。時計は無いので、今何時なのかは分からない。しかし、例え時刻が分かったところで私には何の意味もなかった。

ベッドから降りた私は窓際に近寄る。外から薄暗い部屋に、優しい光が差し込んでいる。あまりの眩《まぶ》しさに、外を臨むとくらくらと目がチラついた。

「あ、鳥……」

しぱしぱした目が慣れてきた頃、窓のサッシに一匹の小鳥が無防備に止まっているのに気が付いた。名前は知らないけど、頭が黒くて、目の周りが赤い可愛い鳥だった。

私はそろりそろりと手を伸ばして捕まえようとしたけど、すぐに逃げられてしまった。私は格子の付いた窓にせいいっぱいに近づいて空を見上げた。小鳥はバサリと羽を広げ、白く輝く太陽の方に昇っていく。そして、あっと言う間に空に消えた。

捕まえようと思うんじゃなかったと後悔しながら、私は再びベッドの上に戻った。

小鳥は何処《どこ》に飛んでいくのだろう。少なくともこんな小さな鳥かごに囚《とら》われた私には知りえない場所だろう。窓の外には広い世界が広がっているのだ。

ふと、先程の鳥が飛んでいく姿が蘇《よみがえ》る。翼を広げる姿はまるで私を導いているように思えた。

「うん……よし！」

私は頷くと、ここを脱走する決心をした。何かないかと辺りを見回すと、机の上に何か輝く赤い小さな物が置かれているのに気付いた。それは赤い透明なセロハンに包まれたキャンディだった。私はゆっくりとそれを手に取ると、上着のポケットに入れて、そっと部屋の扉を開けた。きょろきょろと外の様子を見回して誰もいないのを確認する。

私は知っていた、見張りの男の人がこの時間は別の場所にいることを。もう誰も私を止められる人はいない。思わず興奮して、胸がどきどきする。

外に出ると、全身を暖かな風と光が私を包んだ。辺りには花壇があって、色とりどりの名前の知らない花が咲いている。花々も気持ちよさそうに空に向かって花びらを広げていた。一瞬の風になびく花々に、どこか懐かしい気持ちが押し寄せてきた。

その時、ふいに後ろから声を掛けられた。

「やあ、こんにちは」

私は慌てて振り向くと、そこに一人の車椅子に座った老人がいることに気付いた。突然のことで驚いたがすぐに冷静になる。相手は車椅子だ、全力で逃げれば追いつけないだろう。私は老人を見た。眼鏡を掛けた顔は皺だらけで、服の袖から見えている体はほとんど骨と皮でやせ細っていた。

「……こんにちは」

驚きで言葉に詰まったけど、私は動揺を隠してゆっくりと話した。すると、老人はしわがれた低い声で私に聞いてきた。

「一体何をしているんだい？　外にでも出かけるのかい？」

「そうよ。私は見たことのない世界を見に行くの」

「そうかい……。だけど外は危ないよ。ついて行ってあげようか？」

「駄目」

私はすぐに返事をして、花壇の後ろに身を隠し、音を立てないように敷地の外に出た。背中に視線を感じたが、私は無視を決め込んだ。

敷地の外には長くて広い道が続いている。いつも私は窓からこの道を色々な人が歩いているのを見ていた。ぼぅっと眺めながら、以前から気になっていたことがある。

それは、『この道の向こうには何があるんだろうか？』ということ。

私は恐る恐る一歩を踏み出して、道を歩いていく。歩いて気付いたけど、どうやらこの道は少し上り坂になっているみたいだ。眺めるだけじゃあ分からない発見だった。

坂道に運動不足の私の身体は悲鳴を上げる。ふうふうと息を切らせて、時に休憩しながら先に進む。と、道端に白い花が咲いているのを見た。その花は不思議なことに先が丸々、ふわふわしていた。時折吹く風にゆらゆらと揺れている。

ああ、そうだ。これはタンポポという花だ。ふと思い出して、花の茎をぽきりと折って、私はおもむろにタンポポの綿毛に向かって息を吹きかけた。

　すると、白い綿毛がまるで生き物のように舞い上がり、風に乗って飛んでいった。彼らがどこにいくのかは分からない。それを知っているのは風だけだろう。

　私は綿毛が飛んでいくのを見計らって先に進んだ。曲がり角を曲がって、分かれ道をジグザグに歩いていく。どの道も初めてで新鮮な気持ちだった私はキョロキョロと辺りを見ながら歩いていた。しかし、それがいけなかった。私は道端にあったちょっとした溝に足をとられてつまずいてしまったのだ。

　運良く下は砂地だったので衝撃は弱かった。代わりに腕を勢いよく擦《す》りむいた。服に血が滲んでいる。それを見て思わず私は泣きそうになったが何とか我慢した。

と、その時私はあるものを見つけた。地面に小さな黒い生き物が歩いていた。それは蟻《あり》だった。彼らは近くにあったこれまた小さな黒い穴に向かって歩いていく。

　それに釘付けになって痛みも忘れてしまった。

　私はそうだと気づき、上着のポケットをまさぐった。すると指先に何かが触れた。それはキャンディだった。

　私はセロハンの包みを解《と》いて、手の平にキャンディを乗っける。まるでキャンディはルビーのように赤く輝いていた。

　私はキャンディを噛み砕こうとした。だけど、噛めなくて結局、踏みつけて砕いた。

それを蟻の近くに置いた。蟻達は困惑して周りをぐるぐる回るだけだったが、しばらくした後に、ゆっくりとキャンディの欠片《かけら》を持って穴の方に向かっていった。

この地面の中にはどんな世界が広がっているのだろう。興味深く私は観察していた。そして、私はほとんどの蟻が地面に潜《もぐ》ったのを見て、ようやく足を進めた。

密集した家と家の間を進んだ。この家、一つ一つに知らない人が住んでいるなんて信じられない。ふと、徐々に道が険しくなっていることに気付いた。大粒の丸い石で覆われた地面をおっかなびっくりに進んでいく。そして終《つい》に開けた場所に出た。

「うわぁ……」

私は言葉を詰まらせた。目の前には巨大な水たまりが現れたのだ。だけど、これは知っている。『海』だ。何となくそれだけは分かる。風がどこか湿っていて独特の香りがする。しかし、いつか嗅いだことがある匂いだ。どこか懐かしい気持ちになる。とても落ち着く。

砂で覆われた浜辺を私は歩く。足がとられて何度も転びそうになったが、何とか波打ち際までたどり着いた。私は眼前に広がっている青い海をぼんやりと眺めた。白い波と遠くに見える船を見ていると時間を忘れた。

空と海の狭間《はざま》――水平線がはっきりと見える。この海の向こうには何があるのか？　私と同じように過ごす人もいるのだろうか？

ふと地面に視線を落とすと、砂にいくつもの大きな貝殻が埋まっていた。なんて言う貝かは分からないけど、艶々《つやつや》して綺麗な色をしている。私は夢中で貝殻を集めた。

しかし、そんなことをしている内に、海の向こうに太陽が沈んでいった。青かった海も空も真っ赤に染めあげて世界を燃やす。いつか真っ黒焦《こ》げになって、暗闇の世界が訪れる。もう貝殻を探すことが出来なくなって私は我に返った。

海から吹き付ける風は寒く、ずっと歩いてきた足は重たい。思い出そうとしても、帰り方は分からない。私は一体どこから来たんだろう?

空には大きな黒い鳥がガーガーと鳴きながらぐるぐると旋回して飛んでいた。まるで私が死ぬのを待っているみたいだ。

とても心細く、寂しくて私は泣き出しそうだった。浜辺で膝を抱えて座り込んだ。と、その時、浜辺の向こうから声を上げてこちらに向かってくる人影があった。私は顔を上げて声のする方を凝視した。

「あ、ママ!」

私はすくっと立ち上がった。向こうから近寄ってくる人には見覚えがあった。そう私のママだ。私は痛む足を引きずりながらママの方にゆっくりと歩いていった。

「まったく、探しましたよ、もう。早く帰りましょうね」

ママは少し困った顔をしたけど、私の手を取ってくれた。その手は柔らかく温かい。

「うん！」

「あら泥だらけじゃない。ああ、こけたの。明日お医者さんに見てもらいましょうね。骨は折れてなさそうだけど……」

ママは心配そうに私を見ている。探しに来てくれたんだと私はとても安心した。

こうして、私はママと一緒に、来た道を歩いて戻った。かなり遠くに来たと思っていたけど、ママについて歩くとすぐに元いた家に帰ってこれた。

「お帰り」

玄関の前には出た時と同じく、車椅子の老人がいた。彼は私達にそう声を掛けた。

「……はい、おみやげ」

私は一瞬躊躇《ためら》ったが、ポケットに入れていた貝殻を老人に渡した。彼はそれを受け取ると眼鏡を掛け直してまじまじと見た。そして嬉しそうに私にお礼を言った。

「ありがとう。綺麗な貝殻だね。大切にするよ」

すると、ママがその老人に言った。

「洋治《ようじ》さん。ありがとうございます。助かりましたよ。どこに行っていたのかと探しましたけど、洋治さんの言った通り、やっぱり海にいましたよ。よく分かりましたね」

ママはお礼を言うと、その洋治と呼ばれた老人は言った。

「いいってことよ。間違いなく海の方に行ったと思ったよ。だってミヨちゃんは海で働いてたんだもん。海の方角を自然と知っているんだろうよ」

「まあ身体に大事がなくて良かったです。ちょっと転んじゃったみたいですけど」

「大丈夫だって。ミヨちゃん、この老人ホームで一番歳食ってて、頭はボケてっけど、誰よりも元気だもん」

老人は快活に笑いながら言った。私はその話の内容がよく分からなくて首を傾《かし》げた。ミヨちゃんって誰だろう？　と、その時私のお腹が鳴った。

「ねえー、ママーお腹空いた」

「ああ、そうですね。さあ今からご飯ですよー。その前に食前のお薬の時間ですよ」

こうして私達は家の中に入っていく。ん、今日、私は何をしていたっけ？　まあいいや。とりあえずご飯を食べて寝よう。明日もきっと楽しい日が来るから。

千三百年の往来

上村佑

Japan LOVE Story Award

上村佑（うえむら・ゆう）
1956年、東京都生まれ。
第２回日本ラブストーリー大賞を受賞、『守護天使』にて2007年デビュー。

著書
『守護天使』（宝島社文庫）
『守護天使 みんなのキズナ』（宝島社文庫）
『セイギのチカラ』（宝島社文庫）
『虐待児童お助け人 Dr.パンダが行く』（宝島社文庫）
『セイギのチカラ Psychic Guardian』（宝島社文庫）
『僕だけのヒーロー』（宝島社文庫）※単行本時は『パパはロクデナシ』
『セイギのチカラ アングラサイトに潜入せよ！』（宝島社文庫）
『空飛ぶペンギン』（宝島社文庫）

共著
『５分で読める！ひと駅ストーリー 降車編』（宝島社文庫）
『５分で読める！ひと駅ストーリー 夏の記憶 西口編』（宝島社文庫）
『５分で読める！ひと駅ストーリー 冬の記憶 東口編』（宝島社文庫）
『５分で読める！ひと駅ストーリー 本の物語』（宝島社文庫）

いきなり三日休んでくれと言われた時は啞然《あぜん》とした。

有給休暇の消化とか言っている、いつも顔色の悪い総務の男の口元を見ていた。

――派遣にも有給あるんだ。

ぼんやりそんなことを考えていた。考えたくはないけど、来月大台になる。でも今は三十代後半と言えるかもしれない。大きな商社で少し得意な英語を生かした仕事をしている。

人生は何一つ思い通りにいかない。付き合っている人もいたが、海外に転勤になったまま、もう何年過ぎただろう。最近ではメールが来ることもない。

諦めた色々なもの、考えてもしょうがないことが頭を駆け巡る。

家に帰り、ぼんやりとカレンダーを見る。三月はまだ二週間ある。いきなり三日休んで何をしたらいいのか。そのときふと目にしたテレビで京都のコマーシャルをやっていた。

――そうだ。京都行こう。

それがコマーシャルのフレーズか、自分の言葉なのか、分からなくなっていたが、そう決めた。

さっそくインターネットで宿泊予約と新幹線の予約を取った。

宿泊は普通のビジネスホテルにした。

三月は桜にも早いし修学旅行シーズンでもないので、予約はスムースだった。服装にちょっと迷った。京都は寒いのか暖かいのか。

イメージする京都は、そこいらじゅうに寺社仏閣があり、舞妓さんが普通に歩いて「寒いおす」「ごめんなんしょ」と呟いている、吉原《よしわら》と混同しているが、まあざっとそんなイメージだ。

中学の時修学旅行で行ったが、あまり覚えていない。生《なま》八つ橋を家族へのお土産《みやげ》に買ったことくらいだ。自分には新選組のストラップだ。


京都は普通に街だった。舞妓はんもいない。

少し寒かった。

初日は疲れたので、すぐにビジネスホテルに泊まった。

夕食はホテルの近くのコンビニで弁当を買った。何も京都の名物を思いつかなかったのだ。ベッドに横たわり、ひとつ大きなため息をついた。

――何で京都に来ようと思ったのだろう。

テレビのことなど忘れていた。ただ自分のことを可愛そうに思った。得られそうにないモノが愛《いと》おしかった。何もかもうまくいかない、そう思った。

いつの間にか眠りに落ちた。

翌朝も何の目的も決まらないままに、近くのコンビニへ行った。雑誌コーナーで旅行関係の雑誌をパラパラと見て、京都特集の載った雑誌を一冊買った。

コンビニの前で熱いコーヒーをすする。冷たい朝だった。

京都は盆地で、冬は寒く夏は暑いという。

おろしたてのスプリングコートが頼りなかった。

パステルカラーも若すぎるかなと思った。

子供のような顔のおじさんが目の前に現れた。小柄で人の良さそうな笑顔が特徴だ。

女の本能が危険はないと言っている。

おじさんもコーヒーを持っている。

「あちあちっ」

コーヒーを少しこぼした。それから照れたように笑って、自然に話しかけてきた。

「京都にご旅行ですか？」

私はあまり人懐《ひとなつ》っこくない。だが不思議なことにスムースに答えていた。

「はい。まだ来たばかりですけど……失礼ですが、京都の方ですか？」

「いいえ、ただの鉄道マニアのオヤジです。ただ京都は好きで若いころから何回も来ています」

「そうですか……私何もわからなくて……」

おじさんはにこにこした。

少し暖かくなったような気がした。突然おじさんが言った。

「時間はありますか？」

「ええ、それはもう……」

「だったら駅前からバスで大原に行くといいですよ」

「大原？」

「京都、大原っていう歌があったでしょ。あ、知らないか」

「いいところなんですか？」

「洛北《らくほく》と呼ばれる地域です。バスで一時間くらいかかりますが、降りたところに有名な三千院があります。近くには美しい庭の実光院、大原問答の勝林院、血天井の宝泉院、他にも建礼門院《けんれいもんいん》の寂光院、音無しの滝いろいろと見て回れます。僕は大好きです」

私はすぐに決めた。どこに行く予定もなかったのだ。

詳《くわ》しいバスの乗り方を訊《き》くと、おじさんは凄く嬉しそうな顔になった。

京都の駅前からバスに乗った。

ついうとうとしていると、振動で目が覚めた。道が変わったのだ。

さっきまで見えていた都会的な景色が一変していた。

なんか川沿いの道を走っている。

緑の間に民家がぽつぽつ見える。

バスはどんどん山奥に向かっているようだ。

およそ一時間で大原に着いた。

三千院はバス停から細い川に沿って歩いてすぐだった。

門前は土産物店などが並んでいたが、大きな門をくぐると、そこには異質な世界が広がっていた。

気温が下がったような感じがした。

不思議な静寂に包まれている。

誰もいないが、それにしても、こんな静寂は感じたことがない。

美しい緑に目を奪われた。

その緑の苔《こけ》に埋もれたような地蔵が顔を出している。

子供のような顔をしていた。後でわらべ地蔵と呼ばれているのを知ったが、この時はどこかで見たような顔をしている、と思っただけだ。

奇妙に現実感がなかった。

ふらふら歩いていると、三千院の傍《そば》の寺院でありえないものを見た。

満開の桜だ。

鮮やかな色が浮かぶ。ありえない、まだ桜には早い。

桜の横に石碑を見つけた。

(天然記念物　不断の桜)

「普通の桜じゃない……のか」

だが私の中の時間軸が少し軋《きし》んだ。

急に眩暈《めまい》がした。

目の前の大きな杉の下にうってつけの茶店があった。

小さな百歳前後に見えるお婆さんがにこにこして「おいでやす。おぶうでもいかがどすか?」

「抹茶《まっちゃ》をお願いします」

それだけ言うと座り込んだ。

杉の幹は太かった。細い杉が多い中、それだけが太かった。

「この杉は歴史がありそうですね?」

「この前の大戦《おおいくさ》でも助かりましたかなあ」

「第二次世界大戦ですか?」

老婆は不思議そうな顔になった。

「この前の戦は応仁《おうにん》の乱どす」

応仁の乱？　歴史の教科書にあったはずだ。いつのことだろう？
運ばれてきた抹茶を一口飲んだ。
香りが素晴らしかった。さすがに宇治茶で有名な京都だと思った。
また眩暈が襲ってきた。今度はひどい。
不思議なものが前を通った。いや人だ。何かが変だ。
髪型が奇妙だ。着ているものも貧しい。
いろいろな人が通る。立派な輿《こし》もあればほとんど裸の人もいる。
時代劇で見るような侍の姿もあった。
色は消えていた。だんだん目線が高くなり、最後は俯瞰《ふかん》するような高さになった。
不意に気が付いた。
杉の時間軸に同化している。杉の寿命は四千年とも言われている。
この杉は千三百歳くらいだろう。
私は今千三百年間の往来を見ているのだ。
人に必ず起きることが私には起きない。
人に起きないことが私に起きても不思議じゃない。
ただひたすらに多くの人々が通り過ぎていく。
子供もいれば老人も若者もいた。

人の人生なんて、杉から見たら往来に過ぎない。
「お食べやすな」老婆の声に目が覚めた。
皿の中にお団子が入っている。お茶はまだ冷めていない。
礼を言いながら、なぜかまたここに来ようと思った。
自分一人で勝手に年を取っているのかもしれない。
あるいは二人か三人分かもしれない。
どうせ一瞬の往来なんだ。
コートの中のスマホが震えた。
何と一年ぶりに明日彼が帰ってくる。大切な話があるらしい。
明日の予定が決まった。
私は杉の木を見上げながら、立ち上がった。

君といつまでも

水原秀策

水原秀策（みずはら・しゅうさく）
1966年、鹿児島県出身。
第３回『このミステリーがすごい！』大賞・大賞を受賞、『サウスポー・キラー』にて2005年デビュー。

著書
『サウスポー・キラー』（宝島社文庫）
『黒と白の殺意』（宝島社文庫）
『メディア・スターは最後に笑う』（宝島社文庫）
『偽りのスラッガー』（双葉社）
『裁くのは僕たちだ』（東京創元社）
『栄冠を君に』（講談社）
『右足の虹』（PHP研究所）
『キング・メイカー』（双葉社）

共著
『「このミステリーがすごい！」大賞10周年記念　10分間ミステリー』（宝島社文庫）
『もっとすごい！　10分間ミステリー』（宝島社文庫）
『５分で読める！ひと駅ストーリー 夏の記憶 東口編』（宝島社文庫）
『５分で読める！ひと駅ストーリー 冬の記憶 東口編』（宝島社文庫）
『５分で読める！ひと駅ストーリー 猫の物語』（宝島社文庫）

駅を降りた水原秀策《みずはらしゅうさく》は激しく後悔していた。こんなところでなにをしてるんだ、という思いが脳裏をよぎる。寂れたという言葉がこれほど似合う駅もないだろう。木造の駅舎に駅員らしき人物はどこにもいない。完全なる無人駅だ。線路脇に密生している雑草は楽しそうに我が世を謳歌《おうか》していた。

元はと言えば、と水原は思った。あのバカとくだらん話をしたのがいけないんだ。なにが「『着想の精』のおかげ」だ。どうせインチキ占い師風情《ふぜい》か、イタコかそんな程度の詐欺師に決まってる。待てよ。本当にこの駅でよかったのか？　間違いじゃないのか？　水原は胸のポケットから地図の書かれた紙を取り出しそうとした。

「こんにちは」

女性の声に水原はびっくりして振り向いた。プラットフォームに置かれた古びたベンチにその女はいた。さっきまで誰もいなかったはずだ。見逃したのか？　女はダークブルーの無地のワンピースを着ていた。若い。おそらく二十五は越えていないはずだ。美人とは言い難いが、スタイルはそれなりにいい。いや、かなりいいんじゃないか。水原の中でこの旅に対する評価が上がった。しかもその評価は女に「作家さんですよね？」と言われ、さらに上がった。

「なに、僕のこと知ってるの？」鼻の穴をふくらませて水原は言った。

「ごめんなさい、知りません。ただなんとなくそうじゃないのかなって。お名前は存じあげませんが。前に会った作家の方に感じが似てらしたから」

「誰それ？」

「一柳青蔵《いちやなぎせいぞう》さんという方でした」

その名を聞いて水原秀策は不快な気分になった。この旅に水原が出ることになったきっかけが一柳だった。彼の後輩作家である。長年泣かず飛ばずで金がなく、いつも水原にたかってばかりいた男だ。が、二ヶ月前に出た『空とセイにさようなら』という小説がすべてを変えた。『青春小説の金字塔』とかいう大げさな煽《あお》り文句のせいかとにかく売れに売れている。今や一柳は文学界の新たなスターである。

一柳にはなるべく会うのを避けていた水原だったが、おととい山本潔《やまもときよし》という老作家の葬式の席でばったり出くわしてしまった。「せんぱーい、お久しぶりです」山本の親族がいる席だというのに妙に明るいトーンで一柳は言った。続けて「しっかし山本センセ死んじゃいましたね。いやー、あっけないなー」親族たちがこちらをにらんでいるが本人はまったく気にしていない。

以前はどちらかというと落ち着いた雰囲気の男だったが、妙に薄っぺらいしゃべり方になっている。売れると人間こうも変わるものか。実際顔も変化している。水原が小声できいた。「おまえ、整形したのか？」

「は？　なに言ってるんすか。そんなことするわけないっしょ」

いや、間違いなくしてるな、と水原は思った。以前は一柳の顔にはクレーターのようににきびのあとが広がっていた。それが今はきれいになくなり、新品の電化製品のようにつるっとしている。

「作家が顔をいじってどうする」葬式の帰りに立ち寄ったバーで水原は一柳に言った。

「おまえといい、あの山本のじいさんといい」

「え、山本先生、整形してたんですか？」

「気がつかなかったのか。鼻の脇にあった風船みたいなほくろ、死に顔見たらなくなっていた。まったく。バカじゃないのか。作家が顔なんて気にしやがって」無意識のうちに水原は自分の鼻をなでていた。何年か前に編集者と喧嘩をして殴られたため鼻がやや右に曲がっている。はっと水原は自分の手を引っ込めた。整形しようとしていたことが一柳にバレるわけにはいかない。とりつくろうようにして言った。「作家たるもの作品で勝負だろうが」

「でも、山本先生、死ぬ間際にはいい小説書いてましたよ」

ぐっとつまった。確かにそうだった。それまでの山本の作品はどこかで読んだことのあるような凡庸なものばかりだった。それが死ぬ間際に書いた二作はレベルが違っていた。彼にしか書けない迫力に満ちていた。作品の質が劇的に変化したのは一柳も同じだ。「お前の新作、あれはなんだ？　急に変わっただろ、これまでのやつと」

「そうですか？　なーんにも変わってませんけど」

「いや、違う。おまえの作品は誰かのコピーみたいなやつばかりだった。おれのをコピーしたやつもあった。だが、新作だけは違ってる。どういうことだ」

一柳の答えは「『着想の精』に会ったから」という実にバカバカしいものだった。

「先輩も次回作で悩んでるそうじゃないですか。場所は教えてあげますから。だったらぜひ会いに行ったらどうですか、『着想の精』に。ま、騙されたと思って」と一柳は言った。どうやらまんまと騙されたようだ。

「どうかされました？」女の不審そうに問いかける声に水原は我に返った。

「あんなやつに似てるって言われるとは心外だね」水原は言った。「まさかとは思うが、あんた、『着想の精』か？」

「『着想の精』？　違いますけど」女はふっと笑みを見せた。「先生は『着想の精』というものをたずねてらしたんですか。こんな田舎《いなか》まで」

「そうだ」

「その精に会って先生はどうされたいんですか？　なにがお望みですか？」

「誰の真似《まね》でもない、素晴らしい作品を書きたい、いい作品を残したい、これがおれの望みだ」言っていて水原は少し恥ずかしくなった。その望みは嘘ではないが、かと言ってその思いが強すぎるあまり『着想の精』とかいうバカな話にひっかかるとは。

愚かにも程がある。

「私、先生の作品、きっと好きだと思います」

唐突に言われ、水原は思わず「へっ?」と答えた。「ええ、きっと好きです」断定的に女が繰り返した。

「君ね、読んでもいないのにどうしてそんなことわかるんだ」

「カンです」

「カンってね、そんなあてにならないものを」

「さっきは先生のこと、作家さんだって見抜きましたよ」

「あ、あれはまあそうだが」

「だから先生の作品、きっと好きです」

「はあ。まあ、うん。それはどうもありがとう」

ちょうどその時、ホームに電車が到着した。こんなひなびた駅にしては電車の本数が多いなと思いながら、水原はその塗装のはげかけた赤い電車をぼうっと見ていた。

「さてと」女はベンチから立ち上がると歩き始めた。姿勢のいいその後ろ姿に水原はしばしみとれた。五、六歩歩いた後で女がくるっとこちらを振り向いた。「なにをぐずぐずしてるんですか?」

「え、なに?」

「ご案内しますよ。どうぞこちらへ」

それから女のあとについていく日々が始まった。駅につくと降り、電車を乗り換え、そしてまた別の駅へ向かう。妙に田舎ばかり行くんだなと思っていると今度は都会の駅に降り立つ。ここは南国かと思うような異国情緒あふれた駅にも降りた。あるいは雪の降りしきる駅にも。いつしか旅の流れに水原は飲み込まれていった。その間、どこかで電車を降り、夜はホテルかなにかに泊まっていっているはずだが、その記憶が水原にはない。

「君についていったら『着想の精』とやらに会えるんだよな」何度か水原は女にたずねた。その度《たび》に女はとろけるような笑みを浮かべるだけでなにも答えない。自分がどこに向かおうとしているのかそのうちに水原は考えることを放棄していた。

何日くらい経ったのだろうか、車窓から見える美しい棚田《たなだ》の風景に目をやっていると女がプリントアウトされた原稿の束を水原の膝の上に置いた。

「これ、なに？　読めってこと？」

例によって女は微笑するばかりで答えない。女が書いた原稿か、あるいは『着想の精』とやらの？　わけがわからないまま、水原は原稿を読み始めた。

百枚ほどの原稿を読み終わった時、車窓の外はすっかり陽《ひ》が落ちていた。水原は深くため息をついた。頭の中を今読んだ原稿の内容が駆け巡っていた。

「どうですか？」女が真《ま》っ直《す》ぐにこちらを見ている。「つまらなかったですか？」

水原は返答に窮した。「面白かった。面白かったけど、な」

「面白かったけど」

「まるでおれの文章のようだった」水原は首を横に振った。「いや、違う。そうじゃない。文体や場面の切り取り方はまるっきりおれのものだったが……この着想、これはおれのものではない」その着想には素晴らしいなにかがあった。例えば属国となった日本でアメリカの命《めい》を受けて動く主人公という設定がそうだ。そんなことを水原はこれまで思いついたことはないし、また他の作家のものでも読んだことはない。

「これは誰の原稿なんだ？　まるっきりおれの文体をコピーしてる。盗作ではないが、いや盗作よりたちが悪い。これ、君が書いたのか」

女は例によってなにも答えない。

「まあ、いいさ。ところでいつになったらおれは『着想の精』とやらに会わせてもらえるんだ？　このままじゃいつまで経ってもおれは……」

「先生の願いはいい作品を残すことですよね」

「そうだよ」

「もう、その願いはかなってますよ」

女はちらっと後ろを見た。その視線の先に電車の中吊り広告がある。ある出版社の広告だった。水原の名前が一番右に大きく印刷されている。『属国の秋』とタイトルが印字されており、「早くも十万部突破。本年度最大の話題作」とある。

「おれは、あんな小説を書いた覚えはない」

中吊り広告に水原の写真が使われていた。が、どこか自分の顔であって自分のようには見えない。なにかが違う。はっとして水原は自らの鼻をなでた。右に曲がったままだ。が、写真の男の鼻も右に曲がっているが反転しているため本来であれば向かって左に曲がっていなければならない。この写真の男は別人だ！

「すみません、なにぶんコピーなのでいろいろと造りが雑なんですよ。山本先生や一柳先生の時よりはうまくいったと思うのですが」

「コピーっていったい……」水原は目を見開いた。現実の世界で小説を書いていた山本や一柳、そしてあの広告の写真の男はコピーということか。劣化コピー。

「待て、では山本や一柳の本体はどこにいる？」

「彼らも旅を続けてますよ。それが契約ですから。いい作品を残す代償です」

「いくらいい作品でも自分で書かなきゃ意味がない。おれを帰してくれ」

女は微笑して言った。

「帰れると、お思いですか」

船旅『二十年目の憂鬱』はまだ語録

はまだ語録（はまだ・ごろく）
1983年、広島県生まれ。
第５回『このライトノベルがすごい！』大賞・最優秀賞を受賞、『着ぐるみ最強魔術士の隠遁生活』にて2014年デビュー。

著書
『着ぐるみ最強魔術士の隠遁生活』（このライトノベルがすごい！文庫）

孤独はある種の贅沢《ぜいたく》なのだ、と確固たる社会的地位や名声を得てから私は痛感《つうかん》した。

それらは他人の歓心《かんしん》を得るに十分な魅力も持つが、同時に、どうしても無視されなくなってしまうという枷《かせ》でもあった。粘度《ねんど》の高い視線に長年晒《さら》されてきた結果、心身《しんしん》疲弊《ひへい》した私は、積み上げてきた成功に瑕《きず》が入る危険性を承知で旅へ出ることにした。

セーリング・クルーザーを操縦しての船旅であった。


働き始めて二十年、私の周りは常にお祭りのような喧騒《けんそう》に溢《あふ》れていた。

注目を集め続けることに誇らしさが全くなかったと言えば嘘になる。私の虚栄心《きょえいしん》を満たし、充実感だけでこの歳《とし》まで走り続けることができたのだから。

しかし、称賛《しょうさん》や栄光だって続けば、その重圧《プレッシャー》に飽きてしまうものなのだ。

仕事の関係でヨットの扱いはひと通り心得ていたが、一人で二週間も休暇《きゅうか》を取ることができるなんて思っていなかった。誕生日プレゼントとして休暇を希望したら、うまく通ってしまったのだ。自分の代わりを務められる優秀な後輩たちの育成に成功した結果と言えるが、自身のキャリアの終焉《しゅうえん》を予感させる結果でもあった。

二十年……いや、むしろ、よく保《も》った方なのだろう。認めるのはそう簡単ではないが、私を知る人の多くがそういう感想を抱いていると思う。

だから、私は世俗《せぞく》の悩み捨てたさから旅に出たくなった。

まるで思春期のバカな中学生のような願望だが、財力的には余裕で叶《かな》ってしまうのが社会人二十年目の強みかもしれない。仕事仕事で貯まったお金を切り崩すよりも、誰にもバレないように準備するほうがよほど大変なことだった。

出港して最初の三日目までは良かった。陸岸《りくがん》からほんの三十海里《マイル》離れただけで、こんなにも静寂《せいじゃく》と暗闇を体感できるなんて知らなかったのだ。今日は雲が多い割に明るいなと首を傾《かし》げていたら、空に浮かぶ雲だと思っていたものがすべて星だったり（天の川だった）、数百頭を超えるであろうイルカの群れがヨットの横を跳ねながら泳いでいったり、トビウオの飛距離に驚いたりとそれだけで心踊った。

しかし、それも三日目までだった。

簡潔に結論を言ってしまうと、代わり映えしない風景に私は飽きたのだ。

背の低いセーリング・クルーザーではほんの五キロ先が水平線になってしまうので、沿岸海域でも一隻も船が見当たらないなんてことはザラだった。穏《おだ》やかな天候が続いているので、ただ漂泊《ひょうはく》していても暇だった。魚釣りでもしていれば良いのだろうが、二週間分以上の食料と水があるから必要性を感じなかった。そもそも、生まれてからまともに包丁を持ったことがないのだから、釣り上げてもさばけるはずがない。

いろいろ深慮《しんりょ》した結果、私は持ち込んでいた国際VHF《こくさいブイエイチエフ》をダラダラ傍受《ぼうじゅ》することにした。国際VHFは簡単に言うと『人命保護』のための無線機器《むせんきき》である。チャンネルを簡単に変更するだけで船舶間や地上の通信局との連絡が可能になる。今の時代、衛星電話など他にも通信手段はあるのだが、念のため用意しておいた。

　無線機は基本的に近くの通信を拾うが、時々、かなり離れた距離の通信も途切れ途切れながら拾ってしまうことがある。遭難通信・安全通信及び呼び出しのための十六チャンネルを中心に、ボーッと聞いているだけでもそれなりに無聊《ぶりよう》は慰《なぐさ》められた。

　流れる声は海上保安庁の海上警報や航行安全情報が一番多かったが、ときどき、野太い男声《だんせい》の外国人が若手女優のＪポップスを歌っていたりして驚かされた。異郷《いきよう》に浸るため出港した私にとって、その歌が日常からの刺客《しかく》のように感じられたからということもある。しかし、それ以上に国際ＶＨＦは人名保護のための装置だからマナー違反なのだ。例えば、十六チャンネルは呼び出しのために使用して、すぐ他のチャンネルへ変更するのが普通だ。そこまでして下手《へた》な歌を披露《ひろう》する理由が分からなかった。だが、しばらくしてその心理が私にも理解できるようになった。

　船上生活が続き、退屈を通り過ぎた結果、私の心に恐怖が現れ出したのだ。すこしずつ湧き上がる恐怖心を自覚したのは、独《ひと》りきりの今の状況であれば簡単に死んでしまうのだ、と足を滑らせた時に気づいてしまったからだった。

　もちろん、私は救命胴衣を着用している。しかし、人は膝下程度の浴槽《よくそう》でだって溺《でき》死《し》できるのだ。太平洋ほどの水量なら簡単に私の命を呑み込んでしまうだろう。

死ぬかもしれない、と想像力を働かせて私は震え上がる。強《したた》かに打ちつけた腰をおさえながら、国際ＶＨＦに「遭難信号《メーデー》、遭難信号《メーデー》、遭難《メー》——」三回目の途中で切った。例の外国人船員が「どうかしたのか？」的な英語で訊ねてきたが、無視した。いくらなんでも狼狽《ろうばい》しすぎである。痛みが引いて冷静さを取り戻していた。他にも複数の声が無線機から聞こえてきたが、恥ずかしかったので応えられなかった。

落ち着いた後、私は笑ってからすこし泣いた。笑ったのは、私をカッコ良いとか男らしいとか言って慕ってくれる人がたくさんいることを思い出したからで、すこし泣いたのは本当の自分がただの弱い人間だと思い知らされたからだった。弱い、一人の人間だ。こんな当たり前のことに今更《いまさら》気づくなんて私はどこまで愚かなのだろうか。

おそらく、国際ＶＨＦで下手な歌を叫んでいた例の船員も同じような気持ちになったのだろう。あまりにもやることがなくなって、妙な感情に襲われて自己主張するしかなくなったのだ。私はここにいるよ！　私はここにいるよ！　誰か私を見てよ！

旅をするのは異郷の地を訪れ、別の価値観に直面することで世界観や視野を広げるためだと聞いたことがある。つまり、私は今まで人に囲まれすぎだったのだ。それは誰かが助けてくれていたということで、それに気づかず、感謝していないどころか飽《あ》いて敵視するほどになっていたことが己《おのれ》の罪だった。あれほどまで孤独は贅沢だ、なんて思っていたのに今は家族や仲間の顔が見たくて仕方なくなっていた。

寂しい。人恋しい。誰でも良いから傍《そば》にいて欲しかった。

しかし、そこまで追い込まれたくせに、実際に港へ船首《せんしゅ》を向ける気になれなかった。半分以上は意地だった。せめて誕生日はこのまま一人で迎えてやるというつまらない意固地な性格をしているくせに、帰ったら家族や仲間にすこしだけ優しくして甘えてみようと思うのが私の矛盾でもあった。


それからは指折り数えて誕生日を待った。

下手な歌を歌う外国人船員の声が聞ける頻度《ひんど》は上がっていた。大した理由もなく距離が近くなっただけだろうが、今の私は彼に親近感すら覚えていた。話しかけてやろうかなとすこしだけ考えたが、気の利いた言葉が見つからなかったので止《や》めた。

そして、待ちに待った私の誕生日がきた。

深夜、日が変わった直後から私は帰港準備《きこうじゅんび》を進めていた。予定よりも六日ほど早いが、そのくらいであれば許容範囲《きょようはんい》だろう。むしろ、こんなバカな冒険をこの年齢でできたなんて、私の武勇伝がまたひとつ増えただけなのだ。

朝には帰港してやろうと、エンジンを始動《しどう》させようとした時、あの外国人船員の歌声が聞こえてきた。外国の歌から日本のＪポップスまで幅広く歌いこなす彼だったが（上手とは口が裂けても言いたくないが）、その時の曲はおそらく世界各国のあらゆる人が一度くらいはどこかで耳にしたことがあるだろう有名な歌だった。

『Happy《ハッピー》 Birthday《バースデー》 to《トゥ》 you《ユー》』である。

そのあまりにも測ったようなタイミングに私は震えていた。それは感動と呼ばれるものかもしれない。もしかしたら、孤独で弱い私のことを分かってくれているのではないか、とさえ思った。この歌が終わったら、なにか声をかけてみようと発作的《ほっさてき》に無線機を掴《つか》んでいた。しかし、なにを言えば良いか分からず戸惑ってもいた。感謝か？

歌が終わる。私は息を大きく吸って、

『Thank《サンキュー》 you』

――吐き出そうとした息を飲み込む。

私ではない声で、私が言おうと思っていたセリフを先に言われてしまっていた。

誰だよ、今の声の主は。誰か想いを伝える人がいたのかよ、と私は再び震えていた。今度のが感動でないことは確実だった。先ほどの震えも多分勘違いである。そもそも、どうして勝手に独りだと決めつけていたのか。いつか複数の声が聞こえたじゃないか。

異なる環境や常識の違いに戸惑い、弱さを実感するなんてことはよくある話なのかもしれない。だが、それが即座《そくざ》に自分の普段の生活や日常を否定する根拠《こんきょ》になるわけなんてないのだ。慣れていないことに速《すみ》やかに適応できないからと、それだけで価値観を否定するなんてどれだけ脆弱《ぜいじゃく》な常識なのか。

そこまで旅に絶大な影響力なんてないし、そこまで日常は柔なものではない。

だから、私は国際ＶＨＦを手に取って「下手な歌を歌ってんじゃねぇよ！」と怒鳴りつけた。相手に届いているかは分からない。が、知ったことではなかった。

「いいかい？　歌ってのはこう歌うものなんだよ！」

私は外国人船員が野太い声で歌っていた若手女優のポップスを高らかに歌い上げる。普段は酷使《こくし》しすぎない喉を感情のままに使ってやる。後悔するかもしれないが、自分を取り戻す儀式として必要不可欠だった。演じない素《す》の自分を曝《さら》け出してやる。

私の人生最初の仕事は『赤ちゃん』だった。

もちろん、当時の記憶はないし、自分の映像を見させられても「ああ、そうですか」くらいにしか思えないが、それが特殊な環境下だったことは理解している。

加齢《かれい》とともに仕事が減ってきてから、私はどうすればこの世界で生き残れるかを考えた。可愛かったり美しかったりする同僚《どうりょう》は飽和《ほうわ》状態《じょうたい》だったから、身長一七〇センチで握力五〇キロある私はカッコ良さを追求することにした。ヨットを練習したのは、本気でオリンピックを目指さないかという要請《ようせい》があったからだ。本業を優先して断念《だんねん》したが、いつか一人で出港してみたいと思うくらい海は好きになれた。

男らしいという褒《ほ》め言葉は嬉しくないが、私は基本的に女性的なものが苦手だ。髪を伸ばそうと思えないし、爪だって普段から切り揃えている。周囲のイメージに合わせふるまっていたので、料理なんて今でもろくにできない。料理が得意な同僚は多かったから差別化のためにも敬遠《けいえん》していたら本当に苦手になっていた。特別のコンプレックスはないが、失敗したら周囲に幻滅《げんめつ》されないかと今でも徹底的《てっていてき》に避けている。そういう自分を変えたくて旅に出たのだが、なんだかいろいろ勘違いしていたようだ。

社会人二十年目にして船旅で気づいたのは、私はどうあっても私であるということ。絶唱しながら思う。やはり私の日常はこっちなのだ。旅に劇的《げきてき》な効果があって欲しいという願望から弱気になっていただけで、私は元来《がんらい》打算的なのだ。船で孤独に震える女性の心理に染まりきっていたなんて痛々しいことこの上ないが、なにかを演じるために生まれてきたのだから仕方がない。こういう経験もキャリアアップの一種としては悪くないだろう。そう考えていないと恥ずかしすぎて死ぬ。

無線機を戻した私は甲板上《かんぱんじょう》に寝転がり、帰港準備を取り止める。出港した晩、天の川が雲のように見えた理由は新月《しんげつ》だったからで、今は半月《はんげつ》にまで成長している。あと六日もすれば海に浮かぶ満月が見られるはずで多分それは素晴らしいものだ。目下《もっか》次なる問題はこの日焼けした肌である。マネージャーは卒倒するかもしれないけど、今更どうしようもない。まぁどうにかなるだろう、と私は自分のために作られ、異国の船員にも気に入られた歌を鼻で歌う。そして、二十歳《はたち》の誕生日を一人祝う。

私の生業《なりわい》は今年で芸能活動二十年目を迎える女優。私の人生はまだまだ長いのだ。

南風と美女とモテ期

中村啓

中村啓（なかむら・ひらく）
1973年、東京都生まれ。
第７回『このミステリーがすごい！』大賞・優秀賞を受賞、『霊眼』にて2009年デビュー。

著書
『樹海に消えたルポライター　霊眼』（宝島社文庫）※単行本刊行時は『霊眼』
『家族戦士』（角川書店）
『仁義なきギャル組長』（宝島社文庫）
『奄美離島連続殺人事件』（宝島社文庫）※単行本刊行時は『鬼の棲む楽園』
『忍ビノエデン』（スマッシュ文庫）
『リバース』（SDP）
『飯所署清掃係　宇宙人探偵トーマス』（宝島社文庫）

共著
『「このミステリーがすごい！」大賞10周年記念　10分間ミステリー』（宝島社文庫）
『５分で読める！ひと駅ストーリー 乗車編』（宝島社文庫）
『もっとすごい！　10分間ミステリー』（宝島社文庫）
『５分で読める！ひと駅ストーリー 夏の記憶 東口編』（宝島社文庫）
『５分で読める！ひと駅ストーリー 冬の記憶 東口編』（宝島社文庫）
『５分で読める！ひと駅ストーリー 猫の物語』（宝島社文庫）

まさか一人旅になるとは思わなかった。ヒトミはバンコクに着いた直後に摂《と》った夕食が当たり、市内の病院に入院する羽目になってしまった。お互いに仕事が忙しい者同士なんとか日時を合わせ、せっかく一週間の休暇を取ったというのに。

「ホント、ごめんね。わたしのことは気にしないで、マサハルはひとりで観光を楽しんできてよ。せっかくタイまで来たんだから」

ベッドの上で点滴につながれたヒトミを見て、ぼくは不謹慎だと思いながらも別のショックを受けていた。彼女はなんとすっぴんだったのだ。付き合い始めて半年、素顔を見たのは初めてだった。もちろん、顔でヒトミを選んだわけではないが、なんだかひどくがっかりしてしまった。

明日の朝また会いに来ると約束して、病院の外に出た。食べ物の匂いと人いきれの混じった生ぬるい風に導かれるように、ぼくは滞在先のホテルまで歩くことにした。

バンコクの夜もまた昼間とはまるで違う顔を見せていた。きらびやかな電光看板と大音量のBGMの溢れるカオサン通りは、肌の色も言語も違う大勢の観光客でごった返していた。飲食店のオープンテラスや雑多な屋台が道にがやがやと広がり、衣料品店、民芸店、マッサージ、パブ、ホテル、両替所などが所狭しと並んでいる。あらゆるものの混沌が南国特有の熱狂を醸《かも》し出していた。

ヒトミが横にいなくてさびしかったのか、ぼくが目を引かれたのは、外国人男性が連れ歩く若いタイ人女性だった。南国の女性は奔放で人懐《ひとなつ》っこく、くわえてどこか妖艶だった。彼らは恋人のように腕を絡ませ嬌声を上げていた。このままホテルに帰っても眠れないような気がして、バーに立ち寄って少し飲んでいくことにした。

カウンターの端《はし》に腰を下ろして、甘口の地ビールを注文した。さて、明日からどうしようか。一人旅の経験のないぼくは異国の地で早くも途方に暮れていた。

「アナタ、ヒトリ？」

隣のカウンターに若い女が肘をかけていた。目鼻立ちの整った美人で、褐色の肌に胸元の開いた白いドレスをまとっている。彼女はぼくにやさしく微笑んでいた。

「ワタシ、名前、サーミィ」

彼女の口から出たのは片言の日本語ながら発音がはっきりとしていた。

ぼくはすぐにピンと来た。

「ノー、ノー。ぼくはそういう遊びはしないんだ」

「チガウ、チガウ。ワタシ、商売オンナ、チガウ。アナタ、タイプ。大スキ！」

こんな美女がどうしてと思ったが、ぼくはさほど驚かなかった。というのも、この半年の間、ぼくは連続して二人に言い寄られ、いわゆるモテ期にあったからだ。

といっても、普通のモテ期ではない。最初は会社の元後輩のイチロー。次は行きつけの飲み屋で会ったニューハーフのジロミだ。つまりどちらも男である。タイに来て女性にもモテるようになったのか。喜ぶべきことだが、ぼくにはいまヒトミがいた。

「ごめん、いま彼女と一緒に来てるんだ」

身振り手振りを交えて、恋人が食中毒を起こして入院していることを伝えた。

サーミィはうんうんとうなずいていたが、簡単に引き下がろうとはしなかった。

「明日、ワタシ、バンコク案内スル、OK？」

一人旅を案じていた矢先である。彼女が病院にいる間に、別の女性と観光するのは不実に当たるだろうか。

「ワタシ、楽シイトコロ、シッテル。マネー、必要ナイ。コレ、浮気チガウ！」

ぼくから半ば強引に滞在先のホテルを聞き出すと、サーミィは明日の朝訪ねに行くと約束して去っていった。


サーミィはさすがに地元だけあって、タイの醍醐味《だいごみ》を知り尽くしていた。

あらゆる食材が山積みになったクロントゥーイ市場をめぐり、屋台の激辛タイ料理に舌鼓《したつづみ》を打ち、アルンレジデンスから対岸に建つ幻想的な寺院を臨みながらお茶をして、若者に人気のプラチナムファッションモールで互いにTシャツをプレゼントし合ったあとは、チャオプラヤー川をクルージングした。

「マサハル、タノシイ？」

サーミィが気持ちよさそうに風に髪をなびかせて尋ねた。

ぼくは大満足だった。

「うん、とっても楽しいよ。最高だね！」

「ソーグッド！」

日に焼けたサーミィの笑顔は小さな太陽のように輝いた。

夕方になると、ぼくはひとりヒトミに会いに行った。その日あったことを報告するが、サーミィのことはおくびにも出さない。

「今日一日でずいぶん日に焼けたね？」

「あっちこっち歩きまわったからね。明日は郊外まで足を伸ばして、念願のゾウに乗ろうと思ってるんだ」

「いいね。自分だけ楽しそうで」

ヒトミが皮肉を言う。

「しょうがないじゃないか。それに、ひとりで観光していいって言ってくれたろう」

「うん、いいよ。明日もひとりで楽しんできて」

ヒトミは怒ったようにそっぽを向いてしまった。退院にはまだ時間がかかるという。

言われるまでもなく、ぼくは次の日もその次の日もサーミィと一緒にタイを満喫した。プーケットまで遠征して、シュノーケリングやパラセイリングをしたりした。

サーミィは美しかった。南国の解放的な空の下で、彼女の笑顔と姿態は生々しく鮮やかにぼくの目に刻まれた。サーミィが輝く分だけ、ヒトミがかげっていく。そんな自分に罪悪感を覚えて、ぼくはサーミィとはキスはおろか手すら握らなかった。

夢のような時間は瞬《また》くうちに過ぎた。結局、ヒトミは日本に帰る前日に退院し、カオサン通り界隈でお土産《みやげ》を買うくらいしかできなかった。ヒトミとバンコク最後の夜を過ごす間も、ぼくの頭からサーミィが離れることはなかった。

その前日、ヒトミが明日退院すると知ると、サーミィは瞳をうるませて言った。

「ワタシ、アナタ、アイシテル……」

ぼくは何と返したらいいかわからなかった。自分の中にサーミィへの愛に近い感情があったのは確かだ。それでも、彼女に何も言ってやることができなかった。ぼくはこれから日本に帰り、日常の生活に戻り、そして、ヒトミと付き合っていくのだ。

サーミィは黙ったままのぼくの頬に悲しいキスをした。

「それさ、男だったんじゃねーの？」

帰国して友人のシゲルに話すと、返ってきた第一声がそれだった。

もちろん、シゲルはぼくに嫉妬している。それはわかっていたが、彼の次の言葉にはさすがに言い返せなかった。

「だってさ、おまえこの半年の間、ずっと男にばかりモテてたじゃん。イチローなんかマジですごかったな。終《しま》いには、ストーカーになっちまって……」

シゲルにはイチローに告白され、付きまとわれたこと、続いてニューハーフのジロミに言い寄られたことも話していた。二度あることは三度ある、というわけである。

「サーミィは女だ。間違いない」

「いやいや、タイのニューハーフは美人が多くて、見た目じゃわかんないっていうぜ。整形手術の技術が高いんだって。それに、おまえ、その女とやってないんだろ?」

「まあ……」

「たとえやったとしても、工事済みならわかんないけどな」

工事済み、つまり、もろもろの手術が完了していたら、外見的な男女の見分けはつかないというわけだ。

男の視覚の単純さは身にしみている。ヒトミの化粧の件もそうだ。人を見かけで判断してはいけないと知りながら、厚塗りの化粧で誤魔化され、服装や装飾で騙される。それで整形手術までされていたら、性別がわからなかろうと不思議ではない。

帰国後間もなく、ヒトミとは別れた。理由はささいなことだったが、タイで彼女をほったらかしにして遊んでいたことも、ヒトミの中では大きかったのかもしれない。

そのあと、ぼくは東京でサーミィと再会した。帰国してからもFacebookで連絡を取り合っていたのだ。バンコクの街を抜け出して、ぼくの前に立つサーミィはなんだか不思議な感じがした。日に焼けた肌や底抜けに明るい笑顔が、ぼくに南国の風を運んでくれた。危ぶんでいたような旅先の恋が冷《さ》めたということはなかった。

その夜はシティホテルに泊まった。結論から言うと、サーミィは女だった。もちろん、外見的な特徴が女だったということであり、それはつまり、これまでぼくが付き合った女性たちと同じだったということである。サーミィを疑うのなら、世の中の女性すべてを疑わなければならないだろう。

彼女は美しく、やさしい。そして、ぼくのことを愛してくれている。それだけで十分だ。二人の間にはすでに結婚という言葉まで出るようになっていた。国際結婚はなかなかに大変だというが、彼女とならどんな困難でも乗り越えていけそうな気がした。

夜、人の声で目を覚ました。隣にサーミィの姿がない。バスルームで誰かと携帯電話で話しているようで、途切れ途切れ言葉が聞こえた。驚いたのは、それが流暢《りゅうちょう》な日本語だったことだ。ベッドから降りて、耳をそばだてた。声は間違いなくサーミィで、日本人顔負けの砕けた話し方だった。

「え、マジで？　なるほどねー。それヤバいわ。超ウケるんですけど……」

バスルームの扉を開く勇気はなかった。代りに、テーブルの上に無造作に置かれたサーミィの鞄を覗いてみた。パスポートがあった。引っ張り出したぼくの手は震えていた。赤いカバーの日本国発行のものだった。

サーミィはタイ人のふりをしていたが、本当は日本人だったのか。いずれ冗談だったと打ち明けるつもりだったのか。わけがわからなかったが、彼女の国籍は関係ない。彼女の美しさとやさしさ、そして、ぼくを愛する気持ちがあれば十分なのだから。

パスポートを開いた。写真と氏名を見て、思わず悲鳴を上げた。

半年前、ぼくに告白した会社の元後輩の写真とその隣に「服部一郎《はっとりいちろう》」の文字があった。男であるイチローは男であるがためにぼくから交際を断られ、女装してもなお拒絶されたがために、完全な女の体を手に入れ、三度《みたび》ぼくの前に現われたのだ。サーミィにイチローの面影はない。整形手術の力は絶大である。

バスルームの声が止《や》み、ドアが開いた。薄闇の中でサーミィの目が光っていた。

「マサハル、オコシタ?」

「ううん。サーミィ、ぼぼぼ、ぼく、ここ、子供がほしいんだけど、つくれるかな?」

「モチロン! 体外受精シテ、代理母タノモウ。科学のチカラ、スバラシイヨ、マサハル」

乱倫巡業　飛山裕一

飛山裕一（とびやま・ゆういち）
1982年、福島県生まれ。
第３回『このライトノベルがすごい！』大賞・優秀賞を受賞、『ファウストなう』にて2012年デビュー。

著書
『ファウストなう』（このライトノベルがすごい！文庫）

共著
『５分で読める！ひと駅ストーリー 夏の記憶 東口編』（宝島社文庫）
『５分で読める！ひと駅ストーリー 本の物語』（宝島社文庫）

「もしもし。俺だけど。いる？」

来てしまった。

伊藤澄子《いとうすみこ》は、男の声を聞き、ドアの裏で身を固くする。

国内に、数えるほどしかないと言われている、収支を黒字で終わらせる劇団。その一つに入団することが出来たのは、ひとえに幼少の頃から続けてきたバレエの賜物《たまもの》であった。

だが、そこへ至るまでには、澄子なりの紆余曲折《うよきょくせつ》があった。

学生時代に幾度か持ち掛けられた、ダンサーとしての海外留学の話は全て断ってきた。というのも、澄子自身、バレエダンサーとしてではなく、芝居を主とする女優になりたいという志向が強かったからだ。

しかし、現実は甘くなかった。多少見てくれがよく、それなりに体が効く女優など、掃いて捨てるほどいる。一度だけ場末のライブハウスでオリジナルソングを歌ってみたときの澄子には、「地下アイドル」という不名誉な称号がついていたが、打ち上げにも顔を出さずに、その経歴を白紙に戻した。

あくまでも、板の上での勝負がしたい――

そう思う澄子は、アルバイトで生活費を捻出《ねんしゅつ》しつつ、持ち出しをしてまで、小さな劇場に立ち続けてきたが。

二十八で観念した。芝居ではなく、ダンスをアピールポイントとして打ち出したところ、驚くほどすんなりと老舗《しにせ》劇団に拾われた。役名はもらえず、大勢が登場するシーンなどで踊ったりするだけの、アンサンブルの一人としてではあるが。

ワンステージで幾らのギャラ。日に平均二公演、約一か月ほど滞在するこの地方公演から帰れば、数か月分ほどの貯金が貯まっているという算段だ。

芸で生きられている——その事実は澄子に優越感を与えたが——
初めての旅公演で、黒い噂が真実であったという現実に震えている。

「——それで、どうなったんですか……？」

東京公演中に、澄子は先輩の女優、二見《ふたみ》から爆弾発言をくらった。

「なにも。そこからは、まったく」

カップに薄い口紅を残しながら、澄子とは反対に冷《さ》めきった様子で答える二見。

劇場から十五分ほど離れたカフェとはいえ、どこに関係者がいるか知れず、それこそ、今日の公演を見に来てくださったお客様が近くの席に座っていたとしても何もおかしくはない。キョロキョロと……とまではいかずとも、周囲に警戒を払う澄子に、二見は苦笑いを返す。

「誰も聞いちゃいないって」

「でも……二見さん、ファンもいるでしょう？」

先輩の二見もアンサンブルではあるが、三十路《みそじ》になって更《さら》に凛《りん》とした美しさを増しており、男女問わず一定数の固定客を持っている。毎度届けられる花束や差し入れがその証拠だ。

「メイクもしてないし。芸名で呼ばなきゃ平気よ」

「あ、それは、もちろん、気をつけます」

それにしても冷静な二見の素振りが、澄子の混乱を助長させる。

この人は、とんでもないことを言ったはずなのだ。

だけど、そう思うのは自分だけで、珍しくもない話なのだろうか……？

「向こうは主役だし、テレビとか出てる人だしね。あたしも別に本気ってわけじゃなかったし」

1ミリグラムの軽いタバコの煙を、細く吹き飛ばす二見。コーラスもやっている彼女は、楽屋ではプロポリスののど飴を舐めていたというのに……

「無いよりはマシな箔《はく》が一枚ついた、って程度よ」

「そんな……ものですかね」

「そんなモン。でもね」

二見はスっと目を細めて、クチっとタバコの端《はし》を噛んだ。

「アンサンブルは駄目。あんなのと関係を持ったって、なんの得もない」

二十歳から入団した二見の言葉は、澄子に重くのしかかる。

なにせ、彼女はこの劇団の、ほぼ全員とキョウダイだと言うのだから――

地方公演、泊まりはホテル。全員個室なことからも、劇団の経営が順調なことは窺い知れる。

「今日、辛《つら》そうだったけど、大丈夫？　みんな心配してたよ」

(それがわかってて、どうして……！　何がみんなよ……！)

と、内心では思いながらも、インターホンには柔らかい声で返す。

「ええ……ちょっと、体調が悪くって……」

「初日打ち上げも、途中で帰っちゃったもんね。あれからみんなで、二次会まで行ってさ、さっき帰ってきたんだけど」

「はぁ……」

「みんな、もっと伊藤と話したがってたよ。残念だったなあ。初めての地方公演って言ってたよね？　疲れちゃった？」

「それもありますね……」

澄子はともかく、向こうの男は、ホテルの廊下で一人、長々と喋っている姿をさらしているわけで、その事実だけでも十分に問題なのではないかと、澄子は思うのだが。世の中にはそれが問題になる劇団とならない劇団があり、ここは後者だった。

「それも？　って？」

「あの……」

かかった、と、思いながらも、澄子は下手《へた》な芝居で言い淀《よど》む。

このために、伏線を仕込んでおいたのだ。

「生理っつっちゃうのが一番早いわよね」

あけすけな二見の発言に、澄子はお茶を飲み下す。

そこまで衝撃的なことではない。舞台関係者の女性が集まれば、歯に衣《きぬ》着せぬ物言いが一般的だ。彼女たちは皆、本質を探り、提示しようという仕事をしているのだから。

「でもそれ、向こうもわかりますよね？」

澄子が尋ね返すと、二見は「もちろん」と頷く。

「そうね。そんなこと、突然言い出してもすぐに嘘だとバレる。重要なのは、そこまでに説得力を構築出来ているか」

　やる分には下手でも、澄子も女優の端《はし》くれ。不自然な演技にはどうしても違和感が付きまとう、その程度のことは肌の感覚として理解している。

「全員が信じてれば事実になる」

　そのためには、と、タバコをトントンと叩きながら、二見が言葉を続ける。

「いくつか我慢すればいいわ」


　二見の助言を守り、澄子は地方公演の初日を満喫しないことに決めた。

　前乗りしてやってきた昨晩も、地元の美味《おい》しいもの巡り、この辺りは、知る人ぞ知る、絶品料理を出す屋台がたくさんあるという話だったが、それへの参加も辞退し。

　初日の出演をきちんとこなした後、ホテルのホールで行われた、地域の名店に出店までしてもらった、豪勢な初日打ち上げの、新鮮な山の幸、海の幸も我慢し。

　それだけでなく、楽屋や、打ち上げ会場へ向かう道中の雑談では、ことさら体調不良をアピールし、特に、相手を変えて三度ほどこんなことを言っておいた。

「昔からタイミングが悪いんです。旅行とかのときに限って、生理に重なっちゃうから、楽しめたことがなくて」

「結構……重いんです。それが、始まっちゃったみたいで……」

出来るだけ申し訳なさそうに、弱々しい声で返すと、インターホン越しの男も、澄子の日中の言動を思い出したのか、

「……あー……」

と、間《ま》が抜けた声を漏らす。ドアの外では、頭でも掻いただろうか。

「そっか。じゃあ……ゆっくり休まないとね。お大事に」

「はい……ありがとうございます……」

パタパタと遠ざかる足音を聞きながら、澄子は部屋の中でガッツポーズを決めた。


「……へえ、上手《うま》くいってよかったじゃん」

それから一時間後。「どうだった?」と、ビールをぶら下げて顔を出した二見と、ベッドに腰掛けて、だらだらと飲んでいた。

「ほんと、よかったです。二見さんのアドバイスのおかげです」

澄子が答えると、二見は大したこと言ってないし、と笑って缶ビールを飲み干した。

「本当に助かりました。噂には聞いていましたけど。旅公演の宿泊先で、誰かが尋ねてきたら、絶対入れなきゃいけないって……」

二見に忠告されていなければ、自分は今頃、さっきの男と……

「まあ、実際そうだからねえ。そういう劇団だから、ウチは」

冷めた目で悟ったように答える二見。

「ですけど、私、嫌で。そういうの。だからなんとか断れて、本当に良かったです」

笑顔で感謝する澄子。

その肩に、二見の手がそっと乗せられる。

「でも……この噂は知らなかったの？」

え？　と顔を上げると、吐息のかかる距離に迫った二見の顔。

「舞台役者には——」

睫毛《まつげ》を妖しくしばたたかせ、水滴で濡れた唇を持ち上げる。

「——両方いける人も多いって」

澄子の旅公演はまだ初日。休演日を挟み、あと二十八日が残っている——

脳を旅する男

柳原慧

柳原慧（やなぎはら・けい）
東京都生まれ。日本大学芸術学部卒業。
デザイン会社へ勤務後、独立。
第２回『このミステリーがすごい！』大賞・大賞を受賞、『パーフェクト・プラン』にて2004年デビュー。

著書
『いかさま師』（宝島社文庫）
『レイトン教授とさまよえる城』（小学館）
『コーリング 闇からの声』（宝島社文庫）
『レイトン教授と怪人ゴッド』（小学館）
『パーフェクト・プラン』（上）（下）（宝島社文庫・新装版）
『レイトン教授と幻影の森』（小学館）
『Ｘの螺旋』（徳間文庫）
『腐海の花』（廣済堂出版）

共著
『「このミステリーがすごい！」大賞10周年記念　10分間ミステリー』（宝島社文庫）
『５分で読める！ひと駅ストーリー 乗車編』（宝島社文庫）
『もっとすごい！　10分間ミステリー』（宝島社文庫）
『５分で読める！ひと駅ストーリー 冬の記憶 西口編』（宝島社文庫）
『５分で読める！ひと駅ストーリー 本の物語』（宝島社文庫）

「無罪」と書かれた紙を掲げ、支援者が法廷を飛び出した。

被告席の男が振り返り、井本《いもと》にそっと目礼する。井本は立ち上がり、急ぎ支援者のあとを追う。法廷のドアを開けた瞬間、カメラの放列に狙い撃ちされた。

「おめでとうございます。親子二代にわたる支援が実りましたね。亡き父上にはなんとご報告するのですか」

「正義は勝つと」

記者に向かって短く答え、井本は目をしばたたいた。

やがて廷吏《ていり》に支えられるようにして、ひとりの男が出てくる。齢《よわい》七十。四十年間、拘置されていた間に髪は雪のように白くなったが、端正な顔立ちは昔のままだ。

「光嶺《みつみね》画伯、いまのお気持ちは」

記者にマイクを差し出され、光嶺寂照《じやくしよう》は甲高《かんだか》い声で答えた。

「ハイ！　吊るされなくて良かったです」

元死刑囚のとんでもない答えに、その場にいた全員がぎょっとした。

井本の額にも汗が噴き出た。仕方がない。四十年目にしてやっと獄から解《と》き放たれたのだ。奇妙な言動は大目に見てくれ。長かった。ほんとうに長かったのだから。

四十年前、落合に住む画家たちが、次々に姿を消していった。当初は失踪が疑われたが、切断された身体の一部が公園のゴミ箱やトイレで発見されたことから、殺人事件かと大騒ぎになった。

やがて逮捕されたのが、稀代《きたい》の天才画家と謳《うた》われた光嶺寂照だ。決め手になったのは、彼のアトリエから発見された、一本の切断された腕だ。指先が絵具で汚れたその腕は、当時台頭してきた二科会の、若き画家のものだった。

新聞記者をしていた井本の父は、光嶺に取材を重ねるうち、彼の無実を信じるようになった。切断された腕は彼を陥れようとする一派が持ち込んだものだ。だいたい天才の名を欲しいままにする光嶺が、なぜ連続殺人を犯さなければならないのか。

井本は、幼い頃から光嶺の支援運動に参加させられ、父亡きあとは自分が主になって光嶺を支え続けた。賛同者も増え、冤罪が声高《こわだか》に叫ばれるようになった。その末に勝ち取った無罪判決だ。明るい空の下に立つ光嶺の姿を、父に見せてやりたかった。

「家は落合に用意してありますので、心ゆくまで絵を描いてください」

井本は光嶺に呼びかけた。返事がないので怪訝《けげん》に思い振り返ると、老画家はつやつやした目で、女性記者の姿を追っていた。

「絵を買っていただけませんか」

突然、黒川《くろかわ》という男から電話がかかってきた。光嶺の絵を所有しているのだという。しかも人物画を。井本は訝《いぶか》しげに言った。

「人物画ですか。光嶺は風景画しか描かないはずですが」

「いえ。確かに光嶺画伯のものです。サインもあります」

不審に思いながらも、井本は黒川に会ってみることにした。光嶺との付き合いは長いが、いまだに彼の人物画を見たことがなかったのだ。

どんな絵を描いていたのだろう。井本はわくわくし、黒川の来訪を心待ちにした。


黒川は、奇妙な男だった。奇妙に思えたのは、顔の造作のせいかもしれない。目も鼻も口も、巾着《きんちゃく》の紐を締めたように、ぎゅっと中心に寄り集まっている。彼は恭《うやうや》しい手つきで風呂敷包みを解《ほど》いて、F8号のキャンバスを井本の眼前に晒《さら》した。

見た瞬間、井本は倒れそうになった。

この絵を、まさか光嶺が。全身から冷や汗が噴き出た。サインを確認する。確かに光嶺のものだ。タッチや色遣いも、長年見続けてきた光嶺のものだ。彼の真筆であることに疑いはない。

「買います。買い取ります」

急《せ》いたように井本は答え、提示された額の小切手にサインした。その金額が妥当であるかどうかはわからない。だが、この絵が表に出るのだけは、なんとしても避けなければならない。

小切手を差し出しながら、井本はさりげなく訊ねた。

「この絵はオークションや、何らかの売買のルートに上がったことはあるのですか」

「いいえ。人目に触れさせたのは今回が初めてです。どうぞご安心ください」

委細承知というふうに、黒川は顔を窄《すぼ》めて笑った。


黒川が帰ったあと、絵を壁に立て掛けて、しばらく見入った。

幼少期に光嶺を知ったことで、絵画に対する知識はそこそこある。殺人者の描いた絵も、古今東西のものを数多く目にしてきた。だが、この絵は群を抜いている。連続殺人鬼のジョン・ウェイン・ゲーシーの描いた絵よりも怖い。比べ物にならない。

特筆すべきは形相の凄まじさだった。本物でなければこの絵は描けない。

本物？　何の？

異常者の。

井本は頭を抱えた。


「どうしたらいいんだろう」

蒼白な顔で訴える井本に、大学時代の友人、西園寺《さいおんじ》は鷹揚《おうよう》に笑って言った。

「考えすぎだろう」

寝乱れた長い髪、瓶底のような分厚い丸眼鏡。絵に描いたようなマッドサイエンティストだ。大学に残り、脳の研究を続けているが、いまだ人類を驚嘆させる発見には至っていない。

「昔、CIAがブルーバード計画っていうのをやってたんだけど、知ってるか」

「いや、知らない」

「ひとことで言えば、マインドコントロールのための実験だな。おれはそれをさらに進めて、他人の意識に入り込む研究をしている」

「なんだと」

「ただ、臨床実験ができないからね。正直、暗礁に乗り上げている。生きた人間で実験できない限り、未来永劫、おれの研究が認められる日は来ないんだな」

井本は溜息をついた。

「相変わらずマッドだな」

「成功すればすごいぜ。相手の記憶の中を旅行できるんだから」

帰る道すがら、井本はふと思った。光嶺の意識に入り込めないか。彼の記憶に、殺人の痕跡を探ることができないだろうか。

いや。おそらく実験は危険なものだ。通常、人体が耐えられるようなものでは、決してないのだ。

売店の前を通りかかったとき、ぎょっとした。店頭に新聞の見出しが躍っている。

『またも落合で行方不明』

新聞をひったくるように手にし、食い入るように見る。女性、子供、老人、連続して三人が行方不明になっている。光嶺の住む界隈で、次々に人が消えている。

不安が、黒雲のように湧いた。

まさか。まさか、自分は大変な間違いを犯してしまったのではないか。

真犯人だったのではないか。光嶺が。

「そんなことはない」

思わず口に出していた。どうしても、それを認めるわけにはいかなかった。子供の頃から、人生のすべてを光嶺に捧げてきた。井本家の食事どきの話題は、常に光嶺だった。ある意味、光嶺は井本家のアイドルであり、神だった。その神が、もしも紛《まが》い物であったとしたら。これまでの人生のすべてがワヤになる。

どうするべきか。真実を知るのは怖い。だが、知らないでいるのはもっと怖い。

井本はとって返した。西園寺のもとへ。

西園寺は渋面を作った。困ったことになった。人体実験をしてくれるという井本の申し出はありがたいが、実験には大きな危険が伴う。

「ほんとうにいいのか。危険な薬物を使うし、強い電流を流す。意識が戻らないかもしれないし、悪くすれば死ぬかもしれないんだぞ」

「いい。なんとか言い繕《つくろ》って彼を連れてくるからやってくれ。どうしても知りたいんだ」

西園寺は溜息をついた。井本が言い出したらきかない男だということはわかっている。その執念で、光嶺を無罪に導いたということもわかっている。疑惑とともに生じた恐怖にも想像がつく。正義派であり、愚直に思えるほど一本気な男だ。命を賭《と》して真実を求めようとする気持ちは、わからないではない。

西園寺はついに折れ、井本と光嶺を使って実験をすることを承諾した。


何も知らない光嶺は、井本の隣に寝かされニコニコしていた。彼には絵画の才能を脳から探る実験だと伝えたが、面白そうだと快諾してくれた。膚《はだ》が精気を吸ったように瑞々《みずみず》しく、唇は赤くつややかだ。いったい老画家に何が起きたのか。よそう。考えるだに恐ろしい。彼の頭部には無数に電極がついている。もちろん井本の頭部にも。

西園寺が言った。

「まず薬物を投与します。いったん眠ってもらいますので、十まで数えてください」

井本は十まで数えた。そこで意識が途切れた。

暗い。気分の悪くなるような暗さだ。

荒涼とした世界だった。赤い空、遠い地平までごつごつした赤黒い岩が連なっている。岩の上に、ぽつねんとひとりの男が座っている。

あの男だった。黒川が持ってきた絵に描かれていた男。真っ赤な目、三角に裂けた口でにっと笑っている。世にも恐ろしい、だがひどく端正な顔。あれは画家光嶺の自画像だった。

男は立ち上がった。井本について来いというように、顎でうながす。

井本は頷き、男のあとを歩き出した。

これから、旅をするのだ。海馬《かいば》に、側頭葉《そくとうよう》に、あらゆる脳内のニューロンに蓄積された、光嶺の記憶の中を。


西園寺は臍《ほぞ》を噬《か》んだ。恐れていたことが起きてしまった。井本も、光嶺も、ふたりとも意識が戻らなかった。だが、死んでしまったわけではない。時おりふたりで笑みを浮かべている。完全に意識が同調している。その意味で、実験は成功だった。

だが、井本は光嶺に捕えられてしまった。いや。それとも井本が光嶺を捕えたのか。どちらにせよ、もう二度とこちらの世界に帰ることはない。同行二人、永遠にふたり連れ立って、脳の中を旅し続けるのだ。

田舎旅行　遊馬足掻

遊馬足搔（ゆうま・あがき）
1978年、長崎県生まれ。
第３回『このライトノベルがすごい！』大賞・栗山千明賞を受賞、『魔王討伐！俺、英雄…だったはずなのに!?』にて2012年デビュー。

著書
『魔王討伐！俺、英雄…だったはずなのに!?』（宝島社・このライトノベルがすごい！文庫）
『魔王討伐！俺、英雄…だったはずなのに!?２』（宝島社・このライトノベルがすごい！文庫）
『魔王討伐！俺、英雄…だったはずなのに!?３』（宝島社・このライトノベルがすごい！文庫）

共著
『５分で読める！ひと駅ストーリー 夏の記憶 西口編』（宝島社文庫）
『５分で読める！ひと駅ストーリー 冬の記憶 西口編』（宝島社文庫）
『５分で読める！ひと駅ストーリー 本の物語』（宝島社文庫）

珍しくて美味《おい》しい食事。心が洗われるような美しい自然。ロマン溢れる歴史と文化。非日常を実感できる神秘的な世界観。

旅行に求められる要素は様々だが、その多くは「刺激」と「癒やし」の二つでまとめることができる。前者の代表が海外旅行だとすれば、後者の代表は田舎《いなか》旅行。都会の喧噪《けんそう》と、慢性的渋滞とでも言うべき日々に辟易《へきえき》している人ほど、自然豊かな田舎を旅先に選ぶケースは多い。

山頂付近の展望台から広大な樹園地を見下ろす松下拓海《まつしたたくみ》の旅行先もまた「絵に描いたような田舎」と呼ぶに相応《ふさわ》しい、島海《しまうみ》という名の町だった。

観光地の一角として知られる島海町だが、その外観は寂れたもので、商店街のほとんどの店は日中から錆びたシャッターが下り、コンビニもファミレスも郊外に一件あるのみ。白線がところどころ霞《かす》んでいる二車線の道路には、バッタや干《ひ》涸《か》らびたミミズの死骸が風景の一部として違和感なく溶け込んでいる。

一方、海岸線を彩《いろど》る青のコントラストや、濃淡のついた緑が生い茂る山々は限りなく壮美で、情緒溢れる木造の教会や断崖にそびえる灯台など、旅行スポットに相応しい風景も多々あり、「島海温泉」という天然の温泉も存在する。

荒涼とした景色と、のどかで美しい自然。どちらも田舎の持つ特色だ。

そんな島海町を半日かけて満喫した拓海は、日没の時間が迫るなか、町一番の観光スポットである標高三〇〇メートルの柑奈岳《かんなだけ》を登り、一日を締めくくった。

ツアーでも家族旅行でもない、一泊二日の一人旅。社会人二年目の拓海が初めて能動的にとった有給休暇の使い道は、田舎町への小旅行という実に保守的なものだった。

やや駆け足だったものの、日中の観光には満足し、予約していた「いやし旅館」という温泉宿の近くで停まるバスに乗る。ツアーや電車とは違い、停留所の位置やバスの来る時間を正確に把握する必要があったが、その面倒も田舎旅行の醍醐味《だいごみ》だ。

乗客は拓海一人。貸し切り状態のバスの中で黄昏《たそがれ》に身を委《ゆだ》ね、揺られること約一時間——旅館のすぐ近くまで差し掛かったところで、信号待ちの最中に窓から外をぼんやり眺めていた拓海の目に、車道の脇に停まった運送会社の車が映った。

そしてその車の傍《そば》で配達員が、決して小さくない荷物を女性に渡している。

近くに建築物はなく、古びたガードレールの向こうに川と草むらが広がるのみ。そんな場所で荷物を受け取るという行為は、一般的には不可解と思われるだろう。

だが田舎は都会と違い、よその家に対する関心が強く、他人の目を過剰に気にせざるを得ないという事情がある。その上、荷物を受け取っている女性はかなり若い。頻繁《ひんぱん》に通販を利用している、つまり地元の店では買えないような物を買っているのでは、と周囲に知られるのが怖い——そんな推理を思わずしてしまいたくなる光景だ。

「……考え過ぎか」

　田舎にいると、つい目に映るもの全てを田舎ならではの光景にしてしまう。

　拓海は自分の推理に呆《あき》れつつ、再び流れ出した景色を視界の隅《すみ》へと追いやった。

　田舎旅行の魅力は様々だが、その中でも外せないのは郷土料理。島海町は昔から自《じ》然薯《ねんじょ》を使った料理が有名で、特に自然薯をお茶漬けにかけて食べる「じねん茶漬け」が人気だ。

「たーんとお食べなすってねー。精がつくんよー」

　旅館の夕食で出されたそのじねん茶漬けに対する拓海の第一印象は「地味にグロい」という、割と救えない類《たぐい》の感想だった。

　とは言え、せっかくの郷土料理。見た目はこの際無視し、口へ入れてみる。

「……お」

　田舎料理は見た目が悪くても、意外と美味《うま》い物が多い。このじねん茶漬けも例外ではなく、自然薯の粘りとサラサラなお茶漬けのミスマッチが逆に独創的な食感を生み出し、素朴で懐かしさを覚える優しい味と相まって、満足度の高い一品だった。

「せーっかくこんな田舎まで来たんだから。いっぱいお腹膨らませて帰ってなー」

　接客する仲居《なかい》も親戚に対して話すような口調に終始し、まるで屈託《くったく》がない。彼女だけでなく、この旅館の従業員はみんな同じように接してくる。

「なんにもない所だけど、そういう旅行もたまにはいいな。気を遣《つか》わなくて済むし」

「ああ。いろいろ不便だけど、そこがいいよな。のどかでさ」

それに対する他の宿泊客の評価は、概《おおむ》ね好意的。じねん茶漬けに関しても抵抗はないらしく、むしろその食卓の空気を読まない存在感が「いかにも田舎っぽい」と評され、妙に受けていた。

味覚を満足させたら、次はいよいよ温泉。お湯は無臭のアルカリ性単純泉で、広さも大浴場というほどではないが狭くもなく、動物が浸かっている訳でもなく、ごく普通の温泉だった。

「こういう、どこにでもありそうな温泉もたまには悪くないよねぇ」

日々の疲れを癒やすべく、全身を湯に委ねていた拓海に、観光客と思《おぼ》しき中年男性が話しかけてきた。

「普通じゃない温泉によく行かれるんですか?」

「いいねぇ、食いついてくるねぇ。最近の若いモンは人見知りが多いからなぁ」

初対面の他人と話すことに抵抗がない拓海に対し、中年男性は屈託なく笑う。

「ま、それほど温泉に詳《くわ》しいって訳じゃねぇけどよ、血みてぇな色の温泉とか、卵の腐った臭いの温泉とか、泥みてぇなお湯とか……ま、そんな感じよ」

「へえ。そういうクセのある温泉の方が、特別感が味わえるかもしれませんね」

「そのほうが田舎に来たなーって感じるんだよ。ま、スマホが使える時点でそんな情緒は無意味かもしれねぇけどな。あれがありゃ、どこでも自分の部屋だしなぁ」

その中年の観光客は、今日だけで五時間以上スマホを弄《いじ》っていたらしい。本来は景色や風情《ふぜい》を楽しむべき田舎旅行も、スマホの利便性や娯楽性にかかれば形無《かたな》しだ。

「田舎だろうと通販で大抵の物が買える時代だ。田舎だから不便、って考えはもう古いのかね。そのうち地域格差もなくなって、田舎や都会って概念自体がなくなっちまうかもしれねぇ」

「それはどうでしょうね。どれだけ時代が進んでも、田舎は田舎だと思いますよ」

そんな他愛のない話を偶然出会った他人と交わせるのも、田舎旅行の醍醐味。

穏《おだ》やかで温い非日常にしばらく浸り、拓海は温泉を満喫した。


その翌日。

「おはようさん」

布団上げをしに部屋へやって来た若い仲居に、まだ寝起きの拓海は思わず目を見開き驚きを露わにした。作務衣《さむえ》のような制服に身を包んだその女性が、昨日バスの中から見かけた、車道の脇で宅配物を受け取っていた人物と一致していたからだ。

「どうしなさった？」

「あ、いえ。年配の仲居さんと同じ話し方なんだな、とか思っちゃいまして」

「……すいません。やっぱり若い方は戸惑いますよね。馴れ馴れしく話されると」

話題を逸《そ》らす為に半ば強引にひねり出した拓海の言葉は、ことのほか若い仲居の心に刺さったらしく、露骨に口調が丁寧《ていねい》になる。拓海は思わず顔を引きつらせ、苦笑いを浮かべながらフォローの言葉を探すハメになった。

「いいえ、フレンドリーな話し方は温かみがあっていいですよ。田舎らしいですし」

「そう言ってもらえると助かります」

幸いにも「田舎らしい」という言葉に心から安堵《あんど》した様子。笑顔を浮かべ部屋を出て行く仲居の背中を同情の視線で見送ったのち、拓海はいそいそと帰り支度を整えた。

そして、無事旅行を終えた帰りのバス内――

「おぉ、温泉ではどうも」

観光客の中年男性と再会し、隣の席でしばしの歓談。

そこで拓海は意外な事実を知った。

「……通販？　あの自然薯が？」

「ああ。昨日たまたま、有名なあの通販ショップのダンボールを仲居が大量に運んでるのを見かけちまってさ。つい魔が差して、今朝旅館の厨房にコッソリ忍び込んで中身確認してみたんだよ。そしたら、これさぁ」

その観光客の言葉通り、彼が拓海に見せたスマホの画面には、ダンボールに自然薯と思しき泥付きの長細い物がたくさん収められた画像が写っていた。これが事実なら、昨日若い仲居が人目を忍んで宅配物を受け取っていたあの奇妙な光景にも説明がつく。どうやら自然薯料理は名産品でも、自然薯自体は外注だったようだ。

わざわざ旅館から離れた場所で受け取っていたのは、田舎ならではの好奇の眼差《まなざ》しを気にしてのこと。名物料理の材料を外から仕入れている後ろ暗さも手伝って、梱包や保存場所よりも、受け取る瞬間を見られるかもしれないというその一点を過剰に怖がっているのだろう。いかにも田舎らしい失敗談だと、拓海は苦笑しつつ納得した。

「送料だってバカにならねぇだろうにな。ここまでして田舎っぽい料理にこだわるのは、やっぱアレだろうなぁ」

「アレ、というと？」

「演出ってやつだよ。この町全体が『ザ・田舎』って感じだろ？　建物にしても道路にしても、観光地の割にきったねぇし……あれ、ワザとそうしてると思わねぇか？」

つまり、町全体で「田舎」を演出しているというのが、この観光客の見解だ。

「それくらい徹底しねぇと、他の田舎との競争に勝てないのかもな。客のいない所では案外、年寄りも素っ気なく標準語で喋ってるかもなぁ」

「まさか……」

「ま、今のは冗談だけどさ。なんにしても、田舎ってのは意外としたたかなんだなぁ」

昨夜の前言撤回《てっかい》と言わんばかりに高笑いする観光客の隣で、拓海は――

「……そうですね。したたかなんですよ、田舎は」

複雑な思いを抱きつつ、窓の外から覗く古びた住宅街を眺めていた。


その翌日。

「おはよう、松下。休暇は満喫できたかね？」

「はい。おかげさまで」

自分の住む町に戻った拓海は、勤め先の観光協会・観光事業部へ二日ぶりに出社し、上司へ旅行の成果を報告した。

職場の周辺は閑散としていて、島海町以上に建物の間隔が広い。

その町もまた「絵に描いたような田舎」だった。

「取り敢えず、宿泊施設は山奥に建てた方が賢明ですね。スマホの電波も届かないし、より田舎っぽさが出ますから。あと、食材に通販を利用する場合は――」

田舎旅行。

どれだけ文明の利器が発達しても、その需要と供給が途絶えることはない。

カラフル　沢木まひろ

Japan LOVE Story Award

沢木まひろ（さわき・まひろ）
1965年、東京都生まれ。
『ヘヴンリー・ヘヴン』にて2008年にデビュー。
『最後の恋をあなたと』にて第７回日本ラブストーリー大賞・大賞を受賞。

著書
『ヘヴンリー・ヘヴン』（メディアファクトリー）
『ブランケット タイム』（メディアファクトリー）
『きみの背中で、僕は溺れる』（メディアファクトリー）
『こごえた背中の、とける夜』（メディアファクトリー）
『僕の背中と、あなたの吐息と』（メディアファクトリー）
『恋より或いは美しいもの』（メディアファクトリー）
『44歳、部長女子。』（宝島社文庫）
『ビター・スウィート・ビター』（宝島社文庫）※単行本刊行時は『最後の恋をあなたと』
『45歳、部長女子。遠距離恋愛危機一髪』（宝島社文庫）
『46歳、部長女子。私たちの決断』（宝島社文庫）
『もう書けません！ 中年新人作家・時田風音の受難』（MF文庫ダ・ヴィンチMEW）

共著
『５分で読める！ひと駅ストーリー 乗車編』（宝島社文庫）
『５分で読める！ひと駅ストーリー 夏の記憶 西口編』（宝島社文庫）
『LOVE&TRIP by LESPORTSAC』（宝島社文庫）
『５分で読める！ひと駅ストーリー 冬の記憶 西口編』（宝島社文庫）
『本をめぐる物語　一冊の扉』（角川文庫）
『５分で読める！ひと駅ストーリー 猫の物語』（宝島社文庫）

青春18きっぷというものを、自分が使う日が来るとは思わなかった。

東京駅を出発したのが、きのうの朝六時台。普通列車を乗り継ぎ九時間かけて大阪に到着し、超高層ビルだの城だのを見物していたころはまだ元気があったのだが、きょうは朝から意識がぼやけっぱなしだ。瀬戸大橋を渡るときのデラックスな眺望と、今治《いまばり》の停車時間でゲットした鯛めし弁当のうまさにつかの間しゃっきりした以外は、だいたい寝ていた。松山に着いて荷物を宿に置き、駅へ戻って八幡浜《やわたはま》行きの二両編成列車（ガラ空きだった）に乗ったら、また眠ってしまった。

「涼《りょう》ちゃん、海」

健太《けんた》の声で目を覚ますと、窓が開けられていた。

びっくりしたせいで息を思いっきり吸ってしまい、空気の新鮮さにもう一度びっくりする。線路沿いの木々と家々のあちら側を国道が走り、その向こうが海だった。ゼリーみたいに静まった水面。少し靄《もや》が出ているのか、水平線がかすんで見える。ほんとだ。遅ればせながらつぶやき、窓枠に置いていた炭酸水のペットボトルを傾けた。

「青いよ。空も海も」健太が言った。「空はね、おまえがいま着てるシャツと同じ色。スカイブルーってやつだな。海は……難しいな。青系には違いないけど、万年筆のインクの色が近いかも」

炭酸水のボトルは「なんだ、リンゴみたいな？」だそうだ。一緒にいるとき健太はいつもそんなふうに解説してくれるのだが、こっちは万年筆のインクやリンゴの色の具体的なところがわからないので「へえ」と返すしかない。でも、適当な解説でもあるのとないのとではぜんぜん違う。僕は健太のスマホの色が「スカイブルー」であることを知っている。色が色相、彩度、明度の三要素で規定されている事実をぼんやりながら感じとり、彼のスマホと晴れた空とを見比べて、そうなのかも、と思ったりもするのだ。毎日のように横でしつこく言われ続ければ、人は嫌でも学習してしまうものらしい。

未だ原因は不明、有効な治療法も発見されていない。

世界が完全なモノクロに見える。生まれつきの症状だから、そもそもモノクロがどういうものなのかが理解できない。自らも患者だったイギリスの精神科医が「モノクロ映画を観ているのと同様」であると報告し、彼の苗字を取ってメイスフィールド病という名が定着したのが三十年前。ごく歴史の浅い病《やまい》だ。

治療法がないので、通院も服薬も必要ない。どこか痛かったり熱が出たりするわけでもない。周りと共有できる情報が少ないという現実はそれなりに重いが、僕はさほどの葛藤もなく成長してこられた。ほんとうに両親のおかげだし、学校の担任の対応が適切だったりと幸運にも恵まれていたんだと思う。

「おまえメイスフィールド病なんだって？」

半年前、つまり高校一年の秋、健太は前置きもなくそう話しかけてきた。

クラスが別で、やっと顔を見知っている程度の間柄なのに、ずいぶんな挨拶だなと思った。でも僕らは友だちになった。笑顔で冗談を言いあうような相手ならそれまでにもたくさんいて、僕はなんの疑問もなくかれらを「友だち」と呼んでいたのだけれど、その認識はだいぶずれていたんだとわかった。学校帰りの寄り道も、ＣＤや漫画の貸し借りも、オンラインゲームも、すべて健太と出会って初めて経験した。家族以外の誰かとこうして旅行するのも、もちろん初めてだった。

「あとどれくらい？」健太に尋ねた。

「すぐだよ。一、二分」

まじか、と座席に放りだしていた携帯音楽プレイヤーをポケットに押しこむ。到着アナウンスが流れ、車窓の外へ再び目をやると、海はさっきより間近に迫っていた。

「あー、人いませんように！」

海に向かって健太が拝んだ。日曜日と創立記念日、さらに平日一日ずる休みという大胆なスケジュールで旅を決行したのにはわけがある。これから降りようとしている駅が、休日だとまず観光客だらけになる有名な絶景スポットだからだ。

列車が停まった。降りたのは僕らだけで、ホームには誰もいなかった。下半分が水色（だそうだ）の車両が去るのを見送り、おもむろに身体の向きを変えた。

息をのんだ。

海が、すぐ目の前に広がっていた。国道が通るまでは「日本一海に近い駅」だったというが、いまでも充分近い。想像以上の光景だった。ホームにあるのは『下灘《しもなだ》』と書かれた駅名標、ベンチとその屋根、電柱とホームミラー。無人駅だから駅員すらいない。ふたりだけの空間に、ただ波の音が響き、潮風が吹いている。

感動は素直に伝えるべきなんだろうけど、へたな言葉で台無しにしたくなかった。健太もそう思っているのか、お互い黙ったままベンチに腰をおろした。ここで日没を見るのが、今回の旅の最大の目的なのだ。しばらくして下り列車がもう一本入ってきたが、人は降りなかった。

「次の上りっていつ来るの」ちょっと不安になって尋ねた。

「一時間くらい先。日の入りがあと三十分だな」

健太は何もかも調べてくれている。ひとりならさぞ心細いことだろう。

夕空は刻々と様相を変えた。暗くなるにつれ太陽の輝きが増し、裸眼でいるのが厳しい感じになってきた。まぶしい、と言ったら、健太はこっちを見た。

「写真撮る？」

「写真？」

「いいか。見たとおり写んねえもんな、絶対」

「そうだよ」僕は笑った。「写すのに気取られてたらもったいないよ」

とか言っているあいだにも太陽は水平線に近づき、今度は光量を弱めて、まるい輪郭をくっきりさせはじめた。空も、海も、大気も、駅のホームも健太も僕も、きっと同じ夕日の色に染まっている。そう思ったら、急に胸が苦しくなった。

「――あのさ」健太が言った。「これ、悪い冗談とかじゃねえんだけど」

「ん？」

「俺もメイスフィールド病だったんだ」

驚いて顔を横に向けたが、太陽の残像が思いっきり被って、健太の表情はわからなかった。

健太が悪い冗談を言うやつじゃないのはわかってる。でも、メイスフィールド病の患者は十五万人にひとりと言われているのだ。僕は患者の会みたいのにも出たことがないから、同じ病気の人間に会う機会なんて一生ないと思っていた。

「え」混乱した。「いま『だった』って言った？」

「言った。治ったんだ」

大事な話をしてるのに残像が邪魔だ。目を何度もつぶったり開けたりしたら、ようやく消えた。こっちを見ている健太と視線が合った。

「――嘘だろ」

「嘘ついてどうすんだよ。涼ちゃん前に言ってただろ、『もう治んなくていいかも』って。でも、そんなことねえから。治っても全然問題ない。俺がその見本だから」

それだけ言いたかったんだ。健太はまっすぐに僕を見た。

うまく反応できず、僕は海へ視線を戻した。

メイスフィールド病の最も不可解な特徴――それは、ある日とつぜん治る場合がある、ということだ。

モノクロ映画を観ているのと同様、という証言をメイスフィールド医師が残せたのも、治ったからだった。でもその三か月後、彼は首を吊って亡くなった。ほかにもヴァイオリニストや版画家など、治ったあとに自殺してしまった有名人が何人かいる。報道はされないが、一般人のなかにもいるんだと思う。

「治んなくていい」と健太に言ったのは本心だった。真剣に考えたら、みんな怖いはずなのだ。生まれてからずっとモノクロの世界にいた人間が、いきなり色つきの世界に放りこまれたらどうなるか。

「そりゃびっくりするし、最初はちょっと大変かもしれない」

「――――」

「だから、もし涼ちゃんが治ったら真っ先に俺に教えろよ。実例が近くにいるって思ったらちょっとは安心だろ？　ダメか？　俺の言うことじゃアテになんねえか？」

首を振った。人の顔ばかり見てる健太の腕をつかみ、ほら、と促《うなが》す。いよいよ日が沈もうとしていた。海面に光の筋を落として、とっても名残惜しそうに。

彼の腕は熱く、僕の手は冷たかった。

「いつ治ったの」前を見たまま尋ねた。

「入学試験の日」

「うちの学校の？」

「そう。俺すげえ緊張しててさ、始まる前に三回、消しゴム床に落っことしたの。三回め拾ったときになんとなく前見たら、窓の外ながめてるやつがいた。俺と違って緊張感ゼロで、ぼーっと頬杖ついてた」

太陽が楕円型に変わって潤んでいる。

「念のために言うと、そいつが涼ちゃんな」

「――――」

「こいつ受かるなって思った。思ってるうち、視界にじわじわ色がついてきた。何が起こったのかわかんなくて、頭グルグルして吐きそうだった。でもそのまま試験受けた。俺もぜったい受かる、おまえと同じ学校行きたいって、死ぬ気で頑張ったんだ」

腕をつかんだ指の先から、体温がどくどくと流れこんでくる。受けとめるべきものが大きすぎて、真っ先に浮かんできた文句を口にすることしかできなかった。

「だったらその日に声かけろよ」

「は？　言えるかよ、そんなのいきなり言ったらおまえ、引いただろ」

「引かないよ」

やっと見返すと、健太は怒ったみたいにうつむいた。


みかんの色と一緒だと、いつか健太は教えてくれた。

あとでたしかめよう。リュックのなかに、みかん味のドロップが入っているから。

僕の場合は「じわじわ」ではなかった。光の残像が去り、彼の目を見た瞬間、レンズでも入れ替えたみたいに世界が変わっていた。

生まれて初めて、心が震えてる。

こんな美しい夕日は、人生最初で最後だ。治ったら真っ先に教えろと健太は言ったけど、もちろんそうするつもりだけれど、まだ言葉が見つからない。

まぶたをそっと閉じるみたいに、太陽は彼方に姿を消した。

――きれいだ。僕にしか聞こえない声で、健太が言った。

終着駅のむこう側

法坂一広

法坂一広（ほうさか・いっこう）
1973年、福岡県生まれ。
第10回『このミステリーがすごい！』大賞を受賞、『弁護士探偵物語　天使の分け前』にて2012年デビュー。

著書
『弁護士探偵物語　天使の分け前』（宝島社文庫）
『逆転尋問　弁護士探偵の反撃』（宝島社文庫）
『最終陳述』（宝島社）

共著
『「このミステリーがすごい！」大賞10周年記念　10分間ミステリー』（宝島社文庫）
『５分で読める！ひと駅ストーリー 降車編』（宝島社文庫）
『もっとすごい！　10分間ミステリー』（宝島社文庫）
『５分で読める！ひと駅ストーリー 夏の記憶 西口編』（宝島社文庫）
『５分で読める！ひと駅ストーリー 冬の記憶 西口編』（宝島社文庫）
『５分で読める！ひと駅ストーリー 本の物語』（宝島社文庫）

「乙川《おつかわ》検事、殺人の配点です。被疑者の身柄が送致されました。弁録をお願いします」検察事務官の亀川《かめかわ》が快活な声で言った。

「どういう事件なんですか」

乙川の問いに亀川が答える。

「新幹線車中の事件です。被疑者は佐藤一郎《さとういちろう》。田川《たがわ》市在住で、何とかかんとかという横文字の投資顧問会社に勤める三十八歳の男です。被害者は那珂川《なかがわ》町在住の新田三郎《にったさぶろう》さん四十歳、被疑者とは同じ会社の博多支社に勤める同僚です。事件発覚は、昨日の午後六時三十分頃、博多南駅に到着した新幹線の座席で、死亡しているのを、車掌が発見しました。死因は毒殺で、即死と見られます。体内及び座席のドリンクホルダーにあった缶ビールから青酸カリと、缶からは被疑者の指紋が検出されています」

「旅情豊かなトラベルミステリーというわけですか」

ドアがノックされ、亀川が「どうぞ」と答える。

制服姿で屈強そうな警察官二人に挟まれるように、痩せた男が押送《おうそう》されてきた。

「では、今から、刑事訴訟法に基づいて、あなたの弁解を聞く手続をしますが」と乙川が告げる。

「あなたには黙秘権がありますから、言いたくないことは言わないで結構です。被疑事実を読み上げますと、あなたは『昨日の午後六時三十分頃、福岡県春日市付近を走行中の新幹線博多南線の車内において、新田三郎、当年四十歳に対し、青酸カリ入りのビールを飲ませ、同人を死亡させたものである』という殺人の疑いです。間違いありませんか」

「私は新田さんを殺しておりません。昨日は二人で大阪に出張し、同じ新幹線に乗っておりましたが、私は小倉で降りました。駅か支社に直帰する旨《むね》を電話して、そのまま在来線に乗り換えて、帰宅しました」

「本当に新幹線を降りたのですか。誰か証明できる人は」

「強《し》いて言うなら新田さんですが、悪い意味で死人に口無しだな」

「亀川さん、裏は取れてるのかな」乙川が尋ねる。

「警察の調べでは、小倉駅の中継局で、携帯電話使用が確認されたそうです」

「あなた方は大阪で仕事して帰ってきたわけだよね。うーん、分からん。どういうことだ。どうして大阪で551蓬莱の豚まんか、たこ焼きでも買ってビール飲まないんだ。出張の楽しみって、出張先の名物買って帰りの電車や新幹線で、それを肴《さかな》にビール飲んで、一眠りすることだろ」

「普通なら大阪を出て、すぐに缶ビールを開けるはずだ。同じ殺すにしても、そこで飲ませた方が確実だ。怪しいな、偽装工作の臭いがするぞ」乙川が首をひねる。

「何を言ってるんですか、検事さん。お気楽な公務員の考えを押し付けられても困ります」

「亀川さん、博多南線というのは、あれですか。もともと、車両基地だったところに、博多南駅というのを作って、通勤通学用に運行している特殊な路線ですよね」

　乙川の問いに「はい」と亀川が答える。

「では、小倉を出た列車がそのまま博多南線に入るわけではなくて、博多駅に一旦停車しますね。博多が終点だという先入観を利用したトリックだ。小倉で降りた以上、終点までに追い付くことはできないと。それはこの乙川には通用しませんよ、残念ながら。あなたは何らかの方法で、新幹線に追い付いたに違いない」

「ヘリコプターでも飛ばしますか。しかし、そこまで大がかりなことをやると、かえって足が付きやすいんじゃないですか」佐藤が小馬鹿にしたように言う。

「どうやら佐藤さんは、犯罪捜査にも詳《くわ》しいようです。ますます疑わしい」

「何か見落としていることがあるようです」乙川がため息をつく。

「小倉で一旦降りてアリバイ工作し、別の新幹線にでも乗って博多で追い付いて毒入りビールを飲ませたに違いない」

「ちょっと待ってください。降りた新幹線に、一駅の間にどうやって追い付くというんですか」佐藤が声を荒げる。

「何か時刻表トリックのようなものが」乙川は腕を組む。

「残念ながら小倉駅を通過する新幹線はないですし、バスや自動車、在来線では新幹線のスピードに太刀打ちできるはずがないですよね。私が新田さんの乗った新幹線に追い付くのは不可能です。分かったら、これ以上冤罪被害を拡大しないで、さっさと釈放してください」佐藤は再度声を荒げた。

「いや、小倉で降りる前に、毒入りビールを渡しておくことは可能なはずだ」

「しかし、缶ビールって、開けるとほぼ同時に口に運びませんか。時間置いてぬるくなったり、気が抜けたりすると、まずくなるでしょう。小倉で渡していたとすれば、博多までの間に飲んで、博多駅で死体が発見されたんじゃないですか」

「博多で死体が見付かれば、あなたのアリバイは成り立たなくなると」

「どうして、小倉で降りたあなたがビールの缶が開いていたことを知ってるのですか」乙川は目を剝《む》いた。

「毒入りビールを飲んだと聞けば、普通開いてると思うでしょう。毒を入れるのに、開けないと入れられないでしょう」

「話は変わりますが、出張の用件は何だったんですか」乙川が尋ねる。

「最近、博多支社での不正経理が問題になっていて、それを、新田さんが告発したので、調査だったんですよ。お陰で先月今回と二度も本社に呼び出されて」

「ええっと、どうして、あなたも同行したんですか」

「私が不正に関わってるという濡れ衣《ぎぬ》を着せられたんですよ」

「動機は十分というわけですな」

「私的に流用したわけではなくて、理由のあることなんです。新田さんが堅物《かたぶつ》なものだから、誤解なんです」

「出張の帰りに大阪を出て二時間以上ビールを飲もうとしない堅物ね」

「検事さん、出張帰りのビールにえらくこだわりますね」

「出張とはいえ、旅は旅ですから、少しでも楽しみたいというのが人情でしょう。あなたも、会社の経理についてはルールを破るけれど、出張の帰りには、わざわざ会社に直帰しますと電話をかけるほどの堅物とはいえ、理解できませんか」

「なかなか面白い登場人物が揃いましたね。問題は、新田さんに、開いた缶ビールを小倉で渡し、博多まで我慢させる方法に絞られたようです」乙川は腕を組む。

「あとは、催眠術使いでも呼んできますか。今からあなたに、ビールを渡しますが、飲むのは博多駅を過ぎてからですよ、と。博多着く前に飲むととんでもないことになりますよとか」佐藤が笑う。

「どっちにしろ、とんでもないことになったわけですがね、皮肉なことに」乙川は眉をひそめる。

「あなたは、新田さんが堅物だということは、よく知っていたわけだ。出張帰りに出張先の名物を肴にビールを飲もうとしない理由って、一体何だ」

「そんなこと私に訊《き》かれても、私はそんな堅物じゃありませんからね」

「堅物でないはずのあなたがやってるのに、堅物の新田さんがやってないこと。ああ、何か見落としているような気がする」乙川は頭を掻いた。

「亀川さん、被害者の携帯の通話履歴は」

「小倉を出た後は通話、メールともありません」

「さあ、どうやって催眠術をかけようか」

「ちょっと待ってください、検事。催眠術なんて法廷でどう立証するんですか」亀川は首をひねる。

「大丈夫。どうせ、裁判所なんて、検察の言いなりです。裁判官に有罪判決を出すように催眠術かけてるわけじゃありませんがね」

「新田さんは、電話かけてないと」乙川は憮然《ぶぜん》とした顔をした。

「そりゃ、おかしい」

「佐藤さん、あなたの自宅は田川でしたね。小倉からは、どういう経路で帰ったんですかね。本当に帰ったとすればですがね」

「小倉駅から後藤寺《ごとうじ》行のバスが出てますから、それに乗りました」

「亀川さん、裏は」

「運転手の供述、防犯カメラの映像があるようです」亀川は答える。

「コンプライアンスとしてはどうなのかね。直帰というのは」

「僕の勤務時間は五時までですから、問題ないと思いますが」佐藤は答える。

「問題ないなら、会社に電話する必要なかったんじゃないの。どうも、このあたりが臭うんだよな」乙川が鼻に手をやりながら言う。

「妙なことに、因縁付けないで下さいよ」佐藤が怒声を上げた。

「そもそもあなた方の会社ってどこよ」

「新田さんは、博多南線経由で那珂川の自宅に直帰しようとして、あなたとは、小倉でバイバイしたわけね。で、会社はどこ」乙川は繰りかえし迫る。

「遅い。ブブー」乙川は甲高《かんだか》い声を上げげた。

「何ですかそれ」

「今、何か答えたくないことがあったに違いない。今までは全部、ほとんど間を空けずに答えてましたから。会社がどこかと答えるのに、躊躇する理由は」

「亀川さん、会社、どこ」

「博多駅前です」ゆっくり亀川が言う
「それだよ、ビンゴ」

「新田さんは堅物だ。どれくらいかというと、大阪出張の帰りに、直帰するつもりなのに、ビールとつまみを買って新幹線に乗らないくらいに」

「またその話ですか」

「そこで引っかかるのが、新田さんはどうして直帰しますと、会社に電話しなかったのか」乙川は手を耳にやった。

「あなたが、新田さんにビールをお預けにさせたポイントはそこに違いない」乙川は喜々とした顔で佐藤を見つめた。

「普通に考えれば、あなたが新幹線を降りる際に、会社には僕が電話して直帰と伝えますからと言ったから、新田さんはあえて自分ではしなかった」

「だからといってどうして博多駅までお預けにできるんですか」佐藤が問う。

乙川は手を打った。「おっと、のってきましたね。人は、立場がまずくなると多弁になるものです。新田さんは堅物だ。堅物の気持ちになって考えましょう。直帰するとしても、会社から何か連絡があったらどうしようと不安なわけです。自分で電話して許可を得たわけではないので。一方、あなたから渡されたビールは確実にまずくなりつつある。堅物としてはこれも何とかしたいわけだ。じゃあどうするか。博多駅を出れば、さすがに会社から電話がかかることもないだろう。小倉から博多まで二十分ありますからね。ということで、博多を過ぎたところでビールを飲み始めるわけです。あなたは前にも、新田さんと大阪に出張したことがあった。そのとき、堅物の行動パターンを苦々しく見ていたのでしょう」

「だからどうしたというんですか。検事さんの言ってるのは、僕にも犯行が可能だというだけのことで、僕の犯行の証拠になるわけじゃない」佐藤は憮然とした顔をする。

「次は、弁護士を呼べとでも言いますか。呼んでも構わないのですよ。私があなたを追及しているのは、あなたにチャンスを与えるためだ。ちょっとつついただけでほころびが見え始めた。完全犯罪なんて無理ですから、できるだけ早く自白して、裁判所の心証を悪くしない方がいい。弁護士に相談しても同じことだと思いますよ。ビールの缶の指紋というのは決定的ですよ。アリバイトリックという口当たりのいいビールに酔って、指紋を拭き取るという最も大事なことを忘れてしまったようですね」

綾瀬美穂　谷春慶

谷春慶（たに・はるよし）
1984年、新潟県生まれ。
第２回『このライトノベルがすごい！』大賞・大賞を受賞、『モテモテな僕は世界まで救っちゃうんだぜ（泣）』にて2011年デビュー。

著者
『モテモテな僕は世界まで救っちゃうんだぜ（泣） １～７』（このライトノベルがすごい！文庫）
『モテモテな僕は世界まで救っちゃうんだぜ（妄想）』（このライトノベルがすごい！文庫）
『モテモテな僕は世界まで救っちゃうんだぜ（入門）』（このライトノベルがすごい！文庫）
『神、降臨！　ロンギヌスの槍は銃刀法にひっかかりますか？』（このライトノベルがすごい！文庫）
『筆跡鑑定人・東雲清一郎は、書を書かない。』（宝島社文庫）

共著
『５分で読める！ひと駅ストーリー 降車編』（宝島社文庫）
『５分で読める！ひと駅ストーリー 夏の記憶 東口編』（宝島社文庫）

「下田《しもだ》、お前の負けだ」

俺に対して勝利宣言をし、伊丹《いたみ》はあがった。

高校の修学旅行、最終夜だってのに俺たちはトランプで『大富豪』に興じていた。

クソみたいな事態だ。だいたい漫画やドラマだと修学旅行で好きな子に告白するとか、そういうスイートな展開が鉄板だろ。俺だって、そのつもりだったし、実際に勇気を振り絞って、綾瀬《あやせ》さんをホテルの外に呼び出している。

綾瀬美穂《みほ》は我がクラスのマドンナ的存在の美少女だ。パッチリ二重《ふたえ》に小柄で華奢《きゃしゃ》なのに、凛《りん》とした空気を常にまとっていた。はにかむ笑顔がとてもかわいいが、それでいて消え入りそうなくらい儚《はかな》い。愛してやまない俺の天使だ。

時計を確認すれば、八時四十分。待ち合わせは八時五十五分に指定してあった。

「そう言えばさ、俺、綾瀬さんと写真撮っちゃったぜ」

同室の岩城《いわき》の発言に「証拠見せろや！」と反射的に怒鳴る。岩城は得意げにスマホの写真を見せてきたが、どこにも映っていない。

「綾瀬さん、映ってねぇだろ」

「はあ、この端《はし》のほうにいるだろ。茶髪の！」

確かに、顔は確認できないが茶髪の女の子が立っていた。綾瀬さんに見えないこともない。だが、こんなのただ勝手にフレームインしていただけだし、別人の可能性だってある。恋は盲目と言うが、これはさすがに無理があるだろう。

「……そんなことより大富豪続けようぜ」

伊丹の発言を遮《さえぎ》るように俺は口を開いた。

「いや、もういいんじゃないか？」

「はあ？　ふざけんな。これから俺の大富豪無双《むそう》がはじまるんだよ。それとも、なにか用でもあるのか。ん？」

「いや、別になにもねぇけど……」

伊丹を含め、クラスの連中に告白の件がバレたら、全てが終わる。

綾瀬さんはみんなの天使だ。神聖にして冒《おか》すべからずという紳士協定が結ばれているのだが、俺は愛のためルールを破ろうとしていた。こいつらに悟られた瞬間、間違いなく俺の告白をつぶしてくる。それを確信できる程度に全員クズ野郎だ。

「つーか、お前、大富豪から大貧民になった瞬間、やめるとか、それは通らねぇだろ」

伊丹の言葉に同室の橋立《はしだて》、岩城もうなずいた。俺は再び時計を確認する。

八時四十六分、待ち合わせの時間まで十分を切っていた。不意に橋立が「トイレ」と言って立ち上がる。部屋にはトイレがついているが、一人しか使えない。

よし、このタイミングならスムーズに共同の男子トイレを使えるだろう。

「……ちょっと外のトイレ行ってくるわ。勝負に集中してぇし」

「あ、じゃあ、俺も行くわ」

邪魔《じゃま》だった。だが顔には出さず、俺と伊丹は並んで部屋を出た。ふと伊丹がボヤく。

「修学旅行も今日で最後か。また、あの監獄《かんごく》に戻ると思うと憂鬱《ゆううつ》だな」

俺たちの学校は全寮制で山奥にあり、生徒には監獄高校と呼ばれていた。綾瀬さんがいなければ、地獄のような毎日だ。伊丹のボヤキに「そうだな」と、そっけなく答えつつ、どこでこのクズを振り切ろうか考える。伊丹は柔道部に所属しているゴリラみたいな男だ。その気になれば俺を羽交《はが》い絞《じ》めにできるだろう。俺が綾瀬さんに告白すると知れば、それくらいの妨害《ぼうがい》工作をしてくる。だって、クズだから。

焦《あせ》りを隠しつつ男子トイレへと向かった。小便器の前に立つが、当然、なにも出ない。ふと伊丹が「お前、トイレ近かったっけ」と尋ねてきた。

「いや、普通だと思うけど……」

「へぇ、おかしいな。さっきの大富豪やる前にさ、お前、トイレ行ったよな？」

ドクンと心臓が跳《は》ねあがる。チラリと横目で伊丹を見れば、冷《さ》めた目で俺を見ていた。明らかに、なにか勘《かん》づいている。いや、待て、落ちつけ。ここは、自然に――

「まあ、しょんべんも出ねぇわな。だって、お前、告白しにいくつもりだったもんな？」

――唾《つば》を飲みこんだ。口のなかが変に乾いている気がした。

「告白するんだよな、美穂に」

俺の恋は終わった……。

いや、終わらせねぇよ！　小便を出せば、ごまかせる！　小便をひねりだそうとイキむが、それで出てくれるのならば困らない！　不意にため息が聞こえた。

「……協力してやるよ」

「え？」

「俺は世の中のカップルどもを滅ぼしてぇ。けど、だからってダチの幸せまで壊そうとは思わねぇよ。まあ、そうじゃない奴は全力で潰すけどな」

伊丹は爽《さわ》やかな笑みを浮かべていた。

ゴリラみたいな男で、顔もぶっさいくだが、今だけイケメンに見えた。

お前のこと、クズって思ってごめん。だって、お前、知らない学校のイケメン君が女子と仲睦《なかむつ》まじげに話してたら、いきなり「おい、ヤリチン」って声をかけて、その場の空気を瞬間凍結させてたじゃないか。しかも、そのあと女子の前で強がってきたイケメン君をぶん投げてボコボコに……修学旅行中に遭遇《そうぐう》したくない事件だったよ。

「伊丹、お前、本当はいい奴だったんだな……」

「まあな……ん？　『本当は』ってどういう意味だ」

伊丹の問いかけをスルーしつつ俺は小便器から離れた。「でも、お前も綾瀬さんのこと好きだったんだろ」と苦笑しながら洗面台へと向かう。

「ああ、だから全部嘘だ」

瞬間、膝《ひざ》がなくなったように錯覚した。足払《あしばら》いだ。そのまま便所の床に叩きつけられる。反応する間もなくゴリラのような巨体が俺にのしかかってきた。そのまま剛腕《ごうわん》で俺の頭をヘッドロックされる。頭蓋《ずがい》が割れるような痛みに襲われた。

「美穂がお前を受け入れるわけねぇだろ！　現実見て諦《あきら》めろやぁぁっ！」

「知るかボケぇぇぇぇ！　痛い痛い痛い痛い痛い痛いっ！　死ね、ゴリラぁぁっ！」

タップしても力は弱らず、俺は半泣きになりながら逃げようとあがく。

「行かせねぇぞ、下田ぁ！　俺の美穂は誰にも汚させねぇぇぇっ！」

痛みのあまり、意識が遠くなった。「諦める」と言えば、助かるかもしれない。嘘も方便だ。そんな考えが脳裏《のうり》に去来《きょらい》する。だが、たとえ嘘でも自分の気持ちを汚したら、なにか大切なものが折れてしまいそうだった。俺は諦めたくなんかないんだ！

「お前ら、なにやってんだ！　消灯《しょうとう》時間過ぎてんだぞ！」

怒声とともにトイレに入ってきたのは生活指導の草野《くさの》だ。チャンス……。

「先生、犯されるぅぅう！　助けてぇぇぇっ！」

「また、お前か、伊丹ぃぃ！　何度問題起こせば気がすむんだ、お前はぁぁ！」

草野が伊丹の顔を蹴《け》り飛ばした。さすが、空手部顧問《こもん》――。

どうにか伊丹のヘッドロックから開放され、俺は逃げるように立ち上がる。草野は伊丹の胸倉《むなぐら》をつかみながら、鉄拳制裁《てっけんせいさい》をかましていた。だが、伊丹はひるまない。

「なんだ、草野！　やってやんぞ、こら！」

「お前ら、毎日毎日問題ばかり起こしやがって！　俺、血尿《けつにょう》出てんだからな！」

県下有数のヤンキー高校の教師ともなると、見た目はヤクザみたいなもんだ。それでも、ストレスフルな毎日を送っているのだから、俺たちの罪は重い。まあ、ぶっちゃけ、知ったことではないが。俺は獣《けもの》の取っ組み合いから逃げるようにトイレを出た。

腕時計を確認すると、既《すで》に消灯時間の九時を越えていた。約束の時間を五分も過ぎている。急《せ》かされるように駆け出し、巡回する教師の目を盗みながらホテルの外へと飛び出した。待ち合わせの場所には綾瀬さんが立っていた。待っていてくれたのだ。

ああ、やっぱり天使のようにかわいい。

「ごめん、遅れて……」

綾瀬さんは怒ったような目で俺を見ると、こちらへとズカズカと近づいてきた。俺は面くらい、体が硬直する。綾瀬さんが俺の眼前で「待ったんだから」とむくれるように言った。スネた顔もかわいい。

「あのさ、綾瀬さん、俺、その……」

ここにきて、声が震えた。それでも、俺は絞り出すように言葉を続ける。

「俺、ずっと好きでした。だから、もしよければ、俺とつきあってください」

ハッキリと気持ちを言葉に乗せた。綾瀬さんは、一瞬、驚いたように目を見開いてから、頬を赤く染めた。刹那《せつな》の無言が永遠に思える。ふと、綾瀬さんははにかむように笑った。ああ、俺の思いは報《むく》われ……。

「下田ぁっ！　お前も、なにやっとんじゃい、こんなところでぇぇっ！」

生活指導の草野が後ろから俺の首を引っこ抜くようにロックしてきた。

「お前らが騒ぐせいで、俺、寝てねぇんだぞ！　ほんと、いい加減にしろよ！」

俺は綾瀬さんの返事を聞くこともできず、ホテルのなかへと引っ張られていく。

連れてこられた廊下では、既に伊丹が正座をさせられていた。俺も伊丹の横に正座し、「お前、チクったのかよ」と吐き捨てるように言った。伊丹は「で、どうだったんだよ」と悪びれもせずに尋ねてくる。そこで草野が俺と伊丹の頭を小突いてくる。

「お前ら、本当、俺を寝かせろよ……」

実際、草野の目の下にはドス黒いクマがあった。

「それで、下田、お前、あんなところでなにしてたんだ？」

「こいつ、告白しに行ったんです」

伊丹、絶対殺す。必ず殺す。殺意を抱く俺の目の前で草野が露骨に引いていた。

「お、おう……そうか……まあ、そういうこともあるだろうな」

完全に誤解しているようだったが、それもしかたがないだろう。

「先生、違います！　俺は女の子が好きです！　綾瀬さんが好きなんです！」

草野は怪訝《けげん》そうな顔で俺を見ていた。そういう反応も、わからないではない。

うちはヤンキー校で、その上、外部との接触を遮断《しゃだん》されているため、教師を含めて暴力がものを言う学校だった。誰もが暴力を振るい、暴力に怯《おび》え、どんどんと疲弊《ひへい》していった。ある日、現状を嘆いた誰かがネットで拾った小話《こばなし》をしてくれた。ドイツ軍に捕まったフランス兵は牢屋に架空の女の子がいると想定して、正気を保っていたらしい、と。俺たちも戯《たわむ》れに綾瀬美穂という美少女がクラスにいることにして、つらくてむさくてストレスばかりの生活をしのいできたのだ。

「おい、下田、お前、頭大丈夫か？　うちは男子高で、それに綾瀬なんて生徒……」

「美穂はいますよ！　あそこで心配そうに俺たちのこと見てるじゃないっすか！」

伊丹の指し示すほうに綾瀬さんが立っていた。草野は呆《ほう》けるように見つめる。

「見えないっすか？　茶髪の超美少女っす！　品行方正の優等生で、大人しくて勉強のできる女の子っす！　家庭科実習の時とか、おいしいクッキー作ってくれる……」

疲れのせいか虚《うつ》ろな目をした草野は、一度目をこすってから俺たちの指さすほうを凝視する。そして、驚いたように口を半開きにした。草野にも見えたようだ。

「……そこの女子、自分の部屋に戻りなさい」

どうやら草野のストレスも限界だったらしい。

旅立ちの日に

上原小夜

Japan LOVE Story Award

上原小夜（うえはら・さよ）
1972年、福岡県生まれ。
第４回日本ラブストーリー大賞・大賞を受賞、『放課後のウォー・クライ』にて2009年デビュー。

著書
『放課後のウォークライ』（宝島社文庫）※単行本時は『放課後のウォー・クライ』

共著
『５分で読める！ひと駅ストーリー 乗車編』（宝島社文庫）
『５分で読める！ひと駅ストーリー 夏の記憶 東口編』（宝島社文庫）
『LOVE&TRIP by LESPORTSAC』（宝島社文庫）
『５分で読める！ひと駅ストーリー 冬の記憶 東口編』（宝島社文庫）
『５分で読める！ひと駅ストーリー 猫の物語』（宝島社文庫）

大学病院に入ってから、僕は息をあまり深く吸わないように注意していた。病院はきらいだ。

消毒薬と食べ物の混ざったような匂いも、生ぬるくこもった空気も、ナースステーションの面会簿に名前を書き込む、お母さんの疲れた横顔も。

僕たちは、おじいちゃんのお見舞いに行くところだった。

おじいちゃんは舌のガンで入院していて、もう長くはないらしかった。しばらく会っていなかったから、春休みになるのを待って、飛行機で会いにきたのだ。

僕は、このあいだ小学校を卒業したばかりだった。

おじいちゃんに中学の制服を見せてあげなさいとお母さんが言うので、しぶしぶ着てきたブレザーはまだ大きすぎて、ちっとも似合わなかった。

本当は、病院に来るのがいやだった。病院にいると、気分が悪くなってくる。病院のよどんだ空気を吸うだけで、自分まで病気になってしまうような気がした。

入院病棟の廊下を歩いていると、病室のベッドに横たわる患者の姿が目に入ってくる。僕は下を向いて、病室がなるべく視界に入らないように歩いた。

やがておじいちゃんの病室の前に着き、お母さんが振り向いて言った。

「航太《こうた》、ネクタイ曲がってる」

僕は首元に手をやって、慣れないネクタイの位置を直した。

「おじいちゃん、具合どう？」

お母さんはいつもより明るい声で、病室に入って行く。僕も黙ってあとに続いた。

おじいちゃんは、外国航路の航海士だった。

一年のうちの半分以上も船に乗って、世界の海をまわっていたらしい。

僕が生まれたころには、もう船を降りていたから、僕は船に乗っているおじいちゃんを知らない。

でも、おじいちゃんの書斎には、大きな帆船の模型や、古いランプや、外国の本なんかが置いてあって、僕は書斎に入るのが好きだった。

おじいちゃんは体格がよくて、ハーフに間違われるくらい彫りの深い顔立ちだったから、ソファに腰を下ろして本を読んでいると、書斎がそのまま船長室になったみたいだった。

僕の小さいころの夢は、おじいちゃんみたいな船乗りになることだった。大きくなったら、船に乗って世界中を見てまわるんだと、無邪気に信じていた。

でも、もうすぐ中学生になる僕には、だんだんわかりはじめていた。

僕は、根性がなくて、飽きっぽくて、勉強もスポーツもあまり得意じゃなくて、ほかに才能もなくて、何のとりえもない人間なんだ。おじいちゃんみたいに、長いあいだ船の上で孤独に過ごして、危険な目にも遭《あ》って、立派に仕事をやりとげるなんて、とても無理なんだ。

習っていた水泳も、サッカーも、途中でやめてしまった。中学受験も、志望校には届かなくて、数ランク下の学校にぎりぎりですべりこんだ。

たぶん、大学だってたいしたところには行けないし、就職もできるかどうかわからないし、将来の夢なんか何もなかった。

僕は、十二歳で、なんだかもう人生が見えたような気がして、うんざりしていた。

僕は大きくなっても、おじいちゃんみたいには、なれない。


病室に入ると、ベッドの上に、おじいちゃんが座っていた。

それは、僕の知っているおじいちゃんじゃなかった。

久しぶりに会うおじいちゃんは、がりがりに痩せて、頰もこけて、寝巻きから見える胸元には骨が浮いていた。

腕にも鼻の穴にもチューブを入れられ、ベッドの脇のモニターがピッピッと機械的に音を立てている。

おじいちゃんは、僕を見ると、枯木みたいな腕を上げて挨拶してみせた。

僕は、何も言葉が出てこなくて、ただ小さく頭を下げるのがせいいっぱいだった。

ベッドの横に座っていたおばあちゃんが笑顔で立ち上がり、僕の両手をとった。

「航太、よく来てくれたわねえ。大きくなって。春から中学生だってねえ」

「そうよ。これ、新しい中学の制服なの」

お母さんが僕の肩に手を置いて、おじいちゃんに声をかける。

「どう？　航太の制服。似合うでしょう」

おじいちゃんは目を見開いて、大きくうなずいてみせた。

「あら、おじいちゃん、顔色がいいわね」

「そうなの。元気そうでしょう」

お母さんとおばあちゃんは、口々にそう言って笑った。

僕はいたたまれなくて、思わず目を伏せた。

おじいちゃんは、全然元気そうなんかじゃなかった。

おじいちゃんの口の中はガンだらけで、舌もほとんど切り取られてしまって、もう食べることも話すこともできなくなっていた。

おじいちゃんは、もうすぐ死んでしまう。

それが、僕にもはっきりとわかった。

人が死ぬって、こういうことなんだ。

僕は、生まれてはじめて、死にゆく人を見ていた。

穴のあいた風船みたいに、おじいちゃんの痩せこけた身体から、いのちが音を立てて抜けていく。だけど僕には、止め方がわからない。

「今日は、いいお天気ねえ」

「この部屋は日当たりがよくて、明るくていいわね」

お母さんとおばあちゃんは、笑顔で話を続けている。

目の前に、去っていこうとする人がいて、それをどうすることもできないと、きっとみんな知っているのだった。

航太という僕の名前は、おじいちゃんがつけてくれた。

「航太の航という字は、船で海をわたるという意味なんだよ」

いつか、おじいちゃんはそう話してくれた。

「大きくなったら、航太は航太の船に乗って、広い海に漕ぎ出していきなさい。そして、おじいちゃんの見てきた世界や、おじいちゃんの見られなかった世界を、たくさん見てくるんだよ」

「うん！」

僕は、誇らしい気持ちでおじいちゃんの話を聞いていた。

おじいちゃんの書斎で、温かいランプの光に照らされて、おじいちゃんの隣に座っているのは、とてもいい気分だった。

「おじいちゃんが乗っていた船は、もう役目を終えて、今は港で、出港する船を見送っている。マストに旗を掲げてね。その旗は、『あなたの安全な航海を祈る』という意味を表しているんだ」

ソファにゆったりと腰かけているおじいちゃんはとても立派で、その横顔は、外国船の船長みたいだった。

僕は、尊敬と憧れの目で、おじいちゃんをいつまでも見つめていた。


いま、僕の前にいるのは、あのときのおじいちゃんとは別人だった。

あんなに頼もしかったおじいちゃんが、今はこんなに小さく、たよりなく、病院のベッドの上にいる。

僕はおじいちゃんがかわいそうで、見ていられなくて、人が病気になることも、死ななきゃいけないことも、何もかもがひどく腹立たしかった。

「入学式はいつ？」

おばあちゃんがたずねた。

「四月八日」

僕はうつむいて、ぼそぼそと答えた。

「航太が中学生なんてねえ。早いものねえ、おじいちゃん」

おばあちゃんが声をかけると、おじいちゃんはうなずき、テーブルの上の鉛筆を握って、ノートに何か書きつけた。手が震えて、一字一字を書くのに時間がかかった。

やがて書き終えたノートには、子供みたいな大きな字で、こう書いてあった。

おめでとう　新しい　旅のはじまり

「そうね。ほんとにね」

おばあちゃんも、お母さんも、涙声になった。

僕は顔を上げて、はじめてきちんと正面からおじいちゃんを見た。おじいちゃんは、歯のないしわしわの口で、にっこり笑ってみせた。

いま、おじいちゃんの旅が、終わろうとしている。

勇敢で、男らしくて、誇り高かったおじいちゃんの旅が。

ひとりぼっちで旅を終えるのは、どんなにさびしいことだろう。

僕は、何か伝えたくて、でも何を言えばいいのかわからなくて、ぎゅっと唇を結び、おじいちゃんの手をとった。

おじいちゃんの手は、もう前みたいにふかふかな大きな手じゃなくて、骨ばった、鶏がらみたいな手だった。それでも、僕の手をしっかりと握るおじいちゃんの手は、前と同じぐらい、力強かった。

おじいちゃん。

僕は、僕の船に乗って、広い海に漕ぎ出していけるかな。

僕の言葉は、声にはならなかった。ただ、おじいちゃんの手を、ずっと握りしめていた。

いま、おじいちゃんの旅は、終わろうとしている。

僕は、僕の旅の終わりに、いったい何を思うんだろう。

おじいちゃんは、そっと僕の手を離し、鉛筆を握った。そして、ゆっくりとノートに文字をつづっていく。

書き終えると、おじいちゃんは微笑んで、僕にノートを差し出した。

そのページには、ところどころ震えた、でもしっかりと力強い文字で、こう書かれていた。

貴船の　ご安航を　祈る
どうか　たのしい旅を

愛国発、地獄行きの切符

八木圭一

八木圭一（やぎ・けいいち）
1979年、北海道十勝生まれ。
第12回『このミステリーがすごい！』大賞を受賞、『一千兆円の身代金』にて2014年デビュー。

著書
『一千兆円の身代金』（宝島社文庫）
『警察庁最重要案件指定　靖國爆破を阻止せよ——』（宝島社）

共著
『５分で読める！ひと駅ストーリー 本の物語』（宝島社文庫）

未沙《みさ》は、飛行機の窓に吸い寄せられるようにして身を乗り出していた。

羽田を七時五十分に発《た》ったＪＡＬの５７３便は、とかち帯広空港に向けて最終の着陸態勢に入り、高度を下げ始めていた。眼下には一面の大雪原が広がっている。真っ平らな銀世界の中に家がポツン、ポツンとある。それは幻想的であり、かつ懐かしい景色だった。

反対側を振り向くと、隣のシートでは窮屈そうなスーツに身を包んだ巨漢が相変わらず小さな鼾《いびき》をかいている。外界は氷点下の世界だというのにどこか暑苦しい。

もう一度、窓の外に眼をやった。ゆっくり、ゆっくりと大地が近づいてくる。

やがて、大きな振動とともに機体は滑走路に着地し、隣の巨漢が突然眼を見開いた。揺れがきて、ジェットエンジンの音が耳をつんざく。アナウンスの後、機体は空港ターミナルに向かって走行を続ける。動きが止まると、巨漢が立ちあがり、空間が一気に広がった。

機体を出て通路に入った途端、驚くほどの冷気に包まれた。途端に首をすくめる。目の前のスカートにロングブーツの若い女性から「さむーい」という言葉が聞こえてきた。未沙はダウンにパンツにスニーカーと、動きやすい格好で身を固めていた。

到着ロビーを抜けると未沙はエスカレーターで二階に上がり、カフェに入った。カウンターでホットコーヒーをオーダーして受け取ると、窓際の席に腰を下ろす。客はあまりいない。ダウンのジャケットを脱ぐ。

　バッグから手帖を取り出して開いた。周囲を一瞥《いちべつ》してから大きなサングラスを外す。そこには今回のスケジュールプランが詳細に書き込まれていた。自分の意志だけでは動かせないため、不測の事態に備えた対応、注意すべきポイントもまとめている。

　数時間後に訪れる人生の分岐点。選択肢は、AかB。それ以外はない。

〈それ以外はない。〉という文字は幾重《いくえ》にもボールペンで丸囲みがなされていた。

　このプランは数ヶ月前から練りに練って、何度も見返した。頭に叩き込まれている。

　ブラックのコーヒーが喉に吸いこまれていく。いまはただ苦味だけが欲しい。もう一杯お代わりして、ゆっくりと飲み干した。右手が微《かす》かに震えている気がした。

　腕時計に眼をやった。そろそろ、待ち人が到着する時間だ。一階へ降りる。エントランスのドアを開くと、今度こそ本格的な寒さが襲いかかってきた。マフラーに顔を埋める。

　一直線に、真っ白いカローラ・フィールダーへと進んだ。後部座席を開けて、大きなリュックサックを押し込む。そして、助手席に乗り込んだ。シートベルトを閉める。

「雪道、慣れていないでしょ。運転、わたしがかわろっか」

「いや、何度も走ったさ。スピードは出さないから、大丈夫だよ。無茶はしない」

　車がゆっくりと動き始めた。運転席に座る赤津《あかつ》仁《じん》は未沙より九つ上だ。フリーのカメラマンをしている。未紗が旅行雑誌でモデルをしていたときに撮影で知り合った。腕は一流で、自分の魅力を引き出してくれる写真を見るたび、胸が踊った。

妻子がいることを知りつつ、赤津の魅力に惹かれて深い関係になった。慎重な赤津は、都内で会うことを避け、地方での仕事にたびたび未紗を誘った。そうして日本中を不倫旅行してきたのだ……。

「本当に行くのか、あの、安っぽい駅にさ」

故郷をバカにされた気がして、未沙は苛《いら》ついた。

「このすぐ近くなのよ。ちょっとくらい、いいでしょ」

「知っているよ。俺も撮影に行ったことがあるからな」

空港の近くに、観光客向けの名所がある。いまはもう廃線になってしまい、使われていない駅舎の「愛国駅」と「幸福駅」だ。未沙が生まれる前、もう随分と昔だがテレビ番組で紹介され、縁起がいいと、愛国駅から幸福駅行きの切符が話題となった。「愛の国から幸福へ」というキャッチフレーズとともに流行し、歌も誕生したらしい。

ただ、地元の人間がわざわざ立ち寄ることはない。帯広で生まれ育った未沙も、三十三歳になるまで、一度も訪れたことがなかった。両親が事故死したこともあり、大学進学で上京して以来、帰省するのも数年に一度あるかないかだ。子供の頃、父からもらった「幸福行き」の切符は御守《おまもり》にしていた。

愛国駅に到着すると、未沙たちの前に、若い男女が一組だけ来ていた。二十代前半だろうか。自撮り棒の先のカメラに向けて顔を寄せ合い、ポーズを取っている。

「冬は日曜日以外閉まっているようだ。もういいだろ」

カップルをぼんやり見ていた未沙に赤津が言い、車に乗り込む。赤津は早く目的地へ急ぎたいようだ。これから一時間半かけて、上士幌町《かみしほろちょう》の糠平湖《ぬかびらこ》に向かう予定だった。湖の中にタウシュベツ川橋梁という、古代ローマ遺跡を思わせる美しい橋がある。水位が下がった時にだけ姿を現すため、幻の橋とも言われる。赤津のお目当てはその橋だ。明日は近くから撮影する予定だが、今日も展望台から狙いたいと事前に聞いていた。旅行雑誌の特集ページの巻頭をかざることになるらしい。未沙は橋をまだ見たことがない。

「幸福駅はいいだろ。糠平湖とは反対方向だ。せっかくこんなに天気が良い〝十勝晴れ〟だし、明日は雪が降るというからな、今日が絶好の撮影日和《びより》なんだ」

たった十分なのに、という言葉を飲み込む。わかっていた台詞《せりふ》だ。

「うん。ただ、ここに来たら聞いてみたかったの。約束のこと、どう考えているのか」

「約束って、なんのことだ」と惚《とぼ》けられ、未沙は「結婚のこと」と即答する。

赤津が黙り込む。溜め息が聞こえてくるようだ。その答えも初めからわかっていた。

「玲奈《れな》ちゃんが小学校を卒業するまで待ってくれと言われて、わたしは待ち続けた。

それが、中学校を卒業するまでに引き延ばされた。この三月には卒業するはずよね」

「ああ、そのことならもう忘れたのかと思っていたよ……」

「それって、どういうこと？　はっきり、あなたの言葉で聞かせて欲しい」

「結婚の話はもうしばらくしていない。だから、そんな約束はなくなったと思っていた」

悪寒《おかん》がして身が震えた。自分でも信じられないほど強烈な殺意が胸の奥底から沸き起こってくる。もともと芽は出ていたのだ。この男がいま急成長させてくれた。いま、選択肢はたったひとつに絞られた。ゆっくりと呼吸を整える。

「そう、わかったわ」と答えると、赤津は意外そうな視線を向けてきた。「わかってくれるのか」と問われ、未沙は首を垂れた。

「もうすべて終わりにしましょう」

「まあ、そうなるよな」運転席の男は他人事のように呟いた。

「ええ、わたしも幸せになりたいの。未来のない恋愛はもう疲れた。わかるでしょ」

「ああ、わかるよ」赤津が大きく溜め息を吐き出した。

「あなたの奥さんに関係がバレたらわたしは訴えられるかもしれないの」

「いや、あいつはトロいし、鈍感だから、絶対にバレてない」

殺意を増長させる言葉だった。憎らしかった妻にさえ、いまでは味方に思えてくる。

「ただ、ずっと罪悪感はあった。君には本当に申し訳ないことをしたと思っているよ」

未沙は窓の外に眼をやった。殺意が溢れ出てくるのを感じる。選択肢のAは、彼を殺して自殺するというものだった。Bは、彼を事故に見せかけて殺害するというものだ。自殺をすることはもう考えられない。即決できた。Bしかない。こんな男のために、自分の命を投げ出すのはもったいない……。

赤津は写真家としてはプロフェッショナルだ。撮影の際は対象物に全神経を集中させる。その隙をついて、橋から突き落とす。必ずチャンスは訪れる。糠平湖にほど近く、北海道の国道で最も高度がある三国峠が、絶好の機会。昔、家族三人で橋から身を乗り出してみた美しい紅葉の記憶が微かにある。

いま思えば、笑ってしまう。赤津が自分と結婚してくれるなんて、絶対にないとわかっていた。それなのに、心の何処《どこ》かで期待する気持ちを捨てきれなかった。

カローラは日高山脈に向かって快調に飛ばした。

自分が人殺しをするなんて……。でも、もう後には引き返せない。

やがて、予定時刻よりもずっと早く糠平湖にほど近い展望台に到着した。真っ白い雪の中に姿を現したタウシュベツ川橋梁は、遠くからでも幻想的で見とれるほど美しかった。思わず自分のスマホでも望遠で撮ろうとしたが、ちょっと距離がありすぎる。

様々な角度から二時間ほど撮影をした赤津が満足気に三脚を片付け始めた。

「よし、今度は三国峠だ。紅葉の季節が一番だが、白銀の樹海もいい。三国峠休憩所で本格的な自家焙煎のドリップコーヒーを飲めるんだが、冬は休みなんだよな……」

赤津は自販機に立ち寄ると、コーヒーを買ってきてくれた。冷えきった身体に沁み込んでいく。でも、こんなことでは騙されない。この後、未沙は最後の決断を下すことになるだろう。赤津が三国峠の駐車場に車を入れた。そのまま、赤津はなぜか、車を動かそうとはしない。窓の外に目をやると、ゆっくりと夕闇が空を染め始めている。

残っていたコーヒーを飲み干すと、目眩《めまい》がきた。首を振る。でも、力が抜けていく。

「な、なぜ……」

「悪いな。強めの睡眠薬を入れたんだ。君の存在が邪魔になったからさ」

「そ、そんな……」

「どんだけ付き合ったと思っているんだ。お前、さっきの嘘だろ。目を見れば何を企んでいるかはすぐにわかる。悪いが、実は前々から計画していたんだ。復讐されても恐いから、故郷で人生に絶望した君には飛び降り自殺してもらう。明日は雪が降るし、あの大樹海だ。死体はしばらく見つからないだろうな」

悪寒が背中を走った。確かに優しかった赤津の様子が、今日は違っていた……。

「安心しろ。このまま眠れば天国まで一瞬だ。いや、地獄か」

赤津は悪魔のような顔で相好《そうごう》を崩した。なにも言い返せない。

意識が遠ざかっていく。哀れな末路だ。偽《いつわ》りの愛国駅から、地獄行きの汽車に乗ったのだ。親孝行できなかったが、死んでも両親のそばに行けないなんて――。

深い闇の中で、未沙は宙《そら》を浮遊している気がした。寒い。氷の世界に迷い込んだようだ。地獄って氷点下なのだろうか。

と、次の瞬間、思い切り頬を叩かれた。何度も繰り返される。

「しっかりしろ！　きみ、しっかりしなさい！」

気づくと未沙はなぜか巨漢に抱きかかえられていた。橋の下ではなく、上のようだ。何が起きたのか。目の前の男はどこか見覚えがある。そうだ、飛行機で隣に座っていたあの男だ！

「てめえ、なんなんだよ！」

赤津が鼻と口から激しく出血している。どうやら、この男に自分は救われたのか。

「俺は探偵だ。あんたの妻に雇われて二人を追いかけていた。ずっと会話は盗聴していたんだ。あんたが彼女を殺そうとした証拠は残っている。終わりだよ、あんた」

赤津が鬼の形相で探偵に殴りかかったが、投げ飛ばされた。こんなことって……。

「大丈夫か、あんた。殺されるところだったんだぞ」

未沙は御守の切符を握りしめ、探偵の胸にしがみつき涙が枯れるまで泣き続けた。

雪色の恋　有沢真由

有沢真由（ありさわ・まゆ）
愛知県名古屋市生まれ。
第８回日本ラブストーリー大賞・隠し玉として、『美将団　信長を愛した男たち』にて2013年デビュー。

著書
『美将団　信長を愛した男たち』（宝島社文庫）
『R　保険査定者・御手洗沙希の事件ログ』（宝島社文庫）

共著
『５分で読める！ひと駅ストーリー 夏の記憶 西口編』（宝島社文庫）
『５分で読める！ひと駅ストーリー 冬の記憶 西口編』（宝島社文庫）
『５分で読める！ひと駅ストーリー 本の物語』（宝島社文庫）

冬の柔らかな朝日に照らされた新雪は、ダイヤモンドの欠片《かけら》を含んでいるのではないかと思うほど煌《きら》びやかに輝いている。その白銀の眩《まぶ》しさに思わず目を細めた。

穏やかなゲレンデの朝。

雑誌でこのスキー場の景色を目にした時、理由もなく行かなくてはという衝動に駆られ、心の赴《おもむ》くままに旅立ちを決めた。一人旅を心配する周囲の声もあったけれど、この地を訪れて正解だったと実感している。

デジャヴというのは、こういう経験をさすのかもしれない。初めて訪れた場所なのに、私はこの場所をよく知っているという感覚。既視感《きしかん》――。

画像としてみた視覚的な記憶を、そのように錯覚しているのでは決してなかった。その証拠に、写真には写っていなかった大きなモミの木や、リフト券売場の屋根の下に、マフラーをした雪だるまのマスコット人形があることを何故か目にする前から知っていた。

「ここなのかな」

ポツリと呟いてみる。

「ここなのかもしれない」

私は自身の問いかけにそう答えた。

＊

久しぶりにきたスキー場付近には、真新しいホテルが建っていて以前の景色とは幾分異なっていた。それでもゲレンデは昔のままだ。学生時代から麓《ふもと》にあるお食事処兼売店を見て、まるで里帰りをしたような安堵感《あんどかん》を覚えて微笑む。

僕が大学時代に所属していたスキー同好会には、スキー班とスノボー班があった。本当はボードでキメたかったが、やってみてセンスがないとわかり、結局スキー班に落ち着いた。

実はスキーの腕前もイマイチだけれども、占いや運命といった類《たぐい》の話が好きな僕は、自前のタロットカードで仲間の運勢を占ったりしたので女子ウケも良かった。

ただ彼女たちにとって、僕はあくまで人畜無害なロマンティストで恋愛対象ではなかったし、こちらもそれがむしろ気楽で心地よかった。

「運命の出逢いがしたいんだよね。ぱっと見た瞬間に、〝ああ、この人なんだ〟ってわかるような」

スキー合宿先で、こんな本音をぶちまけたこともある。

「いわゆる運命の赤い糸？」

「うん。前世から縁のある人とは、初対面でもなぜか初めて会った気がしない。旧友と再会したような言い知れぬ懐かしさを感じる、って話を聞いたことあるし」

「キモッ。知らない人からそんな風に思われたらマジで引くわ」

「アタシも。思い込みの激しい人って怖い」

女子は運命や奇跡といった言葉に惹かれる人が多いわりに、実は男よりもずっと現実的でシビアだ。夢にひたる時間と、現実を直視する時間をはっきり分けていたりする。

たとえ夢みる夢男くんと言われようとも、僕は運命的な愛の磁力を信じたい。というのも、実際に僕の姉夫妻がそういう出逢いをしたからだ。

姉は旅先の海外で、のちに夫となる義兄と出逢った。電車の時刻を間違えたことに気づかないまま指定席に座っていた義兄に、その席に座るはずの姉が話しかけたのがキッカケだった。目が合った瞬間、互いに雷に打たれたかの如くその場を動けなかったらしい。「愛の矢に射抜かれて息をするのも忘れたわ」と姉は未だにのろける。

非日常に身を投じなければ、出逢うことすらなかった二人。運命の赤い糸が紡《つむ》ぎだすミラクルな妙技を僕も味わってみたい。

「なるほど。だからスキー同好会に入ったのね。ゲレンデの恋に憧れて」

そのとおりだった。

どこにでも転がっている陳腐な生活の中で、魂を揺さぶられるような劇的な展開を期待するほど図々しくはない。そのうえ僕は、恋人を作るという目的を全面に掲げた合コンは苦手ときていた。となれば行動範囲を広げ、まだ見ぬ運命の人に会うべく旅に出るしかない。

旅行サークルに入ることも検討したが、単に旅するだけでは仲間と密着して終わりの気がする。ドラマティックな舞台には海や山といった大自然、それにスポーツなどの小道具が要ると考え、結果的に選んだのがスキー同好会だった。

「つまりお前は恋に恋しているだけ。神がかり的な出逢いなんてそうはない。そんなじゃ、いつまで経《た》ってもカノジョなんかできんぞ」

そう言ったのはスキー班の一年先輩、十藻《じゅうも》さんだ。小柄で華奢《きゃしゃ》な僕とは対照的で、ヒグマを思わせる図体と手の甲までびっしりと生えた体毛は、山男とか山岳部といった方がしっくりくる。善人だが明け透《す》けな性格の彼は、良くいえばワイルドだが、はっきりいえばガサツで僕以上にモテなかった。

ところが三十代半ばを過ぎた頃、幸運の女神《めがみ》が彼に微笑んだのである。

「急に休みが取れたから、ふらっと一人でスキーに出かけたんだ。今シーズンはまだ滑ってなかったし、新車の慣らし運転を兼ねてさ」

買ったばかりの新車でスキー場へ行くというのがいかにも十藻さんらしい。車が汚れることなど気にも留めないのだ。

「お前も知っての通り、あそこの上級者コースは半端《はんぱ》ねえだろ」

「なにせ通称ストレートネックコースですからね」

「ひさびさに見たらほぼ垂直って感じでビビった。けど、きた以上は滑るしかねえなって覚悟したら、先に滑り出した女の子がド派手にすっ転んでてさ。板の先が片方は頭上に、もう片っぽは足元の雪に喰い込んでローマ字のHみたく固まってた」

「アハッ。光景が目に浮かびます」

「捻挫《ねんざ》してるし、救護車を呼ぼうにもどこに連絡すりゃいいかわかんねえわで、仕方なくおぶって下まで降りたさ。ただでさえ急なコースだから内心ヒヤヒヤしたけど、いざとなるとできるもんだな」

　彼は医療関係の仕事に就《つ》いていることもあって、転んでいる人を放ってはおけない性分なのだ。病院へ連れて行ったあとは一緒に食事をして、バスツアーできたという彼女とその友達を家まで送り届けたという。彼女たちが住む街は真逆の方向だったが、自慢の新車を披露したいという願望とモテたいという下心も手伝い、往復で十時間近い距離をひた走った。

「まあ、なんつうか。それで付き合ってみるかって話になって」

　スキー場を訪れる男女が一度は空想するような甘いエピソード。僕も何度そういう展開を夢みたか知れない。

　僕は大いなる勇気を貰った。十藻さんにできて僕にできない筈はないという、失礼かつ根拠のない自信が湧いてくる。

過去に何度も訪れたあのスキー場には、もしかすると縁結びの力が生まれつつあるのかもしれない。縁起物、パワースポット、験担《げんかつ》ぎ、セレンディピティー等々。幸運を呼び込みそうなものにはとりあえず乗っかってみる僕は、勝手知ったるスキー場へと向かった。

買い換えたばかりの真新しいスキーウエアに身を包むと、自分までが新品になったようでテンションも上がる。

——今度こそ、運命の人に出逢える気がする。

リフト券売場の屋根の下には、マフラーをした雪だるまのマスコット人形がいる。懐かしい笑顔で僕を迎えてくれたその鼻にちょんと触れた。さして意味はないが、滑る前に行う僕だけの儀式だ。

山頂は穏やかな晴天で絶好のコンディション。まるでベールを取り去ったかのように鮮明で、雪化粧をした山や大地の息づかいまでもが聞こえてきそうだ。

僕は深呼吸して新鮮な空気を身体に満たすと、スキー板で雪を蹴った。これからの人生をともに過ごすパートナー、出逢うべき人と出逢うために——。

＊

麓にある食堂の片隅に座り、一人でぼんやりとゲレンデを眺めている私に、何人かの男性が声をかけてきた。

「あれっ、滑らないの？　なんならスキーでもスノボーでも教えてあげるよ」

女性がこんな場所に一人でいるのは不自然で物欲しげに見えるのだろう。静寂を邪魔されるのが次第に苦になり、適当な言い訳をすることにも疲れたので、いったん外の空気を吸うことにした。

ニット帽を被り、手袋をはめながら食堂のドアを開けると、ふいに現れた一人の男性とぶつかりそうになった。

彼を見た瞬間、私ははっと息を飲んだ。彼もまた私を見て、目を丸くしている。

「驚きました。まさか、こんな所で会うなんて」

「ホント、奇遇だね。けど君が何故ここに？」

レジャーが目的ではなく、心に導かれるままやってきたと告げると、彼は感慨深げに言った。

「そうか……それにしても、こんな偶然が本当にあるなんて」

「これは偶然、なのでしょうか？」

私がまっすぐに見つめると、彼は明らかに戸惑った様子で困ったように目を逸《そ》らせた。そして一つ深いため息をつくと、観念したように「ついてきて」と再びゲレンデの方へと歩き出した。

思いがけない再会に、探していた答えを見つけたような気がして、どうしようもなく胸がざわめく。私は時折、雪に足を取られながらもあとに続いた。

彼はゲレンデの入口にある案内板の前までくると振り返った。

「ここから先は僕の独り言だから、聞いたらすぐに忘れてね」

「……わかりました」

「あいつ、願いを叶えたんだな。言葉に頼らなくても、わかり合える女性とめぐり逢いたいってよく言ってた」

その瞬間、厚手のセーターの下に隠れている大きな手術痕にふと温《ぬく》もりを感じた。

私をこのスキー場へと向かわせた予感は、やはりそうだったのだ。

スキー場のコースが表示された案内板には、一つだけ閉鎖中のシールが貼ってある。昨シーズン、そこで大きな事故があったらしい。時期的に、私が心臓移植を受ける少し前だ。

臓器移植コーディネーターの十藻さんには守秘義務があるから、これ以上のことを聞き出すのは無理だろう。でも、もう充分だった。

――僕たちは、運命の出逢いをしたんだね。

リフト券売場の屋根の下にいるマフラーをした雪だるまのマスコット人形に、そう話しかけられた気がして涙が込み上げてくる。私は人形に近づくとその鼻に指を押し当て、生きる力を与えくれたドナーを想いながら小さく頷いた。

勇者は本当に旅立つべきなのか？

遠藤浅蜊

遠藤浅蜊（えんどう・あさり）
1979年、新潟県生まれ。第２回『このライトノベルがすごい！』大賞・栗山千明賞を受賞、『美少女を嫌いなこれだけの理由』にて2011年デビュー。

著書
『美少女を嫌いなこれだけの理由』（このライトノベルがすごい！文庫）
『魔法少女育成計画』（このライトノベルがすごい！文庫）
『魔法少女育成計画restart（前）』（このライトノベルがすごい！文庫）
『魔法少女育成計画restart（後）』（このライトノベルがすごい！文庫）
『魔法少女育成計画episodes』（このライトノベルがすごい！文庫）
『魔法少女育成計画limited（前）』（このライトノベルがすごい！文庫）
『魔法少女育成計画limited（後）』（このライトノベルがすごい！文庫）
『魔法少女育成計画JOKERS』（このライトノベルがすごい！文庫）
『魔法少女育成計画ACES』（このライトノベルがすごい！文庫）
『特別編集版 魔法少女育成計画』（宝島社）

共著
『５分で読める！ひと駅ストーリー 乗車編』（宝島社文庫）
『５分で読める！ひと駅ストーリー 夏の記憶 西口編』（宝島社文庫）
『５分で読める！ひと駅ストーリー 冬の記憶 東口編』（宝島社文庫）
『５分で読める！ひと駅ストーリー 本の物語』（宝島社文庫）

裁判長は重々しく口を開いた。

「ただ今より裁判を開始します。では勇者側の弁護人からどうぞ」

裁判長に促《うなが》されて弁護士が立ち上がった。鬘《かつら》を頭にのせた大時代的な格好で権威をアピールする裁判長に比べ、服も髪型も今風で、すらりと背が高く足も長い。

「弁護人は『勇者』の無罪を主張します」

傍聴席が小さくどよめいた。哀れっぽく訴え情状酌量を求めるのだろう、と皆が思っていたはずだ。その反応に満足したのか、弁護士は口の端《はし》に笑みさえ浮かべている。

「皆さんご存知のこととは思いますが、魔王が百年ぶりに復活しました。これを倒し、世界に平和をもたらすことができるのは勇者の血を引く被告人ただ一人です。にも関わらず被告人は城下から出ることもなく酒場に入り浸り飲み耽《ふけ》っていた。これは国に対して……否、世界に対し反旗を翻《ひるがえ》したも同然とされ、現在の扱いを受けています」

被告人席の勇者が舌打ちをした。勇者にあるまじきふてぶてしい振る舞いだが、鼻の頭を赤くし、無精ひげ、蓬髪、近寄るだけで熟柿《じゅくし》臭い男には驚くほど似合っている。

「ですが、勇者には一片の責もありません。問題があったのは国家です。弁護人は勇者の代理人として国家に対し正当な地位及び権利の復活を請求します」

弁護士はちらと勇者に目を向け、すぐに裁判長へ向き直った。

「証人をお願いします」

白鬚の老人が証言台に立った。動作は年齢不相応にきびきびとし、学者風の裾の長いローブは年季が入っていて、しかし汚らしくはない。

「証人。氏名と職業を」

「ジョーンズ。勇者の研究者です」

「証人。あなたの知る勇者の歴史を」

丸眼鏡《まるめがね》のふちに指を当て、ジョーンズ老人は手元の資料の一つを証言台で開いた。

「ええ、今より千年もの昔。魔界から魔王が侵攻してきました。初代勇者は銅貨百枚と一振りの短剣を当時の国王陛下から賜《たまわ》り、魔王退治に赴《おもむ》いたそうです。それ以来百年に一度魔王が復活する度《たび》、勇者の子孫が魔王の城に出向き、魔王を退治して帰ってくるようになりました。そちらの勇者様は十代目ということになりますな」

「研究者として率直《そっちょく》にお話いただきたい。現状の制度になにか問題がありませんか」

「あります。銅貨百枚に短剣一本で魔王を倒してこいとはあんまりではないかと」

「裁判長」

勇者担当大臣が手を挙げ遮《さえぎ》った。役目柄《がら》か声が大きく、見た目も押し出しが強い。

「証人曰《いわ》く過去の勇者は銅貨百枚と一振りの短剣を賜り旅立った。それでは不足しているというが、足りていたからこそ歴代勇者は魔王を倒してきたのではないか」

弁護士が鼻で笑い、大臣はそれを憤然と睨みつけた。

「いやいや、大臣のおっしゃられることはごもっともですが……証人、続けて説明を」

「物価が違っておるのですよ。千年前……そこまで遡《さかのぼ》る必要もありますまい。百年前と比べてさえ物価が違っております。こちらのフリップをご覧ください」

フリップには図と数字が並んでいた。百年前の物価と比べ、実例を出すことでわかりやすく解説してある。薬草の値が五倍、木賃宿の宿代が七倍、武器屋で最も安価な武器である「木の棒」が十倍に変化していた。

「このようにあらゆる物の値段が上がっておるのです。それにより労働の対価も……」

二枚目のフリップには若者百人に聞いたアンケートの結果が記されていた。「時給銅貨百枚であなたは働きますか？」という質問に対し、九十八パーセントの若者が「否《いな》」と答えている。個別意見には「子供の小遣いか」「雇い主にそう言われたら訴える」「最低賃金知らないの？」「ふざけんな」と否定的な意見がずらりと並んでいた。

「物価の上昇は政治が悪いというのもありますが――」

貴賓席で大きな咳払いをする者がいた。皆がそちらを見る。と、そこには憮然《ぶぜん》とした表情で口元に握りこぶしを当てる国王がいて、見た者は慌てて目を逸《そ》らした。

「……政治の良し悪しは置いて物価は上昇しています。銅貨百枚はいかにもきつい」

「証人は魔王征伐の報酬が銅貨百枚でしかないと考えているのではないか？」

大臣は部屋の中に音を響かせ、顔の前に大きなフリップを立てた。

「これを見ていただきたい。現在城下町の武器屋にて行われている全キャンペーンだ」

フリップには「子鬼の角高価買取」「スライムの核、特別奉仕価格で引き取り〼」「武器防具セット購入者に一割サービス」といった惹句《じゃっく》が派手な字体で並んでいる。

「陛下より賜る一振りの短剣と百枚の銅貨は魔王征伐への報酬ではなく、あくまでも補助に過ぎない。勇者は他に収入源を持っているからだ。魔物を倒し戦闘経験を得るとともに売却可能な部位を剥《は》ぎ取る。全く無駄がない。さらにだ」

大臣は懐《ふところ》から二本の短剣を取り出した。

「冶金《やきん》、精錬、鍛冶《たんや》、研磨、武器製作に関わるあらゆる技術が日々進歩している。右の剣は現代の技術で作られた剣、左は百年前の技術を再現して特別に作った剣だが」

甲高《かんだか》い金属音が鳴り、傍聴席がどよめいた。現代の短剣の一撃によって百年前の短剣が半ばほどから折れてしまっている。

「このように百年前とは品質が比べ物にならん。武器に限らず、毒消しの薬効成分、聖水の退魔効果等も進化が著《いちじる》しい。それを置いて価格の上昇ばかりに気を取られるのは論外だ。費用対効果で言えば百年前より現代の方が上回っているのである。つまり、物価の安かった百年前と比べても銅貨百枚になんら劣るところはない」

ジョーンズ老人は気まずそうに髭をしごいた。助けを求めるような目で弁護士を見た。弁護士は小さく頷き、割りこむように助け舟を出した。

「銅貨百枚があまりに少ないというのは皮切りに過ぎません。要するに世界が脅かされているにも関わらず国はあまりに非協力的ではないかと。証人、次の証拠を」

「我が家の倉庫には歴代勇者様の研究資料がわんさとございます。後世の記《しる》した伝記であったり、ご本人が認められた備忘録であったり、日記であったりといった物もいくつか揃えてあります。その中から旅の中で感じた不満についていくつか抜き出してまいりました」

ジョーンズ老人は再び証人席で資料を広げた。今度は古い羊皮紙《ようひし》だった。

「旅の中の不満で最も多かったのはですな。勇者のみが抜くことができる伝説の剣についてです。城内東端の宝物庫に安置されているわけですが、その宝物庫は四方を毒の沼地に囲まれ、世界に一つしかない魔法の鍵でしか開けられない錠が下ろされております。錠を開けずに手を触れれば常人が五度死ねる電撃が流れます。これは単に魔王に奪われないよう守っているというわけではありません。歴代の勇者様が求めようと頑《がん》として宝物庫から出すことなく、勇者様方は必死の思いで宝物庫から盗み出しておられます。魔物より宝物庫の方が手強《てごわ》かったという記述も一つ二つではなく、さらに他国からも国宝だから惜しんでいる、あの国は本当にケチだと陰口を叩かれ――」

貴賓席で咳払いがあった。国王だった。

「……失礼しました。しかしそういった陰口があるというのは事実であり――」

大臣が「話にならん」と苦々しく吐き捨てた。説明を遮られたジョーンズ老人は、ずり下がろうとする眼鏡の縁に指を当て位置を整え、当惑した表情で聞き返した。

「話にならん……とはどういうことでございましょうか」

「言わずと知れたこと。剣を手に入れる過程で勇者自身が磨《みが》かれることを証人は軽視している。魔王を倒すための旅とは勇者の成長の場でもあるのだ。ただ安楽に旅ができれば良いというものではない。毒の沼地を維持するために城勤めの庭師には独自の技術が継承され、薬剤の購入費、沼の整備費等に勇者関連費の五分の一が費《つい》やされている。少し油断すれば毒が涸《か》れたり沼が広がったりするという絶妙な状態を職人の技で保ち続けているのだ。これも全ては勇者の成長のため」

貴賓席で拍手する者がいた。国王だった。大臣は拍手を無視して続けた。

「成長無くして勇者無し。魔王という強大な敵を倒すためには成長が必要不可欠だ」

「成長云々《うんぬん》をお題目に試練として与えられるものばかりではありません。生命に直接関わってくることが全く少なくない。証人、続きをお願いします」

「続いての勇者様の旅にまつわる不満はですな。物も情報も与えないくせに死んで帰ってくると『なんと情けない』と叱られ、それによって大変な屈辱を与えられ――」

貴賓席で咳払いが聞こえた。もはや誰もそちらを見ようとはしなかった。

「死亡手当がついてもいいのではないか、という記述も散見します」

「甘えているからそんなことが言えるのだ」

大臣は新たなフリップをどん、と置いた。

「勇者が命を落とすというからには、まずとんでもない場所だ。魔物でいっぱいの洞窟最奥であったり、毒の沼地の只中であったり、吹雪《ふぶき》の雪山だったり、魔王の目の前だったりする。そこから勇者の死体を回収し、王の元まで届ける者の労苦たるや」

勇者回収隊の殉職率がグラフで記され、残された遺族の悲嘆が併記されていた。

「さらにだ。蘇生《そせい》に関する費用を勇者側は一切考慮していない。自分は蘇《よみがえ》って当然、感謝する必要もないと思っているから無駄に危険な真似《まね》をして生命を落とす。人間一人を確実に蘇生するためどれだけの術者を呼ばねばならぬと思っておるのか」

「最近の技術発展で安価な蘇生法が開発されたと聞きますが」

「十分の一程度の支払いで済むというのは事実だが蘇生率が七割になると知らんのか」

「七割の壁くらいは越えてこそ勇者です。七割でも当然生き返る。決まっている」

勇者が「えっ」と声に出し、驚きに表情を歪《ゆが》めて弁護士を見たが、驚かれた側は見返そうともしなかった。「流石《さすが》は勇者だ」「たいしたものだ」「俺には真似できん」とざわついていた傍聴席が静まるのを待ち、裁判長が弁護士に目を向けた。

「弁護人、他に陳述することは」

「勇者の重要性を示すためにいくつかのアンケートを用意しておきましょう」

「検察側から反対尋問はありますか？」

「現在、国庫管理部門が総力を挙げて『勇者が魔王を討伐せずに放置した場合の被害額』を試算している。勇者に対して国庫は甘すぎるのではないかという国民からの疑問に対する回答として始められた作業だったが、こちらにも流用できるだろう」

「貴重な伝統芸能は高い金を積んででも維持されるべきものでしょう」

「勇者を伝統芸能と一緒にするな」

「双方お静かに。では次回公判は三週間の後とします。勇者の旅立ちが遅れる事情につきましては私から魔王側に説明しておきますのでご心配なく」

◇

互いの争点が噛み合わず、泥沼化を懸念された勇者弾劾裁判は、五度目の公判終了後に国王が「銅貨百枚に加えて薬草三枚をつける」と譲歩したことで一応の決着を見た。が、ようやく歩み出した魔王征伐の旅は、勇者が城下町の民家に忍びこみタンスを漁っているところを現行犯逮捕されたことで再び暗礁にのり上げた。勇者は民家のタンスを漁る権利を持っているのか？　民家とダンジョンは法的にどれだけ違うのか？　新たな裁判によって事の是非が問われようとしている。

卒業旅行ジャック

篠原昌裕

篠原昌裕（しのはら・まさひろ）
神奈川県横須賀市ハイランド生まれ。
第10回『このミステリーがすごい！』大賞・隠し玉として、『保健室の先生は迷探偵!?』にて2012年デビュー。

著書
『保健室の先生は迷探偵!?』（宝島社文庫）
『死にたがりたちのチキンレース』（宝島社文庫）

共著
『５分で読める！ひと駅ストーリー 乗車編』（宝島社文庫）
『もっとすごい！　10分間ミステリー』（宝島社文庫）
『５分で読める！ひと駅ストーリー 夏の記憶 東口編』（宝島社文庫）
『５分で読める！ひと駅ストーリー 冬の記憶 西口編』（宝島社文庫）
『５分で読める！ひと駅ストーリー 猫の物語』

カーステレオのラジオからは深夜のニュースが流れている。

本日未明、神奈川県内で三十代と思われる男がナイフで刺されているのが発見された。犯人はまだ捕まっていないという。

しかしそれがどうした、という雰囲気がこの車内には充満している。

ウサッチ、ナユミン、そして、私——ケロ子を乗せたワンボックスカーの中は、「女だらけの卒業旅行ドライブ」というコンセプトに、のっけからテンションが上がりまくりだった。

「ジャジャンッ！」と運転席にいるウサッチが音頭を取る。

「お題。一生に一度は言われてみたいイケメンからの愛の囁き」

「「イエーイ！」」

ウサッチが先陣を切る。

「俺、お前のことしか見えてねーから……」

「もう棲む！　私、あなたの瞳に棲んじゃう！」

ナユミンのテンションがさらにレベルを増した。

「次、ケロ子」

「お前、俺がいないとホントダメだな。仕方ねーから、一生そばにいてやるよ」

「ぐふぅッ」と運転席のウサッチが血を吐くように呻《うめ》いた。

「もし俺に魔法が使えるなら、今この瞬間を永遠にしたい」

ナユミンが情感たっぷりに語り上げると、三人して叫び声を上げ、身悶えする。もしこんな様子を隠しカメラで撮影されていたら、三回は死にたくなるだろう。

「ねえ、ちょっとコンビニ寄ってもらっていい？」

不意にナユミンがポケットを探りながら言った。

「どうしたの」と私が訊くと、「ライター忘れちゃったみたい。それにお菓子もちょっと買いたいなあ、なんて……」とナユミンが舌を出す。「ＯＫ」と答えたウサッチは、近くに見えたコンビニエンスストアの駐車場に車を停めた。

「なんとかなんねえのかよ！」

突然の怒鳴り声に、車を降りた私たちは肩を竦《すく》める。見ると、コンビニエンスストアの横に設置された公衆電話で長身長髪の男が話していた。

「無理言ってんのはわかってんだよ。だけどさ、こっちだって、そんなすぐには行けねんだよ。なあ、頼むからなんとかもたせてくれよ！」

私たちはその男の横をすごすごと通り過ぎ、コンビニエンスストアへと入る。

各々《おのおの》目的のものを買って、車に戻ってきたときだった。

いきなり、「ねえ」と声をかけられた。ストリート風のファッションをした長髪の青年――しかもイケメン！　――が立っている。後ろ姿しか見えなかったが、シルエット的に先ほど公衆電話で怒鳴り声を上げていた男に間違いないだろう。

「これってさ、アンタたちの車？」というイケメン青年の質問に、「そうですけど……」とウサッチが答え、私たちはそれぞれ車に乗り込もうとする。

突然、助手席のドアを開いた私の腕を、その青年がつかんだ。

「アンタ、後ろ乗って」

青年はそう言って私を後部座席に向かわせると、何を思ったのか、空いている助手席に乗り込んできた。

「ちょっと、なんなんですか？」と助手席に向けて私は身を乗り出す。

目の前に鋭く光るナイフが突きつけられた。

「ひっ」と後部座席にそっくり返った私は、先ほどのラジオのニュースを思い出した。

「悪いんだけどさ、今からこのメモの住所に向かってくれる？」

青年は運転席のウサッチにメモを渡した。

「み、宮城県？」

ウサッチが声を上げた。メモには詳細な住所が書かれていたようだが、その中でも目を引いた文言《もんごん》が口から出てしまったのだろう。私たちの卒業旅行の目的地は香川県――のうどん――だ。ナイフを突きつけている青年の言葉に従い、宮城へと向かうためには、進路を百八十度転換させなければならない。

だが、私たちにそれほどの悲愴感はなかった。私たちにとって、どこに行くかはおまけであり、「卒業のために旅行をすること」が重要だったからだ。

ウサッチは、青年から渡されたメモに書いてある住所を、スマートフォンのナビゲーションアプリに入力し、車を発進させる。

「それって、ジャックナイフですか」

ナユミンが興味深そうに訊《き》くと、青年がうるさげに答える。

「知らねーよ。これがジャックナイフだと、なんか意味あんのか？」

「ジャックナイフだったら……」というナユミンの言葉をウサッチが引き継ぐ。

「ああ！　ジャックナイフでカージャック！　オシャレ〜」

「駄洒落じゃねーか！」

青年が反射的に突っ込んでいた。

カージャックへの恐怖より、イケメンへの興味が圧倒的に勝っているらしいナユミンは、さらにグイグイと攻めていく。

「ねえ、ジャック」

「はあ？　誰だよ。ジャックって？」

「カージャック犯じゃない。じゃあ、なんて呼べばいいの？　お名前教えてくれる？」

「……ジャックでいい」

「ねえジャック、お菓子食べてもいい？」

「勝手にしろ」

ジャックの許しを得た私たちは、先ほどコンビニエンスストアで買ってきたお菓子をポリポリと食べ始めた。運転席にいるウサッチの口にも、横から差し入れてやる。

「ジャックも食べます？」

「いらねーよ」と言った直後、ジャックの腹が盛大な音を立てた。

私たちは吹き出して笑う。

「遠慮しなくていいのに。もしすごくお腹がすいてるんだったら、トランクに道具が積んであるんで、簡単なバーベキューとかもできますよ」

「いらねえって！　俺だって食いモンくらい持ってる」

ジャックはポケットから形のひしゃげたコンビニエンスストアのおにぎりを取り出し、包装を破いてむしゃむしゃと齧りつく。「くそマズいな」と独り言を呟いていた。

「ゴミ、預かりますけど」と私が手を差し出すと、ジャックは無愛想に使用済みの包装を預けてくる。食べていたのは「ネギトロ」のおにぎりだった。

高速道路を走って、二時間以上が過ぎた頃だろうか。突然、ジャックが腹を押さえて呻き出した。額からは大粒の汗が垂れている。

「大丈夫ですか、なんか汗がすごいですけど」「お腹、痛いんじゃないですか」

私はあることを思い出し、先ほど預かったおにぎりの包装をゴミ袋から取り出した。

「これ賞味期限、五日以上過ぎてるじゃない！」

「そりゃお腹も壊しますよ！　ウサッチ、パーキングエリア！」

ウサッチは「了解」とアクセルをベタ踏みし、ものの数分でパーキングエリアに入ると、男子トイレに一番近い場所で停車した。

ジャックは腹を押さえて苦しそうにしながら、私たちのほうを睨みつける。

「いいか、絶対に逃げんじゃねーぞ。逃げたらただじゃおかねーからな！」

「わかりました！」「早く行ってください！」「ここで漏らされたら最悪ですから！」

私たち三人からの口撃を受け、ジャックは「クソッ」と駄洒落を吐き、屈《かが》んだ姿勢のままトイレへと駆け込んだ。


「……なんで逃げなかったんだ？」

助手席で平静さを取り戻したジャックの問いに、運転中のウサッチが答える。

「だって逃げるなって、言うから」

「でもフツー逃げるだろ。アンタらいったいどういう神経してんだ？」

「まあ、フッーの神経ではないかもね……」

ナユミンが、私たちの顔を見ながら微笑んだ。

それまでの攻撃的で刺々《とげとげ》しかった態度が嘘であったかのように、ジャックは顔を伏せ、ぼそぼそと語り出した。

「宮城の病院に入院してるオフクロがさ、癌で危ないんだ……兄貴が言うには、今日の峠はもう越えられねえかもしれねえって……親不孝ばっかしてた俺だけど、なんとかオフクロの最期を見届けたくてさ……でも、そんなときに信頼してたダチに騙されて全財産持ってかれて……それで俺、わけわかんなくなってて……」

「たまたま近くにいた私たちを利用した、と？」

「ああ……でも今は後悔してる。アンタたちみたいな優しい人たちを巻き込んだこと、本当に申し訳ないと思ってる……ホントすみません」

「別に謝らなくていいよ」

「私たちは優しいんじゃなくて、投げやりなだけだから」

「それに旅の途中でイケメンにカージャックされるなんて、ドラマチックなアトラクションみたいで愉《たの》しかったし」

指定された病院の前で車を降りたジャックは、ウィンドウ越しに頭を下げた。

「あの、本当にありがとうございました。この御恩は……」

「そういうのいいから、早くお母さんのところに行ってあげて」

ジャックは再び頭を深々と下げ、病院のほうへと走り去った。

ジャックの後ろ姿が見えなくなると、ウサッチが大きく溜め息をついて、シートの背もたれに深く寄りかかる。

「さて、どうしよう。必要な物は揃ってるけど……卒業旅行の続き、する？」

必要な物とは、七輪に練炭、着火用のライターに、目張りをするためのガムテープ。それから、大量の睡眠薬のことだ。

ウサッチの問いに私とナユミンは、それぞれ答える。

「なんかね、とりあえず今日でなくてもいいかな、とは思ったんだけど……」

「……私も」

「そう。ならいったん保留にして、ひとまず帰ろうか……」

私たちはそれぞれに頷き合った。

私たちはお互いの本名も知らない。ＳＮＳでやり取りをした結果、これまでの経験や人生観が似ており、性格、志向が合ったから「卒業旅行」の名のもとに集まった。

五十年近くを生きてきて未来に希望を見い出せなかった私たちの、「人生からの卒業旅行」は一人のイケメンによってジャックされてしまったのだ。

空蝉のユーリャ

里田和登

里田和登（さとだ・かずと）
1978年、東京都出身。
第１回『このライトノベルがすごい！』大賞・金賞を受賞、『僕たちは監視されている』で2010年デビュー。

著書
『僕たちは監視されている』（このライトノベルがすごい！文庫）
『僕たちは監視されているch.2』（このライトノベルがすごい！文庫）

共著
『５分で読める！ひと駅ストーリー 降車編』（宝島社文庫）
『５分で読める！ひと駅ストーリー 夏の記憶 西口編』（宝島社文庫）
『５分で読める！ひと駅ストーリー 冬の記憶 西口編』（宝島社文庫）
『５分で読める！ひと駅ストーリー 本の物語』（宝島社文庫）

ユリア・ナフカ。愛称ユーリャ。極東ロシア出身で、キタノブルーに傾倒し来日。そんな経歴が偽《いつわ》りだと判明したのは、彼女が急死した直後のことだ。僕は今郊外のターミナル駅にいて、ユーリャの真の出自《しゅつじ》をユーリャ本人から聞かされている。

「色々ごめんなさい。死んだ私に代わり、私がきっちり謝ります」

ユーリャからは先ほど立ち寄った百円ショップで手に入れた女児用の甘ったるい香水の匂いがする。腐りかけの体を誤魔化そうとしているのだろう。

「生まれ変わった私もまた、あてのない旅を愛する人に成長するのかしら」

「君はこの星で生まれ変わっていることを確信しているようだけれど」

「生前に仏教徒になっているもの。きっと生まれ変わっているはずよ。あなたに隠し事を山ほどしたから私は天国には行けず、未だ輪廻の輪の中にいるはずだわ」

信心深い死体を連れ、夏の行楽へと向かう人々をかき分けていく。プラットフォームで列車を待つ最中も、彼女の口数は一向に減る気配がない。

「地球人は人が死ぬとお墓の前で悲しむものよね。一方で私の星では故人と遺族が互いに会話をしながら悲しむものなの」

「要は君を目の前にして、君はああだったよね、と生前を偲《しの》ぶのが正しいと」

「ええ。あなたには異常に映るでしょうが、宇宙には死体がアグレッシブに動く星が結構な数存在するのよ。せっかくだから私を利用し、大いに悲しんで欲しいわ」

若くして懐古主義者であるユーリャは、通信網が整備され個の発信が始まった時代を愛しており、その活気を擬似的《ぎじてき》に味わえる地球に実地調査の名目で来訪したらしい。だが彼女はその恩恵《おんけい》を十分に受けることなく、金欠でネット回線が止まり僕の部屋へと転がり込んできた二ヶ月後、「車を避けようとして、頭をしこたま打ち付けた」と笑いながら帰宅したかと思えば、その翌日ソファの上で冷たくなっていたのだった。

白線の内側で待つこと十数分、目的の温泉街行きの特急列車がやってきた。旅の束《つか》の間《ま》、彼女の星の慣習に倣《なら》い、故人の思い出を語り合うことにする。

「君はいつも笑ってる人だったね」

「私はいつも笑っていたわ。つられて笑顔になる人達を見ていると幸せになれた」

「君はとても兎が好きだったね」

「いいえ、嫌いだったわ。私は正面と側面の印象が大きく異なるものに、不安を覚える質《たち》だったの。私、地球で言うところの神経症の一種を患《わずら》っていたのよ」

「だったら何故、ペットショップでKawaiiを連呼したんだい」

「反省しているわ。生前の私はkawaiiにひどく固執《こしつ》していた。日本贔屓《びいき》の留学生になりすまさなくちゃというプレッシャーが私をkawaiiの鬼にさせたの」

「と言うことは、サークル内で散々、日本食愛をアピールしていたことも」

「他はともかく日本式のカレーは本当に好きだったわ。ねえ、生きている間にもう一度私にカレーを食べさせてあげたかった？」

死体とは思えない目の輝きに、答えを誘導させられてしまう。

「食べさせてやりたかった、のだと思う」

「だったら今の私に是非お供《そな》えして。私の星では皆、そうするものなの。ああ、あなたの後悔の気持ちが少しでも晴れればいいのだけれど」

余程嬉しいのか、その後ユーリャは二割増しで早口になった。終点で駅を降り、湯煙とアスファルトの照り返しの光を浴びながら汗だくで歩き続ける。君がふらつきながら徘徊すると洒落にならないね、という冗談をもって食堂探しに見切りをつけ、古びたスーパーでカレーを買い、持ち込み可の安宿に持ち込んだ。ちゃぶ台と厚みのあるテレビだけが置かれた部屋で向かい合い、レトルトの供物《くもつ》を静かに味わう。

「もっと沈痛な面持《おもも》ちで」

「はいはい」

死体主導による供養を終え、更年期向きの効能を謳《うた》う温泉に浸かったり、ペイチャンネルの緊縛動画を品評したりしているうちに、窓から夏の夜の匂いが漂ってきた。

「私をＮＡＳＡに検体として送ったりしないでね」

「君をＮＡＳＡに検体として送ったりしないよ。送るとしてもＪＡＸＡにするさ」

「ひどいひと！」

照れ隠しの茶番を交えつつ互いの体を抱きしめ合うが、まだ布団が敷かれていないことに気づき、あまりの手際の悪さに吹き出してしまう。笑い声はピークに達すると反動で小さな静寂を呼んだ。月明かりの中で目の前の表情が憂いを帯びてくる。

「……今の私は反射と短期記憶だけで動くがらんどうなの。一度歩くことを覚えた人間は、その後は『これから歩くぞ』と意識することなく、反射的に歩けるようになるでしょう。今の私は『あなたの隣を歩き、他愛のない冗談に笑う』といった複雑なことまで、意識がないままで反射的にやっている。生前の大量の情報を参考にしてね。要は『生前の私ならこう話し、動くはず』というプログラムが働いているだけ。残念ながら長期記憶だけは出来ないから、三日も経てば私の記憶は死ぬ直前の状態に戻ってしまう。三日ごとに私は呼吸をしていない自分に驚き、季節の移り変わりに驚き、あなたの部屋の変化に驚くことでしょう。きっとこの旅行のことだって」

「――三日も経てば無かったこととなり、君は『一度は二人で旅をしてみたい、次の週末こそはどこか遠くに行こう』と、生前のようにせっついてくるのだろうね」

「出不精《でぶしょう》の誰かさんにはいい迷惑でしょうね。こんな私だけど、もし利用価値があるならば、今から見せる防腐剤を早めに使って欲しいわ。私の星では遺族にはいつまでも死者と共にある権利があるし、そのために死者の腐敗を止める権利もある。もちろん死者といつでも別れる権利もね。心のささくれが無くなり、もう十分だと感じたら、どうか私を土に埋めて。そうすれば私の活動は自然に停止するから」

鞄を漁《あさ》り始めるユーリャ。だが防腐剤など見つかるわけがない。君の探しものならここに、と言わんばかりに空のシリンダーを取り出し、軽く振ってみせた。

「もうとっくに使ったよ。出不精だった誰かさんは、今ではちょっとした旅行の熟練者だ。遠出の数はとうとう百五十回を超えたよ」

ややあってユーリャは笑い、近づき、両手で僕の頬を撫で回し、言った。

「……疲れていたんじゃなかったのね。少しだけ大人びたんだ」

事故からちょうど四年が経つ。心のささくれとやらも、もうない。

畳に頭を擦《こす》り付け全てを告白する。このワークチェアはいつ買ったの。難しい本を読むようになったのね。油絵はもう描かないの――。普段なら三日ごとに質問攻めにあうところだが、最後にもう一度大学生の頃の感覚で過ごしたかったこと。当時の洋服を引っ張りだし、記憶が戻る直前に、経年を悟られぬよう社会人仕様になった部屋を離れ、生活圏から程遠い場所へと急いだこと。この旅を最後に二人の生活を終わろうと思っていること――。押入れの上段で腕を組み、見下ろしながら聞いていたユーリャだったが、最後には微笑み、崩れた浴衣《ゆかた》を掻き上げながら言った。

「体が腐りかけだから、てっきりまだ薬を使っていないのかと思ったわ」

「君がこの説明を始めたのは、体が腐りかけてからだ。慌てた様子で『え、今日まで私、一度も説明をしてこなかったの』って。滑り込みの人生が信条で、待ち合わせの時刻にも、課題の期限にも、いつもぎりぎりだった君らしいよ」

その後は睡魔の限界までユーリャの好奇心に付き合い、四年の空白の時を埋め続けた。朝方、頰に柔らかい感触があり、徐《おもむ》ろに瞼を開くと、暗がりの中に淋しげな背中が浮かんでいた。背中は薄情にも一人で部屋を出て行った。登山鉄道沿いを進んでいくそれを、少し離れた位置から尾行し、森に入った直後に捕まえる。

「静かな場所が良いなと思って。大丈夫、私、一人で埋まるから」

「駄目だ。君を一人で埋めさせるわけにはいかない」

「いけないわ。誰かに見つかったら、どうみても犯行現場じゃないの」

木々の密度が特に高い場所に腰を下ろす。二人で掘った穴に、ちょこんと収まるユーリャ。土や木《こ》の葉《は》をまぶしていく度《たび》にその笑顔が汚れていく。体は完全に土に覆われ、後は額から上を残すだけとなった。地中から籠った声が聞こえてくる。

「泣いているのね」

鼻《すす》を啜《すす》る音で察知したのだろうか。埋葬を終えて、袖口で濡れた頰を拭《ぬぐ》っていると、土塗《まみ》れの白い手が勢い良く飛び出してきた。薄暗い森の中では、その手の中にあるシリンダーと、液体の青の蛍光色がとても映《は》え、目が離せなくなる。

「辛いのなら、こんな物もあるわ。これを飲めば、私の脳内に長期記憶のための擬似領域が作られる。私には三日ごとに忘れるという弱点も無くなるはずよ」

　ほぼ禁じ手という枕詞《まくらことば》と共に、何度か存在を匂わされたことがあったが、実際に薬を見せられたのは初めてだった。滑り込みの人生が信条だった彼女らしいと言えば彼女らしい。一瞬、どきりとした。それはユーリャそのものと言えなくはないだろうか。手が伸びかけたのも事実だった。けれどこの四年で嫌というほど実感した思いが打ち勝った。だから、握る拳をそのままに、強く、強く、声を張った。

「意識があるのとあるように見えるのとはやっぱり違うんだ。あるように見えるほうは僕しかいないんだよ。どこまでいっても僕だけなんだ。それに君はいつも言っていたじゃないか。自分は地球のどこかに生まれ変わっているんだって。だったらそんな君とどこかで巡りあう可能性を信じながら生きるほうを選びたいよ」

「私の意識を求めてくれるの」

「君の意識が好きだったから」

　ユーリャの手が、さよならをするように左右に振られた。だがよくよく見れば手を再収納出来ず、もがいているだけだった。慌てて土の中に還してやる。

「いつもお手数を掛けます」

「……それは言わない約束だよ」

　最期の茶番に歯をくいしばって応える。土の中の声は次第にか細くなり、

——二人を必ず会わせてみせる。

という一言《ひとこと》と共に、森は自然の音を返すだけになった。

四年の慰《なぐさ》めの時は終わったが、彼女の遺言が体をその場に縛り付けた。墓標代わりの枝の下から光の糸が出てきたのは、その日の夜のこと。西へと向かうそれを夢中で追いかける。気がつけば二日が経過し、勝手知ったる土地へと戻っていた。光は自宅の横にある小さな公園の小さな雑木林に落下した。高鳴る鼓動をそのままに、一歩一歩距離を詰めていく。光の先端にいたのは、一匹の死にかけの蟬だった。

残された者を慰める手段が多い、優しい星なのだと思う。ユーリャは最期に意識を辿《たど》る糸を発する薬、或いは道具を使ったのだろう。素数蟬はともかく、通常の蟬は長くて四年程、土の中にいるという。死体に意識があると思い込み、自分を慰めてきたこの四年間、愛する人の意識は実際にはすぐ近くの地中にあり続けたようだ。そしてその意識はこの夏成体となり、愛する番《つがい》を求め、本能のまま鳴き続けたのだろう。

——今年は輪をかけてうるさいな。そんなふうに思ってしまったよ。

子供達の無邪気な声が響く中、仰向《あおむ》けの蟬は手足を収縮させ、動かなくなった。

——よくがんばったね、ユーリャ。

亡骸《なきがら》から再び光の糸が現れた。決して目を離せず、自《おの》ずと体が動いてしまう。きっとこの意識は、もう一つの意識を求めて、今後も旅を続けてしまうのだろう。

クリスマスプレゼント

武田綾乃

Japan LOVE Story Award

武田綾乃（たけだ・あやの）
1992年、京都府生まれ。
第８回日本ラブストーリー大賞・隠し玉として、『今日、きみと息をする。』にて2013年デビュー。

著書
『今日、きみと息をする。』（宝島社文庫）
『響け！ ユーフォニアム　北宇治高校吹奏楽部へようこそ』（宝島社文庫）
『響け！ ユーフォニアム２　北宇治高校吹奏楽部のいちばん熱い夏』（宝島社文庫）
『響け！ ユーフォニアム３　北宇治高校吹奏楽部、最大の危機』（宝島社文庫）
『響け！ ユーフォニアム　北宇治高校吹奏楽部のヒミツの話』（宝島社文庫）

共著
『５分で読める！ひと駅ストーリー 夏の記憶 西口編』（宝島社文庫）
『５分で読める！ひと駅ストーリー 冬の記憶 西口編』（宝島社文庫）

「きれいだねえ、きれいだねえ」

あかりはキャンドルを覗き込んだ。ママは柔らかな光を好んだ。カーテンを照らす光に、映り込んだ影が揺れる。あかりがキャンドルに手を伸ばすと、ママはあかりの頭を撫でながらその手を引き寄せるように抱きしめた。

「あかりー、火は触っちゃダメだぞ」

後ろからパパの声がする。ママも頷いた。

「そうよ、やけどしちゃうわよ？」

熱いのは嫌いなので、あかりは触るのを我慢した。だけども興奮を抑えきれず、顔を炎に近づけながらうっとりと呟いた。

「きれいだねえ、きれいだねえ」


生まれてきて十四度目のクリスマス。美里《みさと》のもとにサンタクロースは訪れなかった。サンタの代わりに父がプレゼントしてくれたのは、欲しいと言ったことすらないありがた迷惑なものだった。

「ほら、新しい妹だよ」

父と手を繋いだ少女はその大きな瞳を今にもこぼれ落ちそうなほど見開き、それからにっこりと笑った。パーにした手の平をこちらに向け、少女は言った。

「いちはらあかり、ございです」

どうしてこの家に五歳の子供がいるのか。困惑した美里を部屋から連れ出し、父親は事情を説明した。

「郁恵《いくえ》おばさんって覚えてるか？　父さんの姉さんなんだが」

「名前は知ってるけど。でも最後に会ったのが昔過ぎてほとんど覚えてない」

「あかりちゃんは郁恵おばさんの一人娘なんだ。だけどな、昨日おばさんの家が火事で燃えてしまって、そのせいでおばさん夫婦は今入院中なんだよ」

「火事？　ヤバイじゃん」

「火の不始末が原因らしいが、おばさんに心当たりはないそうだ。放火の可能性もあるな。おばさんたちは逃げ遅れたみたいでな。あかりちゃんは玄関近くの居間で発見されたから、軽傷で済んだんだけど」

「なんでそんなとこで？」

「恐らく火に気づいて逃げようとしたんだろう。煙を吸って気絶してたそうだ。火事のこともほとんど記憶がないみたいで……まあ、トラウマにならなくて良かったが」

「……ふうん」

「そういうわけだから、おばさんたちが退院するまであかりちゃんを家で預かるよ。美里も妹が出来たと思って接してくれ」

そう言って微笑む父親に、美里は冷たい視線を返した。

「私、新しい妹が欲しいとか思ったことないし。あの子を使って私に取り入ろうとしないでよね」

図星だったのだろう、父親は焦ったように顔を赤くした。

「別に、そういうわけじゃないさ」

「ならいいけど」

美里はそう吐き捨てたその時、玄関のチャイムが鳴った。美里が玄関に着くよりも先に、勝手に扉が開いた。ドアの隙間から、見知った顔の女が入ってくる。父親の交際相手だ。美里は大きく舌打ちした。

「お客さんだね。おねえちゃんのお知り合い？」

廊下で待っていたあかりが美里に尋ねる。その無邪気な表情を見ていると、ひどく苛々《いらいら》した。幼かった頃の自分を思い出すからかもしれない。

「違う。知り合いなんかじゃない」

美里の言葉に目の前の女は傷ついた顔をした。部屋の奥から慌てたように父親が駆けてくる。父親は美里をたしなめるようにいくつかの小言《こごと》を言った。しかしそんなものは美里にとって雑音以外の何者でもなかった。

父親と母親が離婚したのは、もう何年も前のことだ。経済的な理由により、美里は父親に引き取られることとなった。育ててもらった恩があるから口には出さないけれど、美里は両親を心の底から軽蔑《けいべつ》していた。金遣いの荒い母親が憎い、女癖のひどい父親も憎い。他のクラスメイトたちみたいなまともな両親が欲しいと思うのは身勝手なのだろうか。父親は最近、新しい女ができたらしい。事あるごとに妹が欲しいかと尋ねてくる。多分相手の女を孕《はら》ませたのだろう、自身の欲求に忠実な男だ。今回あかりを預かることにしたのだって、その予行練習に違いない。

美里は鞄に財布とスマホをいれると、そのまま家を後にした。目的地などなかった。ただ無性にイライラして、美里は衝動のままに足を動かし続けた。あの女がいつのまにか合鍵を持っていたことに無意識のうちに苛立《いらだ》っていたのかもしれない。あるいは、クリスマスの日に家族面《づら》して家にやって来たことが許せなかったのか。

「待ってよ、おねえちゃん！」

ふと後ろからペタペタと間《ま》の抜けた足音が聞こえてくる。振り返ると、なぜかあかりがこちらに向かって駆けてきていた。ふうふうと息を切らしているところを見るに、ここまで走って来たのだろう。その小さな手が、美里の鞄を掴んだ。

「アンタなんでここに？」

「だって、おねえちゃんがひとりぼっちになっちゃうと思って」

「別にひとりでも平気。アンタはさっさと帰りなよ」

「やだよ。あかり、おねえちゃんと一緒にいる」

どうやらあかりはかなり強情な性格らしく、こちらの要望を一切聞き入れなかった。さすがに五歳児をこのまま放置するのも憚《はばか》られ、美里はため息混じりに頷いた。

「分かった。でも帰りたいとか言って泣き出しても知らないからね」

「やった」

美里は満面の笑みを浮かべた。その素直な反応に、美里は少し気恥ずかしくなった。

二人はのんびりと昼の街を歩いた。商店街のアーケードはクリスマスの飾りで溢れていて、どこもかしこもきらびやかだった。両親が離婚した日も、確かクリスマスだった。イルミネーションの光が街中を包み込んでいたのをよく覚えている。

「昔さ、線路を歩いて旅する映画があったんだよね」

ちらりとあかりの方を見るが、彼女は美里と一緒にいられるだけで嬉しそうだった。鞄を摑む手は小さく、美里の手の半分ほどしかなかった。

「それに憧れててさ。父さんと母さんが離婚した日、ずーっと一人で線路沿いを歩いて行ったの。とにかく家から離れたくて、くたくたになるまで歩いて……でも、夜になって駅の看板を見たらさ、まだ三駅分しか歩いてないわけ。そこで気付いたの。自分の歩いて行ける場所なんて、たかがしれてるんだなって」

「お姉ちゃんの足はあかりの足より大きいのに、それでもダメだったの？」

「ダメだった。まだまだ子供だからね。一人じゃどこにも行けないの」

話しながら、美里は自嘲染みた笑みを浮かべた。こんな子供に自分は何を話しているのだろう。あかりはじっと美里の顔を見つめていたが、急に何かを思いついたように口を開いた。

「じゃあさ、今から旅しようよ」

「はあ?」

「一人じゃどこにも行けなくても、二人だったらもっと歩けるよ」

そう笑うあかりの横顔がなんだか生意気に感じて、美里はその頰を引っ張った。いひゃい、と彼女は間抜けな顔で言った。

「じゃあ、しばらく歩くか。足が痛くなっても文句言わないでよね」

「大丈夫だよ。あかり、歩くの好きだもん」

「あっそ」

美里はジャケットのポケットから手を引き抜くと、あかりの方に突き出した。あかりがキョトンとした顔でこちらを見る。

「手、繫がないと危ないでしょ。車も来るし」

美里の言葉に、あかりは自身の手の平をスカートで拭《ぬぐ》った。見ているこちらがやきもきするほどゆっくりと、彼女はあかりの手を摑む。その手のひらはやけに熱かった。

商店街を抜け、二人は河川敷の堤防を歩き続けた。太陽は沈んでいき、あたりはだんだんと暗くなった。日差しがなくなったために寒さはどんどんと増していき、とうとう美里とあかりは橋の下に座り込んだ。

「おねえちゃん、寒い？」

「アンタは寒くないの」

「寒い。ねえ、たき火しようよ。あかりね、マッチ持ってるの。家でろうそくをつけるときね、いっつもこれを使うんだよ」

そう言って、あかりはいそいそとポケットからマッチを取り出した。美里は周囲から小枝や枯葉を拾ってくると、目の前に積み上げた。あかりはなんの躊躇《ちゅうちょ》もなく自力でマッチに火をつけた。小枝はすぐに燃え上がり、辺りはうっすらと明るくなった。

「アンタすごいわね」

美里が素直に褒めてやると、あかりは照れたように頬を掻いた。

「本当はね、あかり怖かったの」

火をじっと見つめながら、あかりが舌っ足らずな声で話した。

「目を覚ましたらね、ママとパパが病院のベッドにいてね。家は全部なくなっちゃって、しばらく別のところで住むんだよって言われて」

でもね、と彼女は言葉を続けた。

「おねえちゃんがいたからね、良かったなって思って。あかり、ずっとおねえちゃんが欲しいなって思ってたから。だからサンタさんにもおねえちゃんをくださいってお願いしてたんだよ」

頬がカッと熱くなった。あかりの方がよっぽどひどい目に遭《あ》っていたのに、自分は今日一日なにをしていたのだろう。悲劇のヒロインぶっていた自分が急に恥ずかしく思えて、それを誤魔化すように美里はあかりの頭を撫でた。あかりが目を細める。

「あかりのママとパパはね、悲しいことがあったらこんな風にしてろうそくに火をつけたんだよ。火を見てたらね、とっても元気になるの。おねえちゃんも元気になった？」

「うん、なったよ」

「良かった。あかりね、本当はあの日すっごく悲しい気持ちだったの。だってね、おねえちゃんが欲しいってサンタさんにお願いしたのに、新しい妹が生まれるよってママが言ったの。妹なんて、あかりいらないのに。だからね、クリスマスツリーに火をつけたんだ。そしたら部屋があかーく光ってね、悲しい気持ちも吹き飛んじゃった」

そう言って、あかりは笑った。――放火の可能性もあるな。父親の言葉が、不意に美里の脳裏を過ぎる。いや、まさか。黙り込んだ美里の隣で、あかりが炎に手をかざす。橙色《だいだいいろ》の光を見つめ、彼女は無邪気に呟いた。

「きれいだねえ、きれいだねえ」

マヨイガ

伽古屋圭市

伽古屋圭市（かこや・けいいち）
1972年、大阪府生まれ。
第８回『このミステリーがすごい！』大賞・優秀賞を受賞、『パチプロ・コード』にて2010年デビュー。

著書
『パチンコと暗号の追跡ゲーム』（宝島社文庫）※単行本刊行時は『パチプロ・コード』
『21面相の暗号』（宝島社文庫）
『幻影館へようこそ　推理バトル・ロワイアル』（宝島社文庫）
『帝都探偵　謎解け乙女』（宝島社文庫）
『からくり探偵・百栗柿三郎』（実業之日本社文庫）
『なないろ金平糖　いろりの事件帖』（宝島社文庫）
『落語家、はじめました。青葉亭かりんの謎解き高座』（ＴＯ文庫）

共著
『「このミステリーがすごい！」大賞10周年記念　10分間ミステリー』（宝島社文庫）
『５分で読める！ひと駅ストーリー 乗車編』（宝島社文庫）
『もっとすごい！　10分間ミステリー』（宝島社文庫）
『５分で読める！ひと駅ストーリー 夏の記憶 西口編』（宝島社文庫）
『５分で読める！ひと駅ストーリー 冬の記憶 西口編』（宝島社文庫）
『５分で読める！ひと駅ストーリー 本の物語』（宝島社文庫）

上畝《かみせ》地郡《ちぐん》、根古山《ねこやま》の麓《ふもと》に今も小さな集落あり。停車場にて汽車を降り、川を渡り、渓《たに》を伝い、東へ入ること十三里、山深いうらぶれし村なり。この村に佐々木《ささき》一蔵《いちぞう》という老人が住めり。七十余にて昔は猟をせしが、今は隠居の身という。この翁《おきな》に聞きし話なり。およそ四十年ばかり前というから明治の始め頃の話と思わる。

根古山の寂れた路《みち》を歩く某という旅人あり。山の半腹にありて往来する者きわめて少なき路なり。日暮れ、薄月夜なりて辺りは暗闇に包まれり。健脚を誇りし男なれど、にわかに足腰に疲れを覚えり。休めり場所もなかりしが、ふと見ると黒き門の立派なる家あり。いぶかしけれど一宿を願おうと門をくぐりし。大なる庭には紅白の花が一面に咲き誇り、鶏が多く遊べり。牛小屋には牛多くおり、馬舎《うまや》には馬多くおれども、一向に人はおらず。旅人は玄関より邸《やしき》に上がりたる。声を掛けれども返事もなかりし。火鉢ありて湯のたぎれる鉄瓶ありしも人の気配は感ぜられず。旅人さらに邸の中へと進みたると、奥の座敷に坐りし十二三ばかりの童児おれり。紅《あか》い振袖《ふりそで》を着た女の児《こ》なりき。遊んでほしいと旅人に望みし童女の気配、常人とは明らかに異なれり。怪異、物の怪《け》の類《たぐい》と旅人は思えども、断りては却《かえ》って災いの降りかかること容易に想像せり。旅人は諾《だく》と答う。

童女、朱と黒の椀を持ち来たれといえり。旅人、邸を探しまわりて椀を見付け出し、奥の座敷に戻れり。戻るや否《いな》や、童女続けて鉄瓶を持ち来たれという。童女の望むまま、旅人は鉄瓶を探し出したり。童女大いに喜び、次に庭の紅《くれない》の花を望みし。庭に行きし旅人、門より出《い》でようと試みるも、遁《に》げること叶《かな》わず。門はありしが、向こうにはどうあれど行けず鎖《とざ》されたり。魔障の仕業《しわざ》なりけり。旅人あきらめて花を摘《つ》みて座敷に戻れり。

　童女の前には水の注がれたる朱と黒の椀ありし。一方はただのお湯なれど、もう一方を飲みては祟りを受け病《や》むという。どちらか一方を選べと童女は迫りたり。旅人腹を括《くく》りて朱の椀を選びし。幸いなるもただのお湯なれり。童女の遊びまだ収まらず。続けて厨《くりや》より庖丁と俎板《まないた》を持ち来たれという。旅人これに従いたるに、用意されし庖丁と俎板を前に、童女は汝の親指が欲しいと笑みを浮かべたり。旅人恐怖に震えしも逃れる術《すべ》なし。庖丁を用いて、痛みに耐えて親指を切り落としたり。

　ここまで応えてくれし人間はなかなかおらんと童女嬉しげなり。されど旅人に休息する暇を与えず、童女は最後の望みを語れり。汝の心の臓が欲しいといえり。旅人は少し準備が必要だといいて座敷をあとにし、再び遁《のが》れ出《い》でんと試みたれど能《あた》わず。然《しか》らばと雑嚢より餅を取り出したり。童女のいる座敷とは別の室にありし火鉢にて餅を炙《あぶ》りて、親指より流れ出たる血を練り込めば、紅き餅のできたり。旅人これを己《おのれ》の心の臓だと差し出したり。なぜ心の臓を失せしも生き延びたると童女は問えり。元来心の臓を二つ持ちしゆえ、一つを失せしも問題ないと旅人は答う。新鮮なうちに食すことを勧めたり。童女、心の臓と思いて紅き餅を旨い旨いと食いたりしのち、満足げにたちまち睡《ねむ》りたり。旅人も耐えがたく睡魔に襲われり。

旅人、心付きたると夜明けの山中にて目覚めたり。黒き門の邸、跡形もなく消え失せり。麓の集落にて旅人はこの話を村人に語りし。その後村人たちこの山を通りしとき、紅く染めた餅を持つようになれり。旅人のその後は不明なり。

＊　＊　＊

これは明治の終わりごろ、高名な民俗学者が著《あらわ》した本の中に収められた話である。それから百年余りが過ぎたいまとなっては、およそ百四十年以上前の話ということになる。

その根古山を、私はいま歩いていた。この話に出てくる「旅人」は自分の先祖であると確信している。というのも小さいころ、この話を祖父から何度も聞かされたのだ。祖父もまた、彼の祖父から聞いたという。つまり「旅人」は私の祖父の祖父、高祖父であると思われる。高祖父はたしかに左手の親指がなかったそうだが、確たる証拠はなにもない。しかし話の細部には違いがあり、祖父から聞いた話のほうがより詳《くわ》しく、より生々しいものだった。

子供のころは素直に話を信じていた。やがて物事の分別《ふんべつ》がつき、知恵がつくようになると、法螺話《ほらばなし》だと思うようになった。そして祖父が死に、私は大人となり、この話は記憶の奥底に沈んでいった。

私は人生に疲れていた。なにもかもを失い、死ぬことを考えていた。そんな折、三十数年ぶりにこの話と再会した。古書店で偶然手に取った書物に、祖父から聞いたのとまるで同じ話が収録されていたのである。

そして私は、根古山に向かうことを真剣に考えはじめた。

旅人が山の中で遭遇したのは、「マヨイガ」と呼ばれる屋敷である。マヨイガから什器《じゅうき》や家畜を持ち帰ることができたなら、その者は大いなる富を授かるという。

結局人生は金である。それは四十年以上生きてきて、骨身に染《し》みて実感していた。金さえあれば惨《みじ》めな思いをすることも、先行きに絶望することもない。もし、本当に、マヨイガに出逢えれば……。私はそんな妄想に取り憑《つ》かれた。

本気で信じていたわけではない。私はただ、きっかけを探していただけかもしれない。死ぬきっかけを、あるいは生きるきっかけを。そうして私は山歩きに必要な物を買い揃え、何本もの電車とバスを乗り継ぎ、遠路はるばる根古山に辿《たど》り着いた。

本には詳しく書かれていないが、高祖父がマヨイガに至った経路は伝え聞いていた。しかしそれは現在ではまったく使われていない旧道——山道を踏破する必要があった。

元より獣道に毛が生えたような道だったが、現在ではさらに荒れ果てており、うっかりするとすぐに道を見失ってしまう。入手した旧道のデータとGPSを駆使して、私はなんとか歩を進めつづけた。日が暮れると、辺りは恐ろしいほどの闇に包まれた。山深く木々の生い茂るこの場所では月明かりも届かない。懐中電灯の光が、よりいっそう周囲の闇を濃くしている。そしてその闇の向こうでは、魑魅魍魎《ちみもうりょう》がたしかに蠢《うごめ》いていた。この期《ご》に及んで私は理解した。ここは人間ではなく、人ならざる者が支配する世界であると。

恐怖と疲労に耐え、私は歩きつづけた。やがて祖父の話にあったとおりの、奇怪に曲がりくねったブナの木が視界に入った。まるで身体をくねらせながら横道へと誘うような恰好だ。本当に存在していたことに微《かす》かな興奮を覚えつつ、私はそこから道を外《はず》れ、山中へと分け入った。これまでも酷《ひど》い山道だったが、やはり道は道であったことを実感した。外れた途端に進む速度が極端に落ち、何度も地面に手をついた。

疲労がさらに募《つの》り、汗が噴き出し、身体は熱いのに寒々とした悪寒《おかん》に襲われる。だんだん不安に苛《さいな》まれる。祖父から聞いたのは、その木から道を外れて山中に分け入った、というだけである。方向も距離もなにもわからない。次第に周囲は濃い霧に覆われ、懐中電灯で照らしても視界が利かなくなってきた。睡魔とも疲弊とも違う茫漠《ぼうばく》とした心持ちに包まれ、意識が薄れてゆく。

いかん！　意識を失う刹那《せつな》、自身を叱責《しっせき》する声とともに覚醒した。

目の前には、明るい光に包まれた黒い門の屋敷があった。

私は間抜けに口を開けていたことだろう。ふらふらと誘われるようにその門をくぐった。広大な庭には紅白の花が咲き乱れ、鶏たちが駆けている。庭の端にある馬房では馬がいななき、直接は見えないが牛の鳴き声も聞こえる。祖父から聞いたとおりの光景が広がっていた。玄関から屋敷の中に入る。そして奥の間には、紅い着物の幼い、けれど妙に老練な表情の童女がいた。

その後の展開も、まったく話のとおりに進んだ。朱と黒の椀を童女は求め、鉄瓶を運び、庭から花を摘んでくる。屋敷からどうあっても抜け出せそうにないのもしかりだった。なお、本で童女は「紅の花」を求めたと書かれているが、祖父の話では「紅と白の花」であり、実際に彼女が望んだのもそうだった。もう疑う余地はなかった。高祖父は、たしかにこのマヨイガを訪れたのだ。

そして童女は朱と黒、どちらかの椀のお湯を飲めと迫ってきた。一方はただのお湯だが、もう一方には毒が含まれている。ここが最初の関門だった。これもまた本には書かれていないことだが、椀にはそれぞれ紅と白の花びらが浮かんでいた。高祖父は椀の色は覚えておらず、紅の花びらが浮かぶ椀を選んだそうだ。おそらく口伝えの過程で、それが「朱の椀」を選んだことになったのだろう。

私は紅の花びらが浮かぶ、黒の椀を手に取った。意を決して飲み干す。しばらく待ってみたが身体に異変は起きなかった。たまたまだったのかもしれないが、高祖父から伝わった話のほうが正しかったのだ。

次いで童女は包丁とまな板を用意させ、親指を切り落とせと迫った。これが最大の試練である。しかし端《はな》から覚悟はしていたことだ。マヨイガに辿り着けた僥倖《ぎょうこう》をここで失うわけにはいかない。いまさら捨てるものも、失うものも、なにもない。指の一本や二本、くれてやる。

躊躇《ちゅうちょ》すればかえって苦しむことになる。私は覚悟を固めると、一気に親指を切り落とした。

激痛に襲われる。気が遠くなる。全身から脂汗《あぶらあせ》が滲み出し、身体が震える。荒い息をつきながら、用意していたタオルで握り潰すように止血する。自分でも情けないほどの呻《うめ》き声が、よだれとともにこぼれ出る。

童女は指を摘《つま》み上げ、「よくやった」と喜色を浮かべた。神通力が込められていたのかどうかはわからないが、我慢できる程度には不思議と痛みが和《やわ》らいだ。

そして最後に童女は、やはり心臓を要求してきた。ついにこのときが来た。

私は準備が必要だと言い訳して奥座敷から出ると、火鉢の置かれた部屋に向かった。持参していた餅を炙り、血と、念のため用意しておいた食紅で餅を紅く染める。

祖父の話には、本には書かれていないエピソードがあった。心臓と称した餅を食べて満足した童女は、絢爛《けんらん》たる杯を「持ち帰るがよい」と差し出したのだ。しかし高祖父はそれを辞退したという。もし高祖父がマヨイガの什器を持ち帰っていれば大富豪となり、私の人生は素晴らしいものになっていたかもしれない。これは百四十年越しの、先祖の過《あやま》ちを正す行為なのだ。

私は童女の前に戻って正座すると、恭《うやうや》しく紅い餅を献上した。

「お約束の心臓にございます」

「なぜ心の臓を失って汝は生きておるのだ」

「私は生まれたときから心臓が二つありまして、一つを失っても平気なのです」

「だが、これはただ紅く染めた餅ではないか」

……え?

「前にやってきた旅人が、同じように餅を紅く染めて心の臓だと言い張った。おもしろかったので、それで帰してやった。しかし立てつづけに同じことをやられても、まるでおもしろうない。どうした。はよう心の臓を差し出さぬか」

童女唇を広げ、にかあと笑いたり。

かわいい子には旅をさせよ

深町秋生

深町秋生（ふかまち・あきお）
1975年、山形県生まれ。第３回『このミステリーがすごい！』大賞・大賞を受賞、『果てしなき渇き』にて2005年デビュー。

著書
『果てしなき渇き』（宝島社文庫）
『ヒステリック・サバイバー』（宝島社文庫）
『アウトバーン』（幻冬舎文庫）
『デッドクルージング』（宝島社文庫）
『アウトクラッシュ』（幻冬舎文庫）
『ダウン・バイ・ロー』（講談社文庫）
『ダブル』（幻冬舎文庫）
『アウトサイダー』（幻冬舎文庫）
『ジャックナイフ・ガール　桐崎マヤの疾走』（宝島社文庫）
『猫に知られるなかれ』（角川春樹事務所）

共著
『「このミステリーがすごい！」大賞10周年記念　10分間ミステリー』（宝島社文庫）
『５分で読める！ひと駅ストーリー 乗車編』（宝島社文庫）
『もっとすごい！　10分間ミステリー』（宝島社文庫）
『５分で読める！ひと駅ストーリー 本の物語』（宝島社文庫）

クリスタルの灰皿で殴られ、竜司《りゅうじ》の額が割れた。血は、側《そば》にいた若頭《わかがしら》補佐の清崎宗治《きよさきむねはる》の顔まで飛んだ。

竜司は顔面を手で覆い、床を転がった。グレーのジャージを着用していたが、みるみる生地が赤く染まっていく。事務所のカーペットにも血が飛散した。組長が振るった一撃は、それほどまでに容赦がなかった。

「寝てんじゃねえ、ツラ上げろ！　もう一発だ、もう一発！」

組長の石黒保《いしぐろたもつ》は、クリスタルの灰皿を掲げた。まだ三十代になったばかりだ。先代の実子で組織を受け継いで間もないが、暴走族時代にリンチの快楽を覚えたらしく、組員たちを暴力で屈服させることに成功していた。事務所には制裁用のゴルフクラブ、料理用のトーチバーナーが常備されてある——寿司屋の炙《あぶ》りネタを作るのに用いられるものだ。

竜司のわき腹に、組長はストンピングを入れた。「この程度でなに痛がってんだ。コラア！　ツラ上げろってんだろうが！」

事務所にいる組員たちは、部屋住みの若者も幹部衆も顔を青ざめさせていた。清崎もドン引きしている。

リンチや鉄拳制裁は日常茶飯事だが、組長の暴力は常軌を逸《いっ》している。ヤクザをしている以上、全員殴られるのには慣れているが、約二キロのガラスの塊で、手加減なしに殴られたのではたまらない。

清崎も大きな湯吞みで殴られ、鼻骨を砕かれた経験がある。いくら親分とはいえ、十歳も年下の若僧に殴打されるのは、肉体的にも精神的にもきつい。

清崎は、チラッと若頭の名和彰《なわあきら》を見やった。彼は事務所の隅《すみ》の応接セットで、何食わぬ顔でスポーツ新聞を読んでいた。百九十センチの身長とプロレスラーのような頑強な身体の持ち主であり、往時は〝カミソリ〟などと呼ばれたキレ者だったが、外国から戻ってきたばかりのせいか、すっかりおとなしくなってしまった。昔は無茶な制裁を見て見ぬフリなどせぬ俠客だった。外国から戻る——刑務所を出たという意味だ。外国、洋行、留学、ツトメ。すべて刑務所暮らしを差す。

「起きろってんだよ！」

組長は竜司の髪を摑《つか》み、無理やり顔を上げさせた。竜司の額はバックリと割れ、デスマッチ系レスラーみたいに、顔面をまっ赤に染め上げている。

「待ってください」

清崎が仕方なく割って入った。竜司がもう一発もらえば、病院送りは免《まぬが》れない。ただでさえ組長の横暴ぶりに耐えかねて、ケツ割って逃げ出す若衆が後を絶たない。人員不足のうえに、竜司まで失ってはシノギに影響が出る。そんな組織の状況もわからず、サディズムの快感に酔いしれる組長は、周りの状況を読めていない世襲のバカ殿だ。

石黒保をトップとする二代目石黒組は、関東系広域暴力団の巽会《たつみかい》の三次団体だ。六本木という繁華街を縄張りとしているため、なんとか組織は生き残っているが、暴対法や暴排条例のおかげで、組員はそれぞれシノギを維持するのに精いっぱいだ。

にもかかわらず、組長は上納金にあたる月の会費を引き上げて組員からカネを根こそぎ吸い上げ、組長の遊興費として消えるのだからたまらない。これから組長は愛人を連れて、カジノで遊ぶためにマカオに旅立とうとしていた。

「清崎、なにしゃしゃり出ちゃってんだ、てめえ」

組長がギラギラした目で睨んだ。竜司の頭髪から手を放すと、血で汚れた左手を、清崎のワイシャツやスーツになすりつける。「おれのやり方が気に食わねえってのか？　不手際がありゃ、ケジメつけさせるのがスジだろう」

「そのとおりです。悪いのはこのボンクラですよ」

つま先で竜司の肩を突いた。

竜司ら部屋住みの人間は、親分の旅の支度をしなければならない。ノリの効いたワイシャツ、クリーニング済みのスーツや下着類、組長が常用しているサプリメント、整髪料や電気髭剃《ひげそ》り、充電を済ませたタブレット端末などなど。キャリーケースに漏れなくつめる。靴やアクセサリーももちろんピカピカに磨かなければならない。

しかし竜司はここでミスを犯した。組長お気に入りのフランク・ミュラーの腕時計が電池切れを起こしていたのだ。スイスの高級時計であって、ただ電池を替えるだけでも、それなりに日数がかかる。組長が旅立つその日になって、腕時計の電池切れが発覚し、竜司や若い衆はぶん殴られたのだった。

組長が顔をぐっと近づけた。口臭が鼻に届く。

「だよなあ。じゃあ、なーんで邪魔すんだ。ああ？」

「フライトの時間が近づいてますんで」

事務所の壁時計に目をやった。時計の針は二時を過ぎていた。成田発のマカオ直行便が飛び立つのは夕方だ。組長も壁時計に視線を向ける。

「もうこんな時間か。これだから腕時計が欠かせねえのによ」

組長は竜司の尻を蹴った。むろん、組長の腕時計はフランク・ミュラーだけではない。すでに手首には、やはりお気に入りのロレックスが巻かれてあった。

組長は灰皿をデスクに置いた。

「ありがとうよ」

清崎に向かって頭を下げ、礼をするフリをして頭突きを入れた。組長の硬い額が鼻にぶつかる。清崎の鼻から生温かい血液があふれだす。治ったばかりの鼻骨が痛む。

清崎は身体をよろめかせた。服が竜司に負けないほど血にまみれる。

組長は笑った。

「カッコよく諫言《かんげん》するのはいいけどよ、ガンたれながらするんじゃねえよ。殺したくなるだろ」

「すみません」

清崎は鼻血を床に垂らしながら頭を下げた。

「まあいい。時間もねえしな。それじゃ行ってくるぜ」

制裁を済ませた組長は、ボルサリーノを斜めにかぶった。お供の若衆がキャリーケースを持とうとする。その若衆も組長に〝電池切れ〟の責任を取らされ、唇が切れるほどの張り手を貰い、口と手を血で汚していた。組長が怒鳴る。

「コラア！　おれの荷物を、その汚え手で触るつもりか！」

「す、すみません」

「どいつもこいつも。使えねえイモばっかだな」

組長の鉄拳が、お供の若者に飛ぼうとしたときだった。スポーツ新聞を読んでいた若頭の名和が立ち上がった。

「自分が運びます」

「おう、若頭《カシラ》。いっちょ頼むわ」

名和はキャリーケースを抱えた。洒落者をきどる組長の荷はかなりの重量になる。

大量の衣服とアクセサリーが入っているからだ。しかし、名和は軽々と持ち上げる。

組長はまんざらでもなさそうに、荷物を抱《かか》える名和を従えて事務所を出た。事務所は雑居ビルの二階にある。組長はわざわざ階段で降り、名和にポーター役をやらせた。清崎は鼻にティッシュを突っこみながら、その様子を苦々しく見つめる。

石黒組の二代目は、本来なら名和が継ぐはずだった。縄張り内で勝手に覚せい剤《シャブ》を売るナイジェリア・マフィアを追い払うため、名和は二名の手下を連れて、二メートルを超える巨漢の首領と取り巻きたちを特殊警棒で痛めつけた。首領を流動食しか食えない身体にし、不良外国人の追い出しに成功したが、傷害罪で逮捕され、八年の外国行きとなった。

先代は名和を実の息子のように信頼していたが、彼が刑務所に入ってからおかしくなった。認知症が急に進み、実子の保を猫かわいがりするようになった。ガキ大将がそのまま大人になってしまったような保は、ろくに極道修行を積むこともなく、とんとん拍子に出世を果たして組長代行の座に就《つ》いた。

名和が外国から戻ったことにより、石黒組は名和派と保派のふたつに分裂するかと思われた。しかし、名和が耄碌《もうろく》した先代の説得を聞き入れ、二代目の座を保に譲った。先代は保が二代目に据えられるとわかると、三か月前にポックリ逝《い》ってしまった。

かつては〝カミソリ〟と呼ばれた名和だが、バカ殿の後ろで荷物を運ぶ名和を見るかぎり、つくづく刑務所《ムショ》ボケしたと思わざるを得なかった。今はかつての敵だったナイジェリア・マフィアに覚せい剤を売らせ、その上前をはねて食っていた。

　事務所が入るビルの前には、すでに組の車であるアルファードがあった。なかには銀座のクラブでホステスをしている愛人がでかいツラをして座っていた。名和はトランクを開け、それこそポーターのようにキャリーケースを慎重に置き、ドアを閉めた。

「行ってらっしゃいませ！」

　組長を乗せたアルファードが走り出した。清崎たち子分は最敬礼をして組長を見送った。保は子分たちに手を掲げ、親分としての威厳を誇示してみせた。

　アルファードが見えなくなると、清崎は事務所に戻ってうめいた。

「クソガキが。飛行機墜落しちまえばいいのによ」

　若い衆が少なからず同意する。「ホントっす」「強盗にでも遭《あ》わねえかな」

　名和が険しい顔になった。

「てめえら、かりにも組長《オヤジ》に対して、なんて口利きやがんだ！」

　清崎は呆《あき》れ果てた。尊敬していた男だったが、そこまで堕《お》ちるとは思わなかった。

「若頭、それがあんたの任侠道ってやつですか。サド野郎の犬っころになるのが」

　名和は清崎の胸倉を摑んだ。

「主《あるじ》の留守を預かるのが、おれの役目だ。組長は長い旅に出られたからな」

若い衆のひとりがため息をついた。

「長い旅って……四泊五日の海外旅行でしょう」

「バカ野郎。組長はもっと長くて遠い外国に行くのさ」

名和が答えた。清崎はその意味に気づいた。

「まさか……若頭。仕込んだんですか」

名和はにやりと笑った。キャリーケースを運んだださい、そっと非合法な白い粉をなかに入れたのだ。

「ロング・ジャーニーってやつだ。その間は不肖《ふしょう》、この名和彰が留守を預かる」

「若頭、あんたはやっぱり〝カミソリ〟だ」

清崎は深々と頭を下げた。前科者で暴力団組長に執行猶予《ゆうよ》が出る可能性はまずない。

清崎ら組員らは、その夜のニュースを事務所のテレビで見た。一キロもの覚せい剤を所持した暴力団組長が、成田空港で逮捕されたとアナウンサーが伝えると、みんなでビールで乾杯し、さっそく石黒組の新体制作りを開始した。

お供の若い衆まで逮捕されてしまったが、かわいい子には旅をさせよという諺《ことわざ》がある。刑務所から出たら手厚く遇する予定だ。もちろん石黒保もだ。野郎が外国から戻ったら、たっぷりかわいがってやるつもりだ。

おかげ犬

乾緑郎

乾緑郎（いぬい・ろくろう）
1971年、東京都生まれ。
『完全なる首長竜の日』にて第９回『このミステリーがすごい！』大賞・大賞を受賞。『忍び外伝』で第２回朝日時代小説大賞も受賞し、新人賞二冠を達成。『忍び秘伝』にて、第15回大藪春彦賞候補。

著書
『忍び外伝』（朝日文庫）
『塞の巫女』（朝日文庫）※単行本刊行時は『忍び秘伝』
『完全なる首長竜の日』（宝島社文庫）
『海鳥の眠るホテル』（宝島社文庫）
『鬼と三日月』（朝日新聞出版）
『鷹野鍼灸院の事件簿』（宝島社文庫）
『機巧のイヴ』（新潮社）
『思い出は満たされないまま』（集英社）

共著
『「このミステリーがすごい！」大賞10周年記念　10分間ミステリー』（宝島社文庫）
『５分で読める！ひと駅ストーリー 降車編』（宝島社文庫）
『もっとすごい！　10分間ミステリー』（宝島社文庫）
『５分で読める！ひと駅ストーリー 夏の記憶 西口編』（宝島社文庫）
『５分で読める！ひと駅ストーリー 猫の物語』（宝島社文庫）
『このミステリーがすごい！四つの謎』（宝島社）
『決戦！大坂城』（講談社）

「さあ、シロ。お別れだ。本当のご主人様に、ちゃんとお札《ふだ》を届けてきな」

垢《あか》じみた着物に縄帯を締めた、まだ顔に幼さを残した男児が、傍《かたわ》らにいる、ぼろぼろの菰《こも》の切れ端《はし》のようなものを首にぶら下げた薄汚い白犬に向かってそう言った。

文化八（一八一一）年。行き交う人々で賑わう江戸日本橋のほど近く。

白犬は「おん」とひと声吠えると、名残惜しそうに何度も何度も振り返りながら男児の元を離れて行く。人目も憚《はばか》らず、その後ろ姿に手を振り、もう片方の手の甲で涙を拭《ぬぐ》いながら、男児は白犬と初めて出会った日のことを思い出していた。


それは数か月前、東海道六番目の宿場、藤沢宿《ふじさわじゅく》でのことである。

仁吉《じんきち》が目を覚ますと、一切合切のものが盗まれていた。

家から持ち出してきた金子《きんす》だけではない。腰にたばさんでいた大小の刀に、替えの下帯《したおび》から草履《ぞうり》に至るまで何もかもだ。

「連れの人は、江戸から一緒ではなかったんですかい」

身ぐるみやられて、払いたくても宿代も払えないと泣きそうな気持ちで仁吉が訴えると、宿の主《あるじ》は溜息をついてそう言った。

仁吉は当年十二歳だった。昨晩、相部屋で泊まった男は、程ケ谷《ほどがや》からの道中で知り合った者で、年は親子ほども離れていた。

旅慣れていない仁吉に、あれこれと宿の手配やら何やら世話を焼いてくれて、親切で頼りになる男だと思い、上方《かみがた》まで同道しようと約束したのだ。

その結果がこれだ。あまりにも仁吉は世間知らずで無防備だった。思えば、男は最初から仁吉の路銀《ろぎん》や腰のものを狙っていたのかもしれない。

まだ仁吉が幼さを残す年齢だからだろうか。宿の主は同情的だった。帳場の裏手から柄杓《ひしゃく》を取り出してくると、困っている仁吉にそれを手渡した。

「そいつを持って家々を回ってらっしゃい。何なら道行く人からでも、米や鳥目《ちょうもく》を集めてくるといい」

鳥目とは安い穴あき銭のことだ。要するに、柄杓を持って施しを受けて来いというわけだ。

途方に暮れたまま、仁吉は宿から追い出された。手元に残されたのは、寝ている時に着ていた衣服が一枚と、帯が一本だけだった。

裸足で往来を踏みしめると、一歩ごとに涙が溢れ出てくる。

仁吉は、さる旗本の家の四男坊として生まれた。妾腹《めかけばら》だったので八歳の時に養子に出されたが、この養子先の家の者たちと折り合いが悪く、我慢に我慢を重ねた末、とうとう無断で出奔《しゅっぽん》してきたのだ。だが、辛い辛いと思っていた養子先での暮らしよりも、幼い頃から武家育ちの仁吉にとっては、物乞いのように柄杓を手に、頭を下げながら家々を回ることの方が、遥かに辛く屈辱的だった。

とはいっても、今さらどうにもならない。

いずれ名を上げて家の者らを見返してやると、意気込んで江戸を発《た》ってから、まだ十日も経《た》っていなかったが、無一文となった仁吉の心は、早くも折れかかっていた。

今からでも江戸に戻り、誠心誠意、謝れば何とか離縁されずにお咎《とが》めなしで家に戻ることはできまいか。

いや、家を出るときに、こっそり路銀として数両の金子を持ち出している。のこのこ戻ったら、盗人《ぬすっと》として番所に突き出されるかもしれない。

こういう時にどんな処罰が待っているのか、どうするのが最良なのか、仁吉は思いつかない。悪い方へとばかり考えが流れていく。

仁吉は街道沿いに立ち並ぶ茶屋や飯盛旅籠《めしもりはたご》、木賃宿《きちんやど》などを一軒一軒巡り、施しを乞うたが、思うように金も米も集まらなかった。

午《ひる》を過ぎた頃になると、朝から何も食っていない仁吉は、空腹ですっかり力を失ってしまい、境川《さかいがわ》に架《か》かる大鋸橋《だいぎり》の傍らにへたり込んでしまった。

土手に腰掛け、微《かす》かに潮の香りが混じる川の水面《みなも》と、向かい側の岸に見える江ノ島道への大鳥居の下を行き来する人たちの姿を眺めながら、俺はどうなってしまうのだろうと、不安な気持ちでぼんやりと考える。だが、空腹が邪魔をして何もまとまった考えが思い浮かばなかった。

　ふと、目の端に一匹の奇妙な犬の姿が目に入った。

　毛並みの白い小さな犬で、体はひどく汚れている。首には菰のようなものを巻いていて、いかにもみすぼらしかったが、よくよく見ると、それは菰ではなく、ぼろぼろになった注連縄《しめなわ》のようだった。他に袋のようなものも下げている。

　白犬は大鳥居の傍らに座し、所在なげに時折、辺りをうろうろしては、また同じ場所に戻って座るのを繰り返していた。

　やがて、足を止める老婆がいた。白犬の傍らにしゃがみ込むと、その頭を撫でてやり、白犬の首にぶらさがった袋を広げ、銭を取り出して中に放り込んでいる。

　仁吉は立ち上がり、橋を渡ってこちらに歩いてくる老婆に声を掛けた。

「今、犬に施しをやったようだが、あれは何だ」

　空腹で苛立《いらだ》っていた仁吉が、いきなり乱暴な口調で声を掛けても、老婆はちょっと驚いたような顔をしただけで、白犬を見た時と同じ不憫《ふびん》そうな目で仁吉を見た。

「あれは、『おかげ犬』じゃ」

　老婆はそう言い、仁吉に丁寧に教えてくれる。曰《いわ》く、おかげ犬とは伊勢神宮へのお参りに行く犬、つまり、「お蔭《かげ》参り」に向かう犬のことを言うらしい。

　飼い主が病弱であるとか、または老齢で足腰が弱いとか、とても伊勢まで行く暇や金がないなどの理由から、犬一匹で送り出され、お伊勢様まで行き、札をもらって帰ってくるのだという。

話を聞いても仁吉は半信半疑だった。犬畜生が、自らの意志で伊勢に赴《おもむ》き、主人の代わりに札をもらって帰ってくるなんてことができるのだろうか。この辺りから伊勢までは、健脚な大人でも片道十数日は掛かる道のりだ。

老婆によると、街道沿いの宿場町に住む者たちの間では、おかげ犬に餌を恵んでやったり、札を買うための布施を与えたり、伊勢への道中を世話してやったりするのは、施行《せぎょう》であり、善行に当たるのだという。

だが、その白犬は、もう何か月も藤沢宿に留まっており、このところは施しを与える者もいないらしい。

大鳥居の方に視線を移し、仁吉は白犬を見た。要するに、自分がどこへ向かうべきかもわかっていない馬鹿犬が、人の善意に甘えることに慣れ、主人のことなどすっかり忘れて、物乞いの野良犬に成り下がったというところか。

老婆が立ち去ると、仁吉の心に、不意に悪心《あくしん》が湧き上がってきた。

犬が首に下げている袋には、たんまりと布施の金や米が入っているに違いない。

それを奪えば、いちいち軒先で頭を下げながら施しを受けて回らずに済む。

仁吉は腕まくりをすると、早速、橋を渡り、白犬の傍らに行った。人通りが途切れたのを見計らい、手にしている柄杓を得物《えもの》に白犬の頭を力一杯に打ち据えようとしたが、素早く白犬はそれを躱《かわ》した。二打目、三打目と繰り出したが、かすりもせず、かまってもらえるのが嬉しいのか、白犬は柄杓を振り回す仁吉の腕に、逆にじゃれついてくる始末だった。腹が減っているので仁吉はすぐに力を使い果たし、馬鹿馬鹿しくなって犬の持っている布施の袋を奪うのを諦めた。今朝方、追い出された宿へ戻るために歩き出したが、ふと気配を感じて振り向くと、白犬が後ろを付いてくる。

はっはっと息を吐きながら、千切れんばかりに尾を振っている。どうやらすっかり懐《なつ》かれてしまったらしい。

無視を決め込んで宿に戻ると、仁吉は借りていた柄杓を返し、昨晩の宿代には足りないかもしれぬがと、集めた銭と米を残らず宿の主に渡した。

驚いた顔を見せたのは宿の主の方だった。まさか宿代を払いに戻ってくるとは思っていなかったらしく、施しを受けるための柄杓も、貸したのではなく、文無しになった仁吉にくれてやったつもりだったらしい。

そんなことなら律儀《りちぎ》に宿代を払いに戻らず、逃げてしまえば良かったと、内心、仁吉は舌打ちしたが、宿の主は、その行いに妙に感心した様子で、粟粥《あわがゆ》と漬け物を、只《ただ》で腹一杯になるまで食わせてくれた。

「伊勢まで抜け参りに行ってきたということにしたらどうだ」

夢中で食い物を腹に流し込む仁吉から事情を聞き、宿の主がそう言った。「抜け参り」とは、領主や家人、または奉公人なら雇い主などに無断で、伊勢参りのために勝手に旅立つことである。暇乞《いとまご》いをしても受け入れられない者が、苦肉の策で行うもので、信心の表れであるから、大っぴらには咎めることができない。金子を持ち出したのは、路銀を借りただけと言い訳をすればいい。

だが、そのためには、出奔ではなくお参りに行くのが目的だったという証拠に、お伊勢様で名入りの札をもらってくる必要があった。

宿の主は、もう一晩、只で泊めてくれた上に、翌朝、仁吉が旅立つ時、ふかした芋まで持たせてくれた。いつか必ず借りた宿代は払いに来ると約束し、仁吉が表に出ると、昨日の白犬が、人懐こい表情を浮かべ、行儀良く座って待っていた。

「おお、シロじゃないか」

宿の主はそう言うと、犬の傍らにしゃがみ込み、その首筋を撫で始めた。

「その犬も、お蔭参りに行く途中なんでしょう」

何気なく仁吉はそう口にした。江戸から出発したのだとしたら、ずいぶんと早い段階で旅を頓挫《とんざ》したことになる。

「いや、違う。みんなそう思っているようだが、帰る途中なんだ」

「えっ」

肩を竦《すく》めて言う宿の主に、仁吉は思わず声を上げた。

「何十日もかけて伊勢まで行き、御師《おんし》が手配してくれたお伊勢様の札を竹筒に入れて首に下げ、ここまで戻って来たようだが、悪いやつに袋に入っていた布施の金子からお札まで、何もかも取り上げられてしまったらしい」

仁吉は白犬を見下ろす。何だか自分と境遇が似ていると思った。

「大事なものをなくしてしまったのがわかっているんだな。だから江戸までもう少しというこの辺りで、いつまでも家に帰ろうとせずに、ぐずぐずしているんだ」

馬鹿犬だとばかり思っていたが、どうやら逆のようだ。仁吉は宿の主に別れを告げ、東海道を平塚に向かって歩き出したが、犬はいつまで経っても後ろを付いてくる。

そういえば、昨日会った老婆が、おかげ犬の道中の世話をしてやるのも施行だと言っていたのを仁吉は思い出した。

「お前、シロって呼ばれてるのか。俺と一緒にもう一度、伊勢まで行ってみるか」

白犬は答えない。

「恩を着せられるのが嫌なら、代わりにお前の首に下がっている袋の中の銭、路銀に少し貸してもらうぜ。それでどうだ」

仁吉がそう言うと、今度は白犬も、「おん」とひと声大きく吠え、道中を案内するように、得意げに仁吉の先に立って街道を歩き始めた。

本書収録の物語はすべてフィクションです。もし同一の名称があった場合も、実在する人物、団体等とは一切関係ありません。

宝島社
文庫

5分で読める! ひと駅ストーリー 旅の話

（ごふんでよめる！ ひとえきすとーりー たびのはなし）

2015年12月18日　第1刷発行
2022年 6 月20日　第3刷発行

編　者　『このミステリーがすごい！』編集部
発行人　蓮見清一
発行所　株式会社 宝島社
〒102-8388　東京都千代田区一番町25番地
電話：営業 03(3234)4621／編集 03(3239)0599
https://tkj.jp
印刷・製本　株式会社広済堂ネクスト

ISBN 978-4-8002-4392-8